图书在版编目（CIP）数据

玫瑰芬芳 / 黄玲著. -- 天津：百花文艺出版社，
.7
ISBN 978-7-5306-8574-7

I．①玫… Ⅱ．①黄… Ⅲ．①中篇小说-小说集-中
当代②短篇小说-小说集-中国-当代 Ⅳ．①I247.7

中国国家版本馆 CIP 数据核字(2023)第 092066 号

玫瑰芬芳

MEIGUI FENFANG

黄玲　著

版 人:薛印胜
题策划:汪惠仁　　　　编辑统筹:徐福伟
任编辑:李　跃　孔吕磊　美术编辑:郭亚红
帧设计:川　一
版发行:百花文艺出版社
址:天津市和平区西康路 35 号　邮编:300051
传真:+86-22-23332651（发行部）
　　　+86-22-23332656（总编室）
　　　+86-22-23332478（邮购部）
:http://www.baihuawenyi.com
:山东临沂新华印刷物流集团有限责任公司
:880 毫米×1230 毫米　　1/32
:200 千字
8.5
2023 年 7 月第 1 版
2023 年 7 月第 1 次印刷
65.00 元

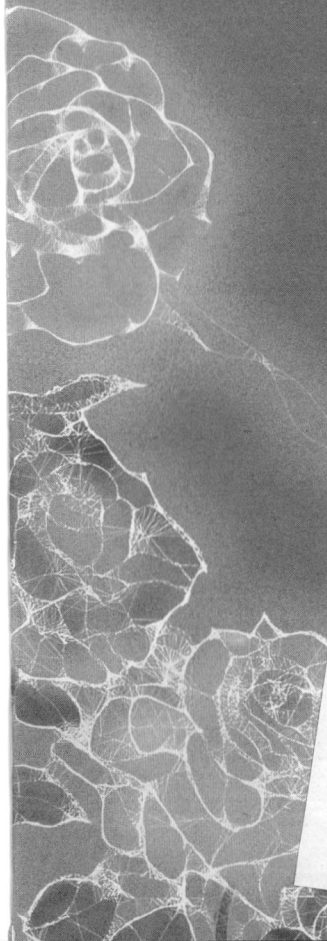

2023

国—当

中

玫
M
黄

出
选
责
装帧
出版
地址
电话

网址
印刷
开本
字数
印张
版次
印次:
定价:

目 录

玫瑰芬芳

一

新生普玫瑰在民族师院的出场与众不同，给她的班主任梅华老师留下了深刻印象。

普玫瑰是在下午六点一刻冲进民族师院大门的。她几乎是跌跌撞撞地扑到中文系的桌子前面，几名迎新的老生正在收拾桌上的东西，准备撤退。新生班班主任梅华也收起面前散乱的表格资料，有些疲倦地舒展着身体。她的腰肢柔软而苗条，戴一副无边的树脂镜片眼镜，看不出她有三十多岁，已经是一个五岁女孩的母亲。

普玫瑰急切地叫着："老师，我要报到，还来得及吗？"

桌子后面的人都有些惊讶地看着这个满面风尘的女生，她脸上那种害怕被人拒绝而格外迫切焦虑的表情，让人很是难忘。梅华打量她几眼，重新展开收起的资料，微笑着招呼说："你就是普玫瑰吧？总算是来了！"

这回轮到普玫瑰惊讶了，她不明白在这个陌生的校园内，怎么会有老师认识她，还能叫出她的名字？这可是她没有想到的。

梅华淡淡一笑，为她解开谜底："你是全班最后一个报到的学生。"

普玫瑰张张嘴，想解释，又忍住了。心里有些委屈，他们怎么知道我这一路有多么艰辛，她也想早点儿来报到，可是做不到啊！但她什么都没说，忙低头去填写梅华递给她的表格。

填了表，一名显然是老生的女生热情地说："走吧，我带你到那边去办手续，交费。"

普玫瑰站着没动，脸上一片茫然。

老生又催她说："快点儿，要下班了。对了，学费加上住宿费一共是三千多元，你带的是现金还是卡？现在出门还是办张卡方便些。"

普玫瑰还是没有动，脸上的表情急剧地变幻着，低头搓着旅行背包的带子。

这回连梅华都感觉到了，抬头仔细打量着这个有些古怪的女生。和那些有家长陪同、拖着大旅行箱、带着大包小包来报到的学生相比，她的行李实在太简陋了。脚下扔着一个发白的迷彩旅行背包，手中提了个塑料袋，装着几样洗漱用具。身上穿的衣服一看就是中学时的校服，蓝白相间的两截。长发用手绢随意在脑后绾了几转。如果不是这身校服，她和进城打工的农民工几乎没什么区别。

普玫瑰知道老师在看自己，不抬头也能感觉到那种充满质询的目光。

她知道自己躲不过去了，在旅途中设想过千百遍的场景，现在终于真实地逼近眼前。她像只待宰的羊羔低垂着头，无助地拽着背包带子不肯松手，似乎那是一个装满珍宝的背囊。

她听见梅华老师在问："普玫瑰你怎么了？脸色白得跟纸似的，坐车累的吧？"

还听见老生的声音："同学，快一点儿，那边要下班了。"

普玫瑰的泪水在眼眶里直打转，一种快要虚脱的感觉包围了她。从早上到现在，她在火车上就吃了一个馒头，喝过几口冷水。她的身体像风中的树叶似的簌簌飔地抖动着。她在心里默念着："普玫瑰你不能倒，不能倒！你一定要站稳了！"

梅华看出了些端倪，俯过身子问："普玫瑰你有什么问题？说吧，我是你的班主任。"

她的话很温软，像风拂过来。还有一股淡淡的香味儿也扑进了普玫瑰的鼻子。她实在忍不住了，哽咽着吐出那句像石头一样噎在心里很久的话语："老师，我没有钱交学费。我身上只有三百元，还是我中学的班主任宋老师上车前给我的，我没舍得用。我没钱，可我想读书！"

周围的声音一下子消失了，人们静静地看着这个面目清秀，却有几分倔犟的女生。

普玫瑰抬起一双泪眼，担心地说："老师，你不会把我赶回去，不让我上学吧？"

梅华有些无奈地笑了："瞧你说的，当然不会。有困难我们一起想办法，学校哪有把学生推出门的道理。"随后，梅华问了几句她的情况，又转身对那个一直等着的老生说："带她去办手续，先走绿色通道，下一步贷款解决学费。唉！"她悄悄叹了口气。

普玫瑰一直悬着的心这才落回原处。现在她真的踩在大学的土地上，就要成为一名大学生了！一切都不再是梦。她对梅华恭恭敬敬地行了个礼说："老师，谢谢您！"

二

彝山女孩儿普玫瑰上大学的经历，说起来真有几分惊险传奇。

她是趁父亲普中兴喝醉酒倒在火塘边酣睡时，悄悄逃出家门的。玫瑰是个有心计的女孩儿，早几天就将出门要用的东西一样样收进背包，藏在村口一个废弃的牲口棚里。那几天，父亲看她看得很紧，跟盯贼似的一步不离，连玫瑰上厕所，他都远远地站在地边抽烟，甩都甩不掉。

玫瑰的父亲和别人的父亲不同，他是村子里出了名的酒鬼加赌鬼。

玫瑰的阿妈在世时还好些，毕竟有人管他。阿妈生病去世后，父亲就变本加厉地放纵自己，几年间就欠下了一大笔赌债。玫瑰的三个姐姐出嫁了，管不着他。玫瑰在城里上学，偶尔回家一趟有时也劝劝父亲，可一点儿用都没有。有一回，父亲喝醉了酒，坐在火塘边一把鼻涕一把泪地诉说自己的痛苦："老子命不好，一辈子只养了一窝没有用的女儿，要是有个儿子，我也不会这样啊！"

玫瑰劝他说："阿爹，你不要这样，将来我会养你的。"

父亲摇摇头："有什么用啊！让女儿养，那是羞耻。俗话说得好，宁看儿子的屁股，不看姑爷的脸。没有儿子我的人生还有什么意义，喝死醉死算了！"

玫瑰哭笑不得地看着父亲，不知道说什么才好。

想不到的是，就在她高考之前，别人追着父亲还赌债，追得他连家都不敢回。最后父亲竟然荒唐地同意把玫瑰许给对方的儿子做媳妇，以抵他欠下的赌债。虽然他没脸直接对女儿说出这件事，但玫瑰还是从村里人的风言风语中听说了个大概。她又气又急，悄悄跑到山上，在阿妈的坟前痛哭了一场。阿妈是玫瑰上高一时去世的，如果不是她活着时竭力主张让女儿上学，玫瑰根本读不到高中。按父亲的意思，女娃上学没用！还不如早点儿嫁人，换彩礼给父母用。为上学的事，一向软弱的阿妈变得刚强起来，和父亲打了几架，才为女儿争来了上学的机会。

阿妈没文化，却明事理，对女儿说："玫瑰你千万记住了，供不起你上学，是做爹妈的没本事。读不出来，是你自己没本事。你要飞出这山窝窝，除了读书，没别的路啊！"

玫瑰到死都不会忘记阿妈说这番话时，眼眶里汪着的泪水。

那天，玫瑰跪在母亲坟前，喃喃低语："阿妈，我一定要考上大学。我不会让你失望的！"

城里的孩子考上大学，那是天大的喜事，指不定怎样欢天喜地呢。可是，当玫瑰拿到省里民族师院的录取通知书时，却不敢让父亲知道。这张薄薄的纸，系着阿妈和她两代女人的血泪！只有她自己知道，为了这张通知书，三年来她付出了怎样的辛劳。可是现在没有人为她高兴，为她说一句祝福的话语。

玫瑰再次来到阿妈坟前，把喜讯第一个说给阿妈听。她站在一片绿色的山野间，放声大喊："我考上大学了——普玫瑰考上大学了——你们听见了吗——"

山野间响起一片回声："普玫瑰考上大学了——上大学——"

鸟儿被她的声音惊得从林间扑扑地飞起来，在头顶高高地盘旋。

说起来，玫瑰是几十年来村子里出的第一个大学生，还是女大学生。这是多大的荣耀！普中兴却把这份荣耀看得一钱不值。他的一番话差不多让玫瑰从珠穆朗玛峰一下子跌到元江河谷。他看也不看玫瑰怯怯地递过来的那份录取通知书，把烟筒抽得呼呼响，半天才说：

"你有这份好运气，也没有上大学的命！你看看这个家，有什么东西是值钱的？现在上大学，那可是要几千几万的学费，还要吃要喝。你上高中三年，已经把家里拖累得快散架了，现在拿什么给你上大学？把你阿爹我卖了？没人要我啊！"

一番话说得玫瑰又气又羞，低头垂泪。

父亲接下来的话更是让她伤心。他说："你就死了上大学的心吧，还是像你三个姐姐一样，早点儿嫁个人家，过日子吧！"

普玫瑰把脖子一拧，说："我就是要上大学！"

父亲把挑烟丝的铁钎对她一扬，威胁说："你敢！"

父女俩像斗鸡一样，直眉瞪眼地谁也不肯让步。

玫瑰最终还是选择了逃跑，趁父亲喝醉酒倒在火塘边呼呼大睡的时候，逃出了家门。离家的那一刻，她在门槛边站住脚步，回头望去，屋子里空空如也，只有火塘冒着细细的青烟。父亲蜷缩在羊皮褂子里，像头野牛似的发出可怕的鼾声。这个贫穷简陋的家，是她生长了十八年的家啊！玫瑰的泪水悄悄涌上眼眶，对着父亲悄悄说了句："阿爹，女儿对不起你了！"

一扭头，她朝着村外飞奔而去。泪水洒满一串弯曲的脚印。

玫瑰逃到县城，在高中班主任宋老师的帮助下，登上开往省城的火车。宋老师帮她买了车票，还递给她三百元，像母亲似的叮嘱她路上要注意的事情。玫瑰只是点头，不敢开口，生怕一开口说话，眼泪会像决堤的河水，冲破最后一道防线。宋老师温和的表情总是让她想起母亲，想起那些曾经有过的温暖记忆。

宋老师担心地看着玫瑰说："四年的学费、生活费，都要靠你自己解决？你阿爹真的一点儿都不管你了吗？还有你的几个姐姐呢？"

玫瑰尽量露出笑意，说："我早打听好了，我可以贷款，可以打工。

凭自己的本事上完大学，老师您不用替我担心，相信我会渡过难关的。"

宋老师将信将疑地点点头说："真遇到过不去的关口时，不要忘记给老师打电话。"

这最后一句话，差点儿让玫瑰涕泪交流。

她把脸转开，紧紧咬住嘴唇，望着远处的天空飘过朵朵白云。她现在也是一朵云，一朵不知道将要被命运带向何处的漂泊不定的云啊！

火车启程了，回头望去，老师的身影还在站台。风把她的短发吹得飘舞如云。

三

火车上的夜晚漫长得如同被人施了魔法。普玫瑰一夜无眠。

只要她一合上眼，一串数字就会像网一样罩向头顶。通知书上清清楚楚写着：一年学费两千四百元，住宿费六百元。杂费、书费……

就算是贷款读书，四年下来也是一万多元。对普玫瑰来说，那几乎是个天文数字。

贴身口袋里，装着宋老师上车前塞给她的三百元，热热地贴着身体。她觉得自己像个不顾一切的赌徒，义无反顾地把青春押了进去。窗外的夜景像一幅幅印象派的画，杂乱地闪过。普玫瑰靠在座位上，想象着会是什么样的校园、什么样的人在等着自己呢？还会遇上像宋老师那样把学生视为子女的老师吗？

火车是在第二天下午抵达省城的。一夜没有人睡的普玫瑰面色苍白，神情恍惚，被人流裹挟着向站外走去。刚刚出站，这个最远只到过县城的女孩儿就被广场上扑面而来的喧哗和五光十色的广告牌挤压得眩晕起来。

她呆呆地站着，天哪，这就是省城？多么大的城市啊！

她东张西望，被城市的喧嚣迷惑得发晕，一个戴眼镜的男人早就把她看在眼里，握着本书过来问她："这位同学，是来省城上大学的吗？考上哪个大学了？"

这可是第一个和普玫瑰说话的省城人，而且很像校园里的老师。

他的外表，让她有一种亲切的感觉。她毫无戒心地说自己是来上民族师院的。没想到那个男人扶扶眼镜，用书拍了一下大腿，说："巧了，我就是民族师院的老师，是来接新生的，你跟我走吧。"说着就引着普玫瑰往广场的东边去，还帮玫瑰提着背包。

玫瑰有些感激地问："老师贵姓？"

男人说："免贵，姓王，叫我王老师好了。"

"哦，王老师。"对这个陌生的男人，玫瑰连一点点怀疑都不曾有。

王老师左右看看，关切地问她："同学，出门远行，身上的钱一定要装好，现在社会复杂，一定要小心才是，尤其是你们这种第一次出远门的学生。是第一次出远门吧？"

玫瑰点点头，为自己的落伍而有些不好意思。

王老师又问："学费带够了吗？是现金还是信用卡？可千万不要让人看见。"

玫瑰笑笑说："我才不怕呢，我身上又没钱。"

王老师有些不相信："出门上大学怎么会不带钱呢？又不是出门打工。告诉老师没关系的。"

玫瑰说："我真的没带钱，我阿爹不让我上学，我是偷跑出来的，我准备贷款上学。"

那个王老师有些急了，皱着眉说："小姑娘真会开玩笑，不带钱也敢来省城上大学？哪个大学会要你啊！我看看你包里都有什么？"

他有些迫不及待地翻看起玫瑰的背包来，里面果然只有几本书和几件换洗衣服。他不甘心地又往底下刨起来。普玫瑰先是呆呆地看着变了脸的王老师，突然尖起嗓子叫起来："警察，抓流氓啊——警察——抓流氓——"

她的声音如尖厉的哨音划过广场，附近的人被她吸引了，直往这边看。王老师慌乱地窜入人群，一眨眼的工夫就不见了踪影。

普玫瑰长长舒了口气。这个办法是一个同学教她的，说如果喊抢劫，别人不一定会管，如果喊抓流氓，保准有人会看热闹。没想到这个法子还真管用。

玫瑰镇定了一下，一回头，终于看见民族师院接新生的旗子在广场南面的角落里飘舞。

她提起地上被"王老师"翻得乱七八糟的包，一步步朝着民族师院的旗子走去。

四

在一群学中文的学生中间，普玫瑰的名字很容易引发诗意的联想。

她的同桌刘薇薇就羡慕地问她："你的父母一定也是学中文的吧？给你起这么美妙的名字，他们一定是有知识的人，对不？"

普玫瑰仿佛被什么噎了一下，突然转过身捂着嘴咳嗽起来。

刘薇薇不会知道，她这个浪漫的名字，是因为阿爹和阿妈赌气，才捡来的。生她那年的夏天，园子的篱笆边长出一株艳丽的野玫瑰，开的花香气袭人。原本这花和她没有什么关系，只是因为阿爹不肯给她取名字，阿妈一气之下，就把花的名字给了自己的女儿。

阿爹不给她取名，是因为愤怒。在她前面，阿妈已经一连生了三个女儿，阿爹指望她是个男儿，好顶门壮户，传宗接代。偏偏又是个女儿。阿爹格外气愤和失望，提了瓶酒到河滩上喝得烂醉如泥，号啕大哭了一场。

后来，阿妈患上妇科病，不能再生育。阿爹因为没有儿子，背了个断子绝孙的名声。玫瑰总觉得，阿爹最后堕落成一个人见人厌的酒鬼和赌鬼，和自己的出生有很大关系。

所以，普玫瑰这个充满诗意的名字，其实和浪漫无缘。

如果碰巧那年自己家篱笆上开的是一株菊花，一株鸡冠花，一株狗尾巴花呢？

普玫瑰平静地对刘薇薇说："不是你想象的那样，我阿爹阿妈都是没有文化的山里人，我是我们村第一个大学生。"

"是真的吗？"刘薇薇瞪大眼睛，噘起红红的小嘴，夸张地表现自己的惊讶。

大学的座位并不固定，都由学生们自己组合。不知道刘薇薇是怎么想的，偏偏看上了普玫瑰，一定要跟她同桌。刘薇薇后来才不小心透露，是她妈妈教她要跟农村来的同学坐，说农村同学肯吃苦，学习风气好，和她们一起可以接受好的影响。

其实刘薇薇人倒不太讨厌，就是小毛病多点儿。整天描眉画眼的，身上的香水味儿熏得人头晕。三天两头就让普玫瑰帮她请病假，自己躲在宿舍睡懒觉。梅华头疼死她了，一开班会就敲打。

大学生活的新鲜劲儿很快就过去了。如果单讲校园，和中学也没有太大的区别，民族师院又地处城边，楼房也不够高。图书馆却比中学大了好多,大门处的墙上每天贴着新鲜的海报,有各种活动可以参加。

普玫瑰觉得自己像个仓促上阵的演员, 有些手足无措地站在大学的舞台上。新鲜劲儿过去后,一个严峻的问题很快摆到她的面前。她将依靠什么生存? 别的同学都有家里的资助,每月按时收生活费。就是那些号称贫寒、家庭情况经济调查表上写着人均年收入二百元的同学,每月都有一千两千不等的生活费寄来。只有普玫瑰,成了被遗忘的人。阿爹一定恨死她这个不听话的女儿了,就算不恨,他也没有钱寄给她。三个姐姐都嫁在山区,拖家带口,也是指望不上的。

让她意想不到的是, 开学后第二个月, 三姐竟然给她寄了五百元。她感动了好几天。

同学们很快发现了一个秘密,普玫瑰从来不和她们一起去食堂吃饭。

这是刘薇薇首先发现的。一天中午,趁普玫瑰不在,她在宿舍大惊小怪地说:"你们有没有注意到,普玫瑰从来都是最后一个去食堂,你们知道为什么吗? "

住普玫瑰下铺的赵月说:"还真是的,她从来不跟我们一起去,总是推说作业没有做完,还要看书,这到底为什么? "

刘薇薇说:"我带你们去看,看了就知道了。"

宿舍的其他几个女生跟着刘薇薇来到食堂,已经是下午一点多,吃饭的人寥寥无几。她们东张西望,发现普玫瑰独自一个人坐在角落,正孤寂地吃着饭。几个人蹑手蹑脚地走过去,想吓她一下。不料普玫瑰却笑着说:"别躲了,我早看见你们了。"

她的碗里是半碗白米饭,没有菜,泡了些食堂的免费菜汤。

刘薇薇惊讶地说:"玫瑰,你每天就吃这个? 你要减肥啊? "

普玫瑰不理睬她们惊讶的目光，认认真真把碗里的每一粒米饭扒进嘴里，才说："有米饭吃我就很满足了，我们家乡不产米，很多人一年也吃不上几顿米饭呢！走吧，回宿舍。"

一路上，同宿舍的人都闷闷地不说话。

普玫瑰用宋老师给她的三百元和三姐寄来的五百元，加上学校发的每月五十元的助学金，奇迹般地维持了将近半个学期的生活。

梅华上写作课，这天抽查作业时，意外读到普玫瑰写的一段观察笔记：

> 我的幸福，就是放学后买五角钱的米饭，独自坐在食堂享用。细细地品味每一粒米的滋味，感受它的甘甜和芬芳。那是大地的气息，是阳光雨露的馈赠。捧着一碗白生生的米饭，我真的很知足，这一粒米和那一粒米之间的滋味，不用心品尝是不会体会到的。何况还有免费的菜汤，汤面上有绿色的菜叶漂浮着，还有零星的油花。

> 捧起白生生的大米饭，我就会想起阿妈。她病重的那些日子，念叨着最想吃的就是一碗大米稀饭。当我从城里背着半口袋米赶回山村时，阿妈已经奄奄一息了。我把煮好的大米稀饭端到阿妈面前，她睁开眼睛看了看碗中的稀饭，深深地吸一口气说："这稀饭，好香啊！"然后永远地闭上了眼睛。

> 但愿在另一个世界，有一缕大米的醇香永远陪伴着阿妈的灵魂。

梅华被深深地震撼了，一下课就把普玫瑰叫到走廊，责问她："你有困难，为什么不早点儿对老师说？为什么要一个人独自扛着？"

普玫瑰有些不安地说:"对不起,我写观察笔记,不是为了得到老师的特殊关照。您在课上要求我们,要仔细观察生活,写自己的真情实感。"

梅华摇摇头,说:"你的文字功底很好,也有悟性,以后多写,我给你推荐到报社去发表,还有稿费。"说完,梅华从衣袋里掏出一百元塞到她手中,抢在她前面说:"别对我说不需要,等你将来工作了再还我就是了。"不等普玫瑰说话,转身进了教室。

第二天,梅华又找到普玫瑰,告诉她给她找了份工作。梅华有些犹豫地说:"我不知道你能不能吃苦,这活儿可能不轻松。"

普玫瑰忙使劲儿点头,说:"老师,我行。您不知道,我上中学时,为了挣学费,还到建筑工地去挑过灰浆、背过砖头呢,我什么苦都能吃!"

梅华的眼睛有些潮湿,重重地拍拍普玫瑰的肩,递给她一张写着地址的纸条,说:"好好干,星期六下午就去,不耽误上课的。"

五

普玫瑰按纸条上的地址找到教工楼,敲开 203 的门,一位满头银发的老人开了门,笑呵呵地说:"你一定是梅华老师介绍来的学生,你很准时,进来进来。"

梅华老师告诉过普玫瑰,干活儿的地方是中文系退休的陈教授的家,陈教授的儿女都在国外,家里就老两口过日子。她的任务就是帮老人打扫卫生,每周两次。当时普玫瑰心里还有些迷惑,一个两口之家,有多少卫生可以做,还用得着每周去两次? 梅华说陈教授当年是她的班主任,人很好处的。她似乎还有什么话要说,只是到嘴边又忍了回去，最后补了一句："和老人相处，耐心一点儿。"

陈教授真的很和气，和气得让普玫瑰不好意思。他请她坐下，给她倒水，又拿出一盒糖果让她吃。普玫瑰涨红脸说："老师，我还是先干活儿吧。"陈教授摇摇手说："不着急，你第一次来我家，是客人嘛。先喝水，吃点儿东西。"

普玫瑰很拘谨地喝水，吃了颗糖。陈教授和她聊了起来，问她的家乡，问她的学习，问她现在都上些什么课程。陈教授以前是教古典文学，退休了也没闲着，还在写文章搞研究。聊着聊着就像回到课堂，给普玫瑰讲起了李白、杜甫的诗，眉飞色舞，兴致满满。普玫瑰恭恭敬敬地听着，心里却总想着自己要干的活儿。好不容易逮个空子，赶紧说："老师，我还是先干活儿吧。"

陈教授拍拍脑袋说："看我这记性。来来，我告诉你做些什么。"

在卫生间门前，教授指给她看拖把、抹布、水桶，笑着说："就是拖拖地，抹抹桌子。"

活儿比普玫瑰想象得轻省多了，比起她在建筑工地给人背砖、挑灰浆，这真算不了什么。屋子不算小，三室两厅，还有两个阳台。普玫瑰卷起袖子风风火火地干起来，不到一个小时就把所有房间的地面都拖了一遍，桌子也擦得很光亮。陈教授为了不妨碍她，搬把椅子到阳台去看书。他的书房真大呀，三个大书架上满满地全是书。普玫瑰呆呆地看着，羡慕极了，很想开口跟陈教授借几本回去看，又觉得太冒昧。

站在明亮的客厅，普玫瑰对自己的劳动成果很满意。她四下里看看，准备告辞。

正在这时，大门突然开了，一个面容富态的女人走了进来。她有些惊讶地看着普玫瑰，然后恍然大悟地说："你就是梅华介绍来搞卫生的那个女生吧？我忘了你今天来，出门买东西去了。"

玫瑰呆呆地看着她，不知道怎么称呼才好。按说她是陈教授的老伴儿，应该叫她奶奶。可她的面容不像当奶奶的人。虽说头发有些花白，她的脸却很光滑、滋润，她画了精致的淡妆，身上穿一件蓝地白花的丝绸唐装，手上提只精巧的白色手袋。叫阿姨似乎老了些，叫奶奶又不合适。玫瑰傻傻地站着，一时开不了口。那个女人看出了玫瑰的为难，笑着说："叫我刘老师好了。坐坐，别站着。"

刘老师里里外外地看了一遍，脸上有些不悦，去了阳台。玫瑰听见她对陈教授说："老陈呀，你在家怎么不管事，人家同学是第一次来做，你要指点要教人家嘛，你就知道看书！"

玫瑰有些紧张，不知道自己做错了什么。刘老师回到客厅笑着说："我这个老伴儿呀，是个书呆子，什么事儿都要我操心，他是不会管的。"

玫瑰站起身说："刘老师，有什么不对的吗？"

刘老师皱皱眉头，指着里屋的地说："同学，这木地板是不可以用拖把拖的，你看看全是水渍，干了会花的。要用毛巾去擦才行。博古架上的工艺品，也要用细绒布轻轻地擦，不可以用湿毛巾。都怪陈老师没告诉你。"

玫瑰忙说："我可以重来的。"

刘老师显然和陈教授不同，一看就把日子过得很精细。她找出两条毛巾，指点着玫瑰把几间屋子的地板重新抹了一遍。玫瑰脱了鞋，光着脚跪在地板上，一寸寸地倒退着擦，不能有一点儿水渍。上过蜡的地板亮得能照出人影，玫瑰的心里却有点儿恍惚。城里人的脚多金贵呀，这么漂亮的地板只为了踩在脚下？家乡人的脚，糊着黄泥糊着牛屎，在火塘边烘烤干后，黄泥和牛屎像层皮似的粘在脚上。他们能想象得出城里人的脚是什么模样吗？她回头瞟了一眼刘老师穿着绣花拖鞋的小巧的脚,那双脚一定白净、柔软,和泥土没有任何关系。

玫瑰的泪水和着汗水不知不觉就滴到地板上,溅起几滴水花,她忙用毛巾擦掉。

刘老师在她身后站着,轻言细语地说:"这打扫卫生的活儿呀,看起来轻省,其实要做好也是不容易的。本来我们可以请家政公司的钟点工,人家有经验。只是听梅华说你的家庭比较困难,让你来做也算是勤工俭学。同学,你能行吗？"

玫瑰努力扮出笑脸,回头说:"刘老师,我能行的。以后我会按你的要求做好。"

这天做完全部卫生,天都快黑了。玫瑰也累得腰酸背痛,陈教授留她吃饭,她谢绝了。她不能想象自己在地上爬着跪着干了半天活儿后,还能平等地和他们坐在一起吃饭。虽然他们很热情,始终面带笑容,可是玫瑰的心里很清楚,笑容后面有不可逾越的距离和障碍。

晚上,她在观察笔记里写下一段话,问自己:

普玫瑰,你还去陈教授家干活儿吗？

去,为什么不去。我是用劳动挣钱,没什么不好意思的。

可是你的心能平静吗？面对一种如天堂般的生活,你能安然面对吗？

我能。一切都是别人的,跟我无关。我只是一个干活儿的机器,机器是没有思想的,不会嫉妒。他们家六百元的马桶、一千多元的浴缸、三十四寸的电视、华贵的地板,和我有什么关系？我只希望用我的劳动,每月能从他家挣到六百元,解决生计问题。我很庸俗吗？

写完,她又把笔记撕了。她不想让梅华看见。

六

普玫瑰的大一生活像一阵风似的,轻悄悄就从身边滑过去了。

别的同学的大学生活多么丰富多彩啊,竞选班委、团干,参加各种比赛,和老乡聚会,差不多每一天都有新的内容等着。刘薇薇就曾经幸福地伸着懒腰,诗人似的抒情说:"比起高中来真是太幸福了,没有那么多作业,没有老师和家长在身后追着,也没有高考的利剑悬在头顶,还可以睡睡懒觉。天哪,自由是多么的可贵啊!"

有的同学甚至已经开始谈恋爱了,好像要把高中损失的青春全都补回来。梅华开班会时旁敲侧击地说了几句,要大家抓紧时间学习,不要耽误了大好光阴。一个男生在后面轻声说:"不谈恋爱才是白白耽误大好青春呢!"听见的同学都笑了。

普玫瑰也听见了,却没有笑。一年下来,她甚至不能全部叫出班上同学的名字。除了上课,除了每周去陈教授家做两次卫生,她还在学校的勤工俭学部给自己找了份打扫教学楼楼道的工作,早晚各一次,从一楼做到六楼。生存是没有问题了,只是时间紧张得像是在跟人赛跑。

大一的普玫瑰就是一只毫不惹眼的丑小鸭。每天早去教室的同学都会看见一个穿着洗得发白的中学校服、头发扎成马尾、脸上流着汗珠的女生在使劲儿擦地,就像在乡下的地里干活儿似的卖力气。有的学生甚至把她当成学校的勤杂工,从旁边走过时议论:勤杂工也挺不容易的,一个月不知道挣多少钱?

外班同学的眼光，普玫瑰懒得在乎。

可是她在乎自己班上的同学，尤其是男生的眼光，所以她尽量赶在上课前拖好地。令她懊恼的是，一个男生总是在她快要拖完地的时候，急匆匆地踩着潮湿的地面赶往教室。这是一名外省同学，操一口好听的普通话。普玫瑰只知道他叫杨杰，不知道他来自哪个省。他有着北方人的高个子，宽阔的肩，五官也长得比南方人大气。一开始他没有注意到玫瑰，大概也把她当成勤杂工了。可是有一天早上，他照样脚步匆匆走过走廊湿漉漉的地面时，突然停住脚步，回过头认真地看了她一眼，有些惊讶地说："原来是你？咱们是一个班的同学？"

普玫瑰擦擦脸上的汗，面无表情地说："是的。"

杨杰笑笑说："你一定是想锻炼自己的能力，挺好的。"

普玫瑰看着地面，说："我是为了生存。"

杨杰有些尴尬，点点头，往三楼教室去了。普玫瑰抬头时，只看见他长长的腿在阶梯上弹跳的样子，很生动。她心里却不是味儿，紧紧咬住嘴唇，低头狠劲地拖擦地面。这是她入学以来第一次感觉到自己的卑微。如果此刻她手里拿的不是拖把，而是厚厚的书和笔记本，她的头也许会抬得高一些。

在教室里再次和杨杰的目光相遇时，她轻轻把头转开。

她突然有了躲避的想法，第二天比平时提早了二十分钟来到教学楼干活儿。可是，没等她把地拖完，才拖到二楼时，他又来了。他老远就扬起手招呼："嗨，早！"

普玫瑰原本是想低头装没看见的，这下装不过去，只好抬头对他笑笑。杨杰突然把手里的书递过来说："你帮我拿着，我来试试拖一回地。"

她没有说话，就让他接过手里的拖把。这是个好奇的大男生，什么都想试试。

他拖地的样子有点儿滑稽,画大字似的,把拖把左右甩开,倒是挺卖力。一会儿就拖完二楼,还要往三楼拖。普玫瑰忙阻止他说:"行了行了,还是我来吧。"

他的笑容很阳光,牙白得像米,对她摆摆手,说:"那我先走了,以后我还可以帮你干。我力气大,拖地就跟锻炼身体似的,挺好玩。"

普玫瑰好半天还想着他的话,拖地竟然也好玩吗?

这天下课时,赵月把普玫瑰叫到走廊,搂着她的肩突然问了句话:"听说早上杨杰帮你拖地了,是真的吗?"

玫瑰点点头。这不算是什么秘密。

赵月在她耳边低声叫起来:"你可别被他迷惑住,他父母都是知识分子,家境可好了。他那是同情你,你可别有什么想法。"

玫瑰的脸涨红了,生气地推开她的手,说:"赵月你什么意思?你怎么知道我有什么想法?"

赵月又搂住她的肩,安抚说:"我这不是关心你嘛,怕你上当。"

上课时刘薇薇凑过来对普玫瑰说:"不用问我就知道赵月叫你出去会说些什么。"

玫瑰瞪大眼睛说:"不会吧? 你能掐会算?"

刘薇薇笑笑低声说:"你不知道吧,赵月暗恋杨杰呢,听说杨杰帮你拖地,她嫉妒呢。"

玫瑰这才恍然大悟,低声说:"无聊!"

这回她干脆提前半个小时到教学楼拖地,拖完了才去食堂吃早点。不过是买个馒头匆匆吃下去,然后赶到教室去看书。杨杰来教室时,她已经坐在座位上了。他走到自己位子上放下书,又绕过来在她面前站住。她不抬头也能感觉到一股气息,那是好闻的洗面奶的味儿,刘薇薇每天都用,玫瑰就记住了。他弯下腰微笑着说:"普玫瑰,你怎么提前拖地了,不是说我来帮你的吗?"

她抬起头,却不敢和他对视,望着他身后的黑板说:"谢谢你,我能行的。"

"你这个人呀!"听得出他有些遗憾。

她只能偷偷瞄一眼他的背影,那是个高大宽阔的身影。普玫瑰的心里突然涌起一种从没有过的冲动,真想叫住他,告诉他:"杨杰,我愿意你帮我。"

可她马上就在心里告诫自己:普玫瑰,你不要胡思乱想,不属于你的东西想了也没用!

七

普玫瑰的人生转机出现在大二下学期。

几个假期她都没有回家,梅华老师帮她找了份看宿舍的工作,留在学校过寂寞而又宁静的假期。想起家就有些伤感,父亲不在乎她是否回去,就是她死在外面只怕他也不会过问的,这么一想就觉得自己和孤儿没什么区别,也就更不想回去了。

开学前一天就有许多学生回来,校园里变得热闹起来。

普玫瑰从图书馆出来,心里很高兴。这个学期她在图书馆找了份工作,每天晚自习去看管阅览室,自己还可以在那里看书学习,比起做清洁,轻省了好多。走在图书馆前的小路上,她的心突然狂跳起来,一个熟悉的身影正迎面走过来。她想转身躲开,已经来不及了。杨杰对她招手,说:"嗨,普玫瑰你在这儿呀,我正要找你呢。"她只好鼓起勇气对他笑笑说:"杨杰你回来了? 你们家到底是哪儿的?"杨杰有些夸张地说:"哇,同学一年了还不知道我是哪儿的人?告诉你吧,我家在哈尔滨,远着呢!不过坐飞机也挺快。"

他的话突然把她的紧张感消除了,他是坐飞机的人,自己是留校看宿舍的人。二者不相干的,隔着老远的距离呢,瞎紧张什么呢。这么一想就轻松了些,笑着问他:"你找我有什么事?"

杨杰说:"我是来给你报喜的,刚刚听梅老师说,上学期的成绩出来了,你综合排名全班第二,拿奖学金是稳稳当当的,你应该请客才对。"

她记起来了,杨杰是班上的学习委员。她突然没头没脑地说了句:"杨杰你知道吗,赵月很喜欢你呢,经常站在窗口看你。"杨杰愣了一下,说:"我对她没感觉。普玫瑰你告诉我这个是什么意思?"

他逼视着她。俩人站得很近,她能看到他唇边一层细细的茸毛,眼睛里闪动着明亮的光。她心里一下子慌乱无比,支吾着说:"我也是听别人说的,不信就算了。我要走了。"

她几乎是逃一般从他身边走开。

她决定就这么躲着杨杰,远远地看看他的身影就满足了。

开学后,梅华开班会时又强调了谈恋爱的事。按她的经验,学生到了大二,不仅仅有谈恋爱的现象,胆大的干脆到校外租房同居去了。学校也是睁只眼闭只眼。刘薇薇找了一个外系学生物的男生,两个人在校园整天泡在一起,勾肩搭背的,连宿舍都很少回,还劝普玫瑰不要太老土了,歌里都唱青春像小鸟,一去不回来,还等什么呢?普玫瑰笑笑,懒得理她。

杨杰是个很有自尊心的男孩,并没有在普玫瑰后面死皮赖脸地追她。班上喜欢他的女生不止赵月一个,好几个都曾经对他暗送秋波,约他出去玩,去看录像、吃烧烤。他也不拒绝,嘻嘻哈哈地,谁请都去,却又让谁也没办法和他走得更近。普玫瑰上课喜欢坐前排,有时偶尔回头,他有些忧郁的目光远远地看着她,让她心里被小鹿撞了似的涌起一阵波澜。

学校团委发个通知,要在全校女生中搞一次选"民族之花"的比赛。全省有二十六个民族,就要在全校选出二十六个"民族之花"。校园里反响挺热烈,走到哪儿都有人说这个事。长得漂亮点儿的女生都动了心,开始暗地里准备着。

普玫瑰对这件事一点儿都不关心,觉得跟自己没关系,照样白天上课,晚上守阅览室。现在她的生存没有太大的问题,四年的学费已经贷款解决。奖学金加上看阅览室的工资,省吃俭用,每月的生活也勉强过得去。她一门心思扑在学习上。一年级的经验告诉她,搞好学习拿奖学金也是一条走得通的路。民族师院每年的各项奖、助学金名目不少,只要努力就有希望拿到。

她全部的心思都用了学习上。

但是每周两次去陈教授家做卫生的工作,她没有辞掉。刘老师虽然挑剔,每回都要挑出些问题,让她重新做,但是慢慢地磨合下来,也没那么可怕。不就是多出点儿力气的事吗?刘老师有时候也会留她吃顿饭,聊聊天。更重要的是,玫瑰可以从陈教授的书架上借书回去看。每次借两本,有借有还。就冲这点,她也愿意在陈教授家做下去。老人其实也很需要人照顾。

这天晚上,玫瑰边守着阅览室,边看书。突然有人轻轻推开木栅栏走了进来。玫瑰一抬头,看到她最怕见到的杨杰,不由心慌了起来,低声说:"你有什么事吗?是不是要借杂志?"

杨杰在她身边站着,一股陌生而又刺激的气息让普玫瑰差点儿窒息。他压低声音说:"我只给你说一件事,马上就走。你应该参加'民族之花'的评选。"

她呆住了，想不到他说的竟然是这样一件事。

她听到他在说："你很有条件的，只是缺少自信。你应该去试一试，不试怎么知道自己有多好？我觉得你对学校的活动参与得太少，我真的希望你能报名参加。"

他的眼睛认真地看着她，明亮清澈，让她的心剧烈地跳动起来。

她深深地吸了口气，说："让我好好想想。"

"你能行的，玫瑰。"他的手在桌子后面，突然悄悄拉住了她的手，温热而又有力。她不会呼吸了，只是傻傻地站着。好在杨杰很快松开手，转身走出去。

普玫瑰在那一瞬间决定了，明天就去报名参加"民族之花"的评选。

八

普玫瑰觉得杨杰的话简直像箴言，世界上的事就是这样，不试怎么知道自己有多好？

她在"民族之花"的评选中，一路过关斩将，大获全胜，最后获得了"民族金花奖"。一夜之间，普玫瑰真的成了校园里一朵芬芳四溢的玫瑰。本系外系的人都在打听那个获金花奖的学生是哪个专业哪个年级的，怎么平时悄没声儿的，也没见她出头露面呀，一下就出名了？

决赛晚上举行，来了好多记者和嘉宾。能容纳五六百人的礼堂挤得满满当当，水泄不通。梅华带着一帮学生坐在台下，举着小旗子给进入决赛的普玫瑰和赵月鼓劲儿。杨杰怀里抱着一大束红火的玫瑰，班上的同学平时都知道赵月对他有意思,以为是为赵月准备的礼物,就和他开玩笑,他只是笑,不说话。赵月在台角探着头看见了,激动地对普玫瑰说:"哦,我太高兴了!"

普玫瑰也看见了杨杰手里的玫瑰,杨杰还对着她轻轻举了举手里的花束。她的心像小鹿撞似的,猛烈跳动起来。她知道,那一束盛开的玫瑰是为她准备的。赵月要是知道杨杰还为普玫瑰准备了另外一份珍贵的礼物,不气疯了才怪。

决赛的项目之一是各民族服饰的展示。

普玫瑰第一次出场选择的是一套彝族撒尼人的服装。就像电影里阿诗玛穿的那样,大方中透出雍容,轻快中现出活泼,刚一出场就把全场震惊了。有人在台下惊呼:天哪,阿诗玛?

尤其是台下的老师和同学,更是惊讶极了。他们平时见惯的是那个穿一身发白的校服、头发扎成马尾辫、满面汗珠地拖地忙碌的女孩儿,她真的是台上这个满面阳光的阿诗玛吗?一个男生压低嗓音对身边的同学说:"难怪我老觉得普玫瑰面熟,现在才发现,她长得太像杨丽坤了。尤其是穿上这身衣服,简直就是阿诗玛转世啊!"

掌声潮水般响起。

这是普玫瑰十九年中最精彩的夜晚。鲜花、掌声让她第一次感受到生命的暖意。

最后的时刻到了,每位选手穿上最美丽的民族服饰,等待裁决。

刘薇薇很够朋友,带着男朋友一直在后台为普玫瑰守着她的服装,为她换衣服,补妆,做得很认真。普玫瑰感动得不知道说什么才好,只是紧紧地抱她,亲她的脸。

普玫瑰最后出场穿的是一套凉山彝族女孩儿的装束。这就是杨杰送给她的礼物。本来学校有相同款的服饰,可杨杰看了后说那些衣服太简单,不满意。他竟然瞒着普玫瑰,专门跑到省民族歌舞团租了一套演出用的彝族服饰回来。

这套衣服普玫瑰一见就舍不得放下了。百褶裙是彝族最喜爱的红黄黑三色,长长地飘曳拖地,上身是红丝绒坎肩,绣着红黄相间的美丽花边。杨杰有些迫不及待地让普玫瑰穿上,他想看看效果。玫瑰不干,一定要等决赛的时刻才穿。杨杰有些无奈地说:"你简直就是在考验我的耐心,我多么想立刻就看见一个彝家仙女站在我的面前呀!"可是普玫瑰就是不肯让步,她有些固执地坚持着。她在心里悄悄告诉自己,一定要在决赛的夜晚,给他一个惊喜。那将是一个独特的出场,没有人知道她所有的准备全是为他一个人。

现在,一个独特新鲜的普玫瑰终于站在了全校师生的面前,就像一朵等待了十九年的玫瑰,选择这个初夏的夜晚绽放自己的美丽,每一片叶子和花瓣都蓄满了汁液,盈盈地等待着绽放的时刻到来。当她用左手提着长裙的一角,迈着轻盈的步子出场时,台下突然安静极了,安静得让普玫瑰以为自己哪里出了差错。是头发还是鞋子?她有些惶恐了,可是片刻之后,掌声如潮水般响起,把她包围了。她看见梅华老师和一群同学冲她挥动双手,快乐地大声叫喊着。平时的梅华老师是多么文静啊,连笑容都是有分寸的。普玫瑰略显腼腆地款款走着,心却悄悄飞回了故乡的山野,一个乡下丫头,一个背着行囊逃出山乡的彝家女孩儿,竟然也会有这样一个幸福得令人迷醉的夜晚!她的泪水悄悄顺着面庞流下来,笑容却依旧甜美。

在这个玫瑰飘香的夜晚,普玫瑰终于感受到了命运对她的眷顾。她当之无愧地摘走了"民族金花奖",站在领奖台上捧着金灿灿的奖杯,笑得灿烂无比。

更重要的是,她还在这个美好的夜晚,收获了同样美好的爱情。

杨杰冲到台上,把那一大束鲜艳的红玫瑰当众献给了普玫瑰。全校师生都目睹了这个动人的场景。获得银花奖的赵月,差点儿没晕过去,脸色瞬间变得苍白。

很多同学趁机在台下起哄,嗷嗷地叫着,要杨杰拥抱玫瑰。

杨杰只犹豫了几秒钟,真的当着台下那么多人,勇敢地拥抱了普玫瑰。虽然只是短短的几秒钟,可普玫瑰的脸比怀里的那束玫瑰还艳丽。她嗅到了他身上的气息,这使她醉酒一般,几乎站立不稳。

没人知道,在这个浪漫的夜晚,普玫瑰突然非常想念乡下的父亲。

夜深人静,宿舍里的人都入梦了。清冽的月光从窗口溜进来,在她脸上洒下些斑驳的光影。她抚摸着冰凉的奖杯,喃喃自语:阿爹,你好吗?你原谅女儿的逃离了吗?

九

普玫瑰现在才知道,出名的感觉真好。要不怎么满世界的人都那么想出名,争做名人呢?

走在校园里,到处有人对她指指点点:"瞧,这就是今年得金花奖的女生,真漂亮!"

有些外系的男生经常找借口跑到中文系,在普玫瑰上课的教室门前晃。胆大的,下课后干脆守在楼下,请她出去玩,去看录像,去吃烧烤。令他们失望的是,普玫瑰一概拒绝,谁都不搭理,最后落了个冷傲的名声。她和杨杰的关系,从那个获奖的夜晚之后,在大家眼中已经公开了。俩人也有过约会,有过拥抱接吻,像所有的恋人那样。普玫瑰的心里却始终有些忐忑,杨杰的知识分子家庭对她来说是个不能不正视的压力,他的父母都是哈尔滨一所大学的教授。她普玫瑰只是个山乡出来的女孩儿,没有母亲,父亲是个酒鬼,家里只有几间破旧的草屋,连上大学都是悄悄逃出来的。就算杨杰不在乎,可他的父母也不在乎吗?杨杰放了假可以高高兴兴地坐飞机回家去看父母,她连家都不敢回,只能待在校园里打工度日。她总觉得自己和杨杰之间,横着一条无法逾越的鸿沟。

有了这样的忧虑,她对杨杰的态度就变得时冷时热,让他摸不着头脑。有一回杨杰刚把她紧紧揽入怀内,她却长长叹了口气。杨杰有些奇怪地问她怎么了?她却不说,眼睛里有泪花在闪动。杨杰附在她的耳边说:"玫瑰我是爱你的,你有什么心事为什么不告诉我?难道不信任我吗?"

她只是摇头。杨杰怎么会懂得一个苦水中浸大的女孩儿的心事呢!

她敏感自尊得有些神经质,俩人上街坐车,她一定要抢着掏钱买票。在外面吃东西,她也要坚持为自己付一半的钱。有一回吃过桥米线,杨杰抢先付了钱,买了十元一套的。玫瑰心里有些心疼,如果是她买,肯定只买最便宜的六元一套的,虽然她是头一回吃过桥米线。吃完米线,她默默把十元放到杨杰面前。杨杰涨红脸,苦恼地冲她叫起来:"玫瑰你怎么不给我留点儿面子?我是男人,连请女朋友吃东西都请不起吗?你这是干什么?!"

玫瑰低下头,但是固执地不肯收回那十元。

那回杨杰真的生气了,扔下她坐在店里,自己头也不回地冲了出去。一连几天都不理她。

这几天中发生了一件事。一天课间,系办的秘书刘老师把普玫瑰叫到办公室,笑着说:"普玫瑰,有一件好事落到你身上了。出了名就是好呀,什么好事全来了,猜猜是什么好事?"

普玫瑰只会摇头,实在想不出能有什么样的好事落到自己身上。

刘老师指着沙发上的一个人说:"这位焦总是一家房地产公司的老板,他想在我们学校资助几名同学。我头一个就想到你,你是今年的金花呀。焦总您看,我们这位金花不错吧?"

普玫瑰这才看见沙发上那个男人,大约四十多岁,长得粗壮结实,理个小平头,穿一身休闲服,正上下打量她呢。普玫瑰脸红了,低下头不知道说什么才好。

这确实是一个意外的喜讯,让她有些不知所措了。

据这位焦总说,他自己也是乡下苦孩子出身,当年就是因为家里穷,没钱上大学。早早地就走入社会,开始创业,吃了不少苦,现在挣下了万贯家业,就想着回报社会,想帮助同样是苦出身的孩子完成学业,于是找到了民族师院。焦总当场承诺,普玫瑰后两年的学费、生活费全部由他承担。

不过,焦总也提出一个条件。作为回报,普玫瑰每周去他家里两次,给他上初中的女儿辅导功课。焦总说:"不会影响你学习的,你周末来就是了。我可以派车接你。"

普玫瑰忙说:"不用不用,我坐公交车来。"

焦总临走,给普玫瑰留了地址和电话号码,还说要是方便的话,希望她这个周末就来,因为他女儿的学习确实不太理想,让他心急,想早一点儿有人管管这个孩子。

普玫瑰太高兴了,这么好的事情竟然落到了她的头上。

当她在图书馆门前遇到杨杰时,忘记了他正和自己生气,把他拽到花圃那儿,说了焦总的事。杨杰疑惑地说:"真的? 真有这么好的人?"

十

对普玫瑰来说,陈教授的家差不多就是天堂了。可当她走进焦总位于郊外湖畔的别墅时,才发现自己是多么的孤陋寡闻。这是一栋三层的别墅,屋后有一个种满花草的私家花园。刚开始普玫瑰以为是一大家人在这里住,后来才发现偌大的屋子只有焦总和他十四岁的女儿焦莎莎住。另外有一个管家的阿姨,一个负责买菜做饭的小保姆,还有一个开车的司机。一切和电影里看到的富豪生活差不多。

莎莎的房间在三楼,屋里是大玻璃落地窗,阳光灿烂,床上扔着芭比娃娃。焦莎莎一脸阴郁地也斜着普玫瑰,根本就没有把她放在眼里的意思。焦总有些夸张地对女儿说:"莎莎,这次爸爸给你请的这位老师可非同一般哦,人家是民族师院的金花。"莎莎不以为然地撇撇嘴,低头写她的作业。

焦总叹口气,带玫瑰到二楼的客厅,给她倒了杯水,说:"莎莎的母亲出国了,我是又当爹又当娘,又要忙公司的事情,真是焦头烂额啊!对了,我得告诉你,莎莎这孩子不太好对付,以前也给她请过家教,可是没有能做长的。小普你多费心,工资上面我不会亏待你的。"

普玫瑰笑笑说:"焦总,我尽力吧。另外您不用给我工资,因为您已经资助我了。"

焦总突然说:"小普你笑起来的样子很像阿诗玛,甜美清纯。"

玫瑰脸红了,低下头说:"焦总,我还是上去和莎莎谈谈吧。"

焦莎莎果然不好对付,她抬起头以探究的目光看着玫瑰,半天才说:"刚才听我爸说,你是民族师院的金花?"

玫瑰点点头。

莎莎突然冒出一句："是不是我爸出钱赞助，你才评上的？"

玫瑰不由得皱起了眉："莎莎，我是刚刚才认识你爸爸的。"

莎莎老到地说："以前我爸也出钱赞助过模特儿比赛，那个拿金奖的就是我爸的女朋友。现在的比赛都这样，没钱什么也干不了。"

玫瑰惊讶极了："莎莎，你怎么可以这样说你爸爸？你还是初中生呢，怎么知道那么多？告诉你吧，我这个金花可是凭实力得来的，不像你想的那样。"

莎莎仔细打量她一番："你是漂亮，可你太土气。对了，你等等。"

她突然扔下笔，拉开门冲到另一个房间去。不一会儿，手里提着几件花花绿绿的衣裙跑进来，兴奋地说："你快脱了衣服，换上这个看看，一定会大不同的。这是我妈的衣服，全是名牌！"

玫瑰不愿意，可莎莎扑上来缠磨着扯下她的衣服，把一套银白色的衣裙硬是套到她身上，然后拽她到穿衣镜跟前说："看看，快看看。这不是马上就大变样了吗？"

玫瑰有点儿经受不住诱惑，也想看看自己穿上名牌是什么样子。和穿校服的那个朴素的自己相比，镜中的女孩子大方洋气，清纯美丽。她扯下扎在脑后的马尾辫，一头长发黑瀑似的流泻在肩头，更是平添几分妩媚。原来一套衣服就可以让人有如此大的不同。莎莎有些嫉妒地说："你都有点儿像明星了。"

有人在门那儿拍响巴掌："好好，真是有明星的气派。要不怎么说人靠衣裳马靠鞍呢？女孩子的青春就是不应该浪费。"

一回头，焦总不知什么时候站在门口，正歪着头欣赏她呢。普玫瑰有些慌乱，忙解释说："对不起，是莎莎硬要我穿的。"

焦总笑眯眯地说："为什么要说对不起呢？这么好的衣服，放在柜子里也是浪费,穿着就不要脱了,送给你了。"

莎莎突然不高兴了,嘟着嘴说:"不行,这是我妈妈的衣服,不能送人。快脱下来我要收起来了。不过就是让你穿上过过瘾,你还当真了!"

玫瑰忙几步冲到卫生间,换上自己的衣服。莎莎的态度让她感到羞辱,尤其是当着焦总的面。他会不会以为自己是个爱慕虚荣的女孩子?

十一

经过一番磨合,玫瑰还是决定去焦总家里给莎莎做家教。她发现莎莎表面上刁钻古怪,不好相处,其实内心是很孤独的。母亲不在身边,父亲要忙公司的事,放了学回到家,莎莎基本就是一个人待着,时间长了性格难免会有些怪异。这么一想,玫瑰对这个女孩儿就多了些同情和理解。

只是杨杰对她到焦总家做家教还是有些不放心,总是变着法子提醒她要多加小心。玫瑰哭笑不得,指着他的额头说:"你怎么这么小心眼儿啊,我不过是去做家教。再说,世界上的人也不都是坏人。"

可杨杰说他对商人不放心,商人都是无利不起早的人。他为什么平白给人好处?

那天晚自习后,俩人在图书馆门前的草坪上约会,杨杰还提出要跟父母说说,由他家来承担玫瑰今后几年的学费和生活费。玫瑰毫不犹豫地拒绝了。她说:"我不会要的,我凭什么用你父母的钱?这没有道理。"杨杰搂住她的肩说:"因为你是我家未来的儿媳妇,这个理由还不够吗?"

玫瑰一下红了脸:"那更不行,这不变成旧时代的婚姻了吗?用了你家的钱就成了你家的人?亏你说得出口。我穷,可我有我做人的尊严!"

杨杰说:"那你怎么接受那个焦总的资助?"

玫瑰说:"这不同。他是通过学校给的资助,代表的是社会的关心。再说我也用做家教的方式回报他。这样我心里踏实。"

杨杰没有办法说服这个外表柔顺、内心倔犟的姑娘,急得直揪头发。玫瑰抱住他的头,在他耳边柔声说:"你不要这样,我只是希望能和你平等地站着。我可不愿意在你面前总是低着头做人。"

她的倔杨杰是知道的。自从被评为"民族金花"之后,有好几个商家找过她,请她做广告,做形象大使,许诺给她不菲的报酬,可是玫瑰都以自己是学生、学校有规定为由回绝了。其实学校并没有硬性规定,赵月就曾经给一家卫生巾厂做过广告,还在一家公司悄悄兼职。可玫瑰不愿意,她说做人要凭真本事,漂亮不是本事,她会害羞的。好多人都说她傻。

杨杰叹口气,很无奈地说:"都什么年代了,怎么还有你这样古板的女孩子?"

玫瑰赌气说:"我就这样,你不跟我好拉倒。"

杨杰一把把她拥入怀里,用一个甜蜜的长吻堵住了她的话。

其实杨杰的担心不无道理。焦总已经开始注意普玫瑰了。

一开始他对玫瑰的家教很满意,因为她竟然能和自己那个小魔女一般的女儿相处下来,她的耐心和韧性让他感动。后来他发现这个女孩子和他认识的另外一些漂亮姑娘很不一样。她好像不知道自己的漂亮也是一种本钱,不懂得拿它换取物质,总是穿着那身发白的旧校服来他家,清水芙蓉般地平淡自如,在他家豪华的别墅里也丝毫没有表现出自卑。而那些他以前认识的女孩子,第一次到他家,就对别墅的装潢、摆设表现出极大的兴趣,上上下下看个没完没了,还要适时地用夸张的惊叹声来满足主人的虚荣,然后就变着法子讨好他,好从他的口袋里掏钱。

普玫瑰在他眼中,像一块未经开凿的璞玉。

她甚至拒绝坐焦总派去接她的高档轿车,宁肯转三趟公交车来给莎莎辅导功课。

她让他想起自己家乡春天原野上那些迎风开放的野花,清淡素雅,想起自己没有成功之前曾经喜欢过的邻家小妹妹。看着玫瑰的身影,那么多清纯的往事竟然从干枯的记忆中一点点复苏了,开出让心灵颤动的花朵。

玫瑰不知道焦总的心思,只是后来每回来做家教,焦总总是恰好在家,待在客厅宽大的阳台上,有些忧郁地侍弄几盆山茶花。那些工作原来都是由保姆做的。

她给莎莎辅导功课,有时莎莎的目光会突然越过她的头顶,惊讶地朝门那儿瞥去。玫瑰一回头,正好看见焦总倚在门框上,若有所思地望着屋里。他点点头说:“你们继续,我只是路过,随便看看。莎莎要好好听小普老师的话,把学习搞上去。”

待他走远了,莎莎狐疑地皱皱鼻子:“我爸有病啊?以前从来不主动关心我的。”她转转眼珠,对着玫瑰说:“他不会是来看你的吧?我老听他说你像什么阿诗玛呢!”

玫瑰的心动了一下,忙正色道:“不许胡说,不然我可要罚你了。”

焦总给玫瑰买了礼物。

那天学习结束后,他从楼下拿来两套衣服,一套递给莎莎,说是奖励她这些日子学习上的进步。另一套则是给玫瑰的,是套乳白色的夏装,名牌货。他似乎漫不经心地说,莎莎学习进步了,小普老师也是有功劳的,也要奖励。莎莎在他背后悄悄吐了吐舌头。玫瑰惶恐了,她知道这衣服一定很贵,她怎么可以要这么贵重的东西?忙推辞说自己是学生,穿校服挺好。

焦总说:"不就是套衣服吗? 和一个人的青春相比,算得了什么?以前我年轻的时候,没有钱买衣服,现在有钱了,你看看我这身材,穿什么都不好看了。人生就是这么无奈呀! 所以,我喜欢看莎莎你们这些小女孩儿穿漂亮的衣服。"

玫瑰觉得焦总的话蛮有哲理,可她还是不能接受这份礼物。

焦总摇摇头,把衣服交给莎莎,让她暂时保管。

她走出焦总家大门时,焦总在阳台上目送她的背影,充满怜惜地叹了口气:"这个社会,怎么还有这样的女孩儿? "

暑假前的最后一周,也是玫瑰最后一次给莎莎辅导功课。焦总说过,这个假期要带莎莎到美国看她妈妈。她来到二楼客厅,向焦总告别,他正在沙发上看一堆建筑图纸。他抬起头,目光温柔地罩着她的身影,告诉她,如果她放假不回家,可以到他下面的公司去打工。玫瑰很意外,忙说:"谢谢焦总,我不回去,我一向都留在学校。"

焦总叫住玫瑰,从身边的大黑皮包里取出一样东西,说是对她家教工作的奖励。看到玫瑰一副准备推辞的表情,他笑着说:"就是只手镯,在旅游点花十多元买的。"

玫瑰将信将疑地接过盒子,里面是只乳白色的手镯。她从来没有过自己的饰品,判断不出这东西的价值,又认真地问了焦总一声:"真的只是十多元买的吗? "

焦总又笑了,说自己只见过嫌礼物不好不收的人,没见过她这种生怕礼物贵重不敢收的姑娘。玫瑰也笑了,羞涩地低下头去。

她这一低头的娇羞，也被焦总尽收眼底。

十二

杨杰是在考场上看到玫瑰手上那只镯子的。

那天考古代文学，他坐在后排，玫瑰坐在前面第二排的位置，他偶一抬头，正好看见玫瑰抬手捋鬓边的长发，洁白的手腕上多了样东西，像轮半圆的月，朦胧而美丽。那镯子和玫瑰的肤色很配，为她平添了几分典雅和雍容。杨杰愣住了，变得有些心不在焉。整堂考试他的心思都在那只镯子上，以他的经验来看，那绝不是地摊上的便宜货。他在母亲的手腕上见过大致相同的一只，那是母亲去泰国旅游买的，花了好几千元。

玫瑰怎么会有这样一只贵重的镯子呢？他满心狐疑。

杨杰不知道自己都在卷子上写了些什么，匆匆交了卷，跑到楼下等着。

其实，发现玫瑰手上多了只镯子的，不只是杨杰。赵月、刘薇薇她们好几个女生也都注意到了。交了卷出门，刘薇薇就拉着玫瑰的手发出一声尖叫："哇！玫瑰，是不是定情之物啊？好漂亮！"赵月也瞟了一眼，酸溜溜地说："这还用问！现在的人有谁能脱俗？别看表面上装得纯洁，其实谁不爱财呀！"

玫瑰越是解释这不过是朋友送的，一只十多元的东西，她们越是不信。连刘薇薇都有些生气了，说："玫瑰你太不够意思了，连好朋友都要骗。这明明是玉镯嘛，十元你卖给我好不好？"

玫瑰被她们的话弄得不自信起来，难道这镯子真的不像焦总说的只值十元？她故意落在后面，悄悄取下镯子装起来，心里有些忐忑不安。来到楼下，杨杰迎上来，惊讶地说："你手上的镯子呢？我刚才见你戴了只镯子。"

玫瑰的脸唰一下红了："没有呀，你恐怕是看花眼了。"

杨杰生气了："明明就是戴了，干吗要撒谎？是不是有什么见不得人的事！"

这回玫瑰真急了："没有，你们怎么都这样看人？不就是只镯子吗，戴到我手上就看不惯了？我是天生的穷命呀，好东西都不应该属于我！"

杨杰忙说："玫瑰，我是怕你受骗上当。现在的社会太复杂了！"

玫瑰说："你说说我受谁的骗，上谁的当了？我是小孩子，用得着你来教我这些？再说了，我是你什么人？我不要你来管我！"

玫瑰边说边跑，泪水止不住地流出来。跑到没人的地方，她掏出那只镯子细细地看，发现果然不是自己平常地摊上看到的那种便宜货。这只镯子并没有那种玻璃似的明光，色泽淡了许多，却自有一种典雅华贵的气度，放在掌上，有一种凉意直沁入心底。这就是玉？那可是高洁美好的象征啊！焦总为什么会送这么贵重的礼物给自己呢？正发着呆，就听到有人说："这么漂亮的镯子，为什么对着它流泪呢？"

玫瑰抬起头，看见梅华老师正微笑着看着自己，这才意识到泪水已经流了满脸。她不好意思地擦掉泪水，掩饰说："没有，是灰尘迷眼睛了。"

梅华接过那只镯子仔细看看说："真是好东西，可别掉地上摔碎了。"又问她："是不是别人说什么了？别管他们，大学生了，对人对事你应该有自己的分析判断。一个人戴不戴玉，不重要。记住我一句话，只要内心似玉，终会开出芬芳的花朵来。"

玫瑰的泪水忍不住再次涌了出来，她点点头说："老师，我记住了。"

梅华爱怜地抚抚她的头说："有空去陈教授家看看，两位老人挺惦记你的。"

玫瑰说："我一定去，考完试就去。"

十三

只要内心似玉，终会开出芬芳的花朵来。梅华老师的这句话。让普玫瑰翻来覆去琢磨了好多遍。

考完试杨杰就回家了，走之前他找过玫瑰，给她打电话。可玫瑰不肯理他，心里还生气呢。他凭什么认定自己戴一只漂亮的镯子就有见不得人的事呢？为什么不肯多一点点信任，听自己解释呢？都是因为自己穷，人一穷就容易让别人看轻。

玫瑰是真伤心了，杨杰走的那天也没有去送他。她从窗口看见他在楼下徘徊了好久，双手插在裤兜里，游魂似的在下面转悠。玫瑰的泪水差点儿就夺眶而出，可她咬牙忍着。刘薇薇看见了这一幕，劝玫瑰说："你还是下去送送他吧，别折磨白马王子了，当心让别人有机可乘！"

玫瑰赌气地说："就不去送。谁爱抢就抢好了，不稀罕！"

话是这么说，可她还是躲在窗帘后面看着他的身影，直到消失，心里一片惆怅。

自从知道了那是只玉镯后，玫瑰就把镯子收好，准备等焦总从美国回来就还给他。

假期她没有到焦总的公司去打工，虽然焦总告诉她已经给她安排好了工作。她决定留在学校看宿舍，同时又找了两份家教，过得紧张、充实。夜深人静的时候，杨杰的身影总会跳出来，扰乱她的清梦，让她不得安宁。

焦总是在开学前一周回来的，第二天就给玫瑰打电话，让她去家里。

在他家里，普玫瑰没有见到莎莎的身影，焦总告诉她，莎莎留在国外跟她妈妈住一段时间，先习惯一下国外的生活，下一步肯定是要出去的。玫瑰听了有些失落，虽说莎莎古灵精怪，让她吃了不少苦头，但是她们后来相处还是不错的，莎莎有什么心事也会对她说，把她当大姐姐看。现在莎莎不回来了，也就意味着下个学期她不能再给莎莎做家教了，可自己又接受着焦总的资助，人总不能无功受禄吧！

焦总今天心情很好，新理了发，穿件淡灰色的毛衣，人看起来比平时年轻了不少。焦总给她冲了杯咖啡，在对面沙发上坐下，笑着问她："假期为什么没有到我的公司去做工？我都已经跟下面人说了，你去了就是帮助做些策划宣传和文字方面的工作，他们会给你开工资的，可他们告诉我你根本就没去。"

玫瑰脸红了，忙说学校安排自己看宿舍，走不开。

焦总喝了口咖啡，突然说："我这次出国有一个很大的收获。"

玫瑰抬头望着这个成熟而又成功的男人，不明白他的意思。

焦总说："莎莎的妈妈终于同意和我离婚了，过一阵儿她就回来办手续。我自由了！"说这话的时候他的眼中有一种特别的光在闪动，似乎在等待玫瑰的反应。

玫瑰却惶惑了，低头喝了口咖啡，好苦。她从来没有喝过这种饮料，眉头皱了起来。望着她的表情，焦总突然醒悟过来："哎呀，真是对不起，我忘记给你的咖啡里放糖了。我自己不喜欢放糖，就忘了给你放。"他忙取过糖罐,加了两块方糖到玫瑰的杯子里,又用小勺帮她搅了搅,说:"这回可以了,尝尝看。"

玫瑰小口小口地喝着咖啡。这是一种全新的体验,一股浓郁的香味直沁心底。那些棕色的液体润润地从舌尖滑过,像溪流似的滋润着灵魂。这也是另一种人生的滋味,那么陌生地包围着玫瑰的身心。她能感觉到,对面焦总用欣赏的目光看着她,这目光让她窘迫不已,额头上慢慢沁出一层细密的汗珠。

焦总说:"我送你的镯子呢,为什么不戴?"

玫瑰忙从背包里取出盒子递过去,眼睛看着他,说:"谢谢焦总的好意,可我还是个学生,不能戴这么贵重的东西,现在就把它还给您。"

焦总真的惊奇了,拿着盒子半天说不出话来。这到底是个什么样的女孩子啊,是真傻还是在装傻?他有几个女友,早就盼着自己离婚,好搬进别墅做焦太太。她们要是亲耳听到自己离婚的消息,不高兴得发疯才怪!可面前这个女孩子就像没听见似的,还要把玉镯还给他?和那些眼里只认钱的女孩子们比,她难道是不食人间烟火的仙女?

他有些冲动,取出镯子,一把抓住玫瑰的手,说:"这玉镯你如果不戴就没有人配戴它。不就是只镯子嘛,谁规定了学生就不能戴?你现在就戴上,让我好好看看。"

他把镯子套上玫瑰的手腕,歪着头感叹不已:"多好哇,玉洁冰清!只有你才配戴这样的东西。我上回是说了假话,怕你不敢要。这是我旅游时买的,花了不少钱呢!我当时就想,有谁能配得上这只镯子呢?还真没有,所以就一直放着。"

玫瑰脸红了,忙脱下镯子放到茶几上:"这么贵重的东西,那我就更不能要了。焦总还是留着送给更需要它的人吧。"她的脸一红,更有一种自然的娇羞。焦总看得呆了。

他突然觉得应该开诚布公地和这个傻女孩儿谈谈。

他隔着茶几一把抓住玫瑰的手，看着她的眼睛，说："告诉我实话，你喜不喜欢我的别墅，喜不喜欢这里的一切？别急着回答。你知道一个大学生毕业后，找工作有多难？要拥有这一切又得用多少年的时间去奋斗吗？而且很多人奋斗终身也未必能达到这个高度。可是我喜欢你，只要你点点头，这里的一切就会是你的。你会省去很多人生奋斗的时间，得到别人梦想的东西！你再傻也不会算不清这个账吧，啊？回去后好好想想，我给你一个星期的时间。"

玫瑰不知道自己是怎么走出别墅的，焦总的话像惊雷似的震得她头晕。

说实话，她还真的从来没有考虑过这样的问题，算过这样一笔账呢！当初不就因为没钱，差点儿就错过了上大学的机会吗？不就因为没钱自己才忍受了那么多的心灵煎熬？个中的痛苦是那些有钱的学生一辈子也体会不到的。

她回头去看，那栋别墅在阳光下金碧辉煌，像宫殿似的矗立着。焦总站在阳台上，遥遥地目送她，对她挥了挥手。

焦总竟然说，只要点点头，它就会属于自己？

普玫瑰觉得一切都不真实，简直就像在梦里。

十四

到陈教授家做清洁，对普玫瑰来说已经轻车熟路。现在她和这家老两口儿已经有了一种默契，陈教授照例坐在阳台上看书，刘老师在厨房忙自己的事。玫瑰拖地、擦桌子，干完活儿有时候还会留下来吃顿饭,陪老人聊聊天。

这天玫瑰干活儿的时候却有些心不在焉,抹布泡在盆里半天想不起拧干,盯着盆里的水纹发呆,一副心事重重的样子。刘老师从厨房里探出头来,正好看见她一副梦游的表情,抹布上的水渐渐沥沥滴到地上,不由叫起来:"玫瑰你怎么了?病了吗?"

玫瑰这才惊醒过来,不好意思地笑笑。

吃过饭,玫瑰帮着刘老师收拾桌子,洗干净碗筷。专心做这些事的时候,她才会暂时忘记心中的烦恼。陈教授招招手让她到书房去,选了几本书借给她,又让她坐下,关切地问:"玫瑰你今天是怎么了?失魂落魄的,碰到什么困难了?告诉我。"

玫瑰先是不想说,那一堆杂乱的思绪自己都没有理清楚呢,怎么好拿来烦陈教授?可是坐在书桌后面的陈教授又让她生出一种信任的感觉。他并没有追问她,只是微笑着,一脸从容淡定。玫瑰就说了:"教授,我有一个问题想问您。您这一辈子做老师一定很辛苦,而且人家都说教师是清贫的。如果年轻时您有一个机会省去奋斗的过程,直接得到现在的一切,您愿意吗?"

教授有些吃惊地看着她:"这个小丫头,怎么问起这样深奥的问题?"

玫瑰笑笑说:"我只是想知道您心里是怎样想的。"

陈教授推推眼镜,沉吟片刻说:"问得好,年轻时就得到现在的一切,包括名誉、地位、财富之类的东西,对吧?这个想法当然很诱惑人。可是如果让我选择,我还是更愿意选择通过奋斗来得到它。"

玫瑰不解地说:"为什么?"

陈教授笑笑:"这是一个过程,它有痛苦有艰难,但是也有希望有快乐。人活着不就是为了向着希望的目标迈进吗?特别是年轻人,有了希望和奋斗人生才会充实和有意义。年轻轻的就不奋斗，坐享其成，生命还有什么意思呢？反正我是不会做那样的选择的。就像登山一样，自己用双脚一步步爬上去和坐缆车上去，那感觉绝对是不同的。生命的意义就在于过程的体验嘛！"

刘老师从门口探进头来说："怎么给玫瑰上起课来了？"

陈教授哈哈笑起来："好久没有人问过我这么有哲思的问题了，这丫头有想法！"

玫瑰不好意思了，心里却豁然开朗。陈教授的话让她纷乱的思绪突然有了头绪。她想起阿妈在世时的事来，那时阿妈好辛苦，经常带着她到地头干农活儿，种玉米、洋芋，把水从山下沟里一担担地担到地里浇菜。可阿妈脸上有一种光在闪烁，她知道付出这许多辛苦后，大地是会回报她收获的。那时候家里的生活很清贫，每天吃的不过是水煮白菜，最多有个炒洋芋片，吃到嘴里却甘甜无比。那是阿妈的汗水浇灌的呀！玫瑰在城里就再也没有吃到过那么甘甜的白菜和洋芋。

焦总的别墅确实辉煌灿烂，可那跟你有什么关系？每一砖一瓦都是别人的汗水。你愿意像一只金丝雀被关在笼里，动听的声音只叫给一个人听吗？

玫瑰深深地给陈教授鞠了个躬："谢谢您，教授。我知道自己应该怎么做了。"

她脚步轻快地走了，没有听到老两口儿在阳台上的一番对话。

刘老师纳闷地说："这丫头一定有心事，而且还不小。"

陈教授说："年轻人嘛，谁都会有心事。不过这是个有主见的丫头。"

刘老师说："她让我想起当年的梅华来了，也是这么清纯，这么天真可爱。"

陈教授说："是很像,梅华现在挺有成就的,学生都喜欢她。"

刘老师说："我倒是有点儿担心,像玫瑰这么漂亮的女孩子,会不会禁不住诱惑?我听梅华说过,现在有的学生可不大像学生的样子,讲究吃穿,有的还在外面歌厅里唱歌跳舞,不太好管理。"

陈教授点点头："现在的学生跟梅华她们那会儿确实不一样,不过看到玫瑰我还有些安慰。玫瑰一定是遇到了什么诱惑,才会问我那样的问题。不过对她我是有信心的。"

刘老师笑了："老头子,你有信心?我可不这么看。要不咱们打个赌,要是毕业前玫瑰都能保持现在的纯洁,算你没看错人。"

陈教授认真地伸出手说："打赌就打赌,我教了几十年的书,还能看走眼?"

两位老人的巴掌清脆地拍了一下,接着发出一串轻轻的笑声。

十五

杨杰是在开学前一天回学校的。

普玫瑰在图书馆前的小花园看到他的身影时,心里突然怦怦地跳动起来。一个假期不见,他像变了,瘦了几分,一缕头发长长地搭在额头。他似乎是专门站在这里等玫瑰的,看见她过来,有些羞涩地笑笑,算是打了招呼。俩人都有些陌生的感觉,在绿荫下对站着。玫瑰首先打破沉默,问他:"假期过得好吗?你怎么瘦了?"

杨杰不好意思地笑笑:"北方太热,还是春城气候好。你呢,过得好吗?"

玫瑰躲开他的目光,看着远处飞过的一只小鸟,突然说:"那只镯子，我已经还给焦总了。我觉得我戴它不合适。"

杨杰说："你别生气，我并没有怪你。我只是怕你……怕你……"

玫瑰看着他的眼睛说："你还是不相信我，怕我会被值钱的东西迷住眼？告诉你吧，我真的不知道那是只玉镯，以为不过是十元的东西。要是知道，我一开始就不会收下的。你以为我那么贪财啊！"

杨杰急了："玫瑰我……我……我不是那个意思。"

玫瑰笑笑："过去的事就别说了，我理解你。"

杨杰抓住她的手说："你等等，我有东西要送你。"

他从衣袋里掏出一个红丝绒盒子，递到她手里，脸上挂着神秘的笑意。玫瑰打开盒子一看，傻眼了。里面竟然也是一只玉镯？

她盖上盒子送回杨杰手里，叹口气说："你真的以为我是个爱慕虚荣的女孩子？以为我还了焦总的镯子会舍不得，所以要买一只补偿我？杨杰，你太不了解我了！"

杨杰说："玫瑰你先别急，听我说。这是我妈妈送你的，她看了你的照片，听我说了你的事，特别喜欢你，还说有机会要来看你呢。这镯子也不是特意买的，是我妈妈去泰国旅游时买的。你知道我妈妈怎么说吗？"

玫瑰瞪他一眼："我怎么知道。"

杨杰说："以前她总说，这镯子是要留着让我送给她未来的儿媳妇的。所以它的意义非比寻常，你可不要拒绝哦！"

玫瑰的脸红了，故意逗他："那你留着好了。"

杨杰一脸坏笑："可我已经找到她了，我现在是在替我妈妈转送礼物。你一定要收下。"他边说边把镯子套到玫瑰手腕上，歪着头看看说："真好，真漂亮！"

玫瑰取下镯子放回盒子里，说："还是你先保管吧。我很喜欢，可是戴着它会影响我学习的，它会让我分心啊！等毕业的时候你再给我，好不好？"

杨杰有些无奈，可也知道面前这个女孩儿决定了的事不会轻易改变。他收起盒子，突然一把搂住玫瑰的腰，在她脸上亲了一下。玫瑰看看远处走过的学生，从他怀里挣出来，脸红得像鸡冠，在他背上打了几下，一转身跑了。

玫瑰边跑边回头去看他，心里有蜜似的甜，她知道自己是爱这个大男孩儿的，经过一个假期的分离和煎熬，她现在更确信自己的心了。和焦总比，他没有别墅没有地位，可他有焦总没有的青春、热情、对未来的向往。她愿意跟他一起去奋斗、努力，去经历人生的欢乐和痛苦。她在心里一遍遍喊着：我爱你，杨杰……我爱你……

班上一个女生在大门那儿看见她，有些诧异地叫起来："普玫瑰你跑什么？一个假期不见，你加入学校长跑队了？"

玫瑰这才停住脚步，喘着气说："明天就上课了，我去商店买些学习用具。"

那女生说："我还以为后面有人追你呢，跑那么快！"

正在这时，玫瑰突然听到有人在叫她的名字："玫瑰，你是普玫瑰吗？"

长椅旁站起一个人来。玫瑰不相信自己的眼睛，那竟然是她几年没有见过面的三姐？她惊叫起来："三姐，你怎么会在这里？你到省城来做什么？"

三姐穿一件洗得发白的旧外衣，一块花头巾包着凌乱的头发。她用粗糙的手摸着玫瑰的脸，说："玫瑰呀，姐都快不敢认你了，你比上学前可漂亮多了！"

玫瑰的泪水唰唰地流了下来，这是她上大学几年来第一次见到亲人,心里的酸甜苦辣一下子全涌了上来。她抱住三姐的肩,喃喃地说:"三姐,我想你,也想阿爹啊!"

三姐抚着她的头发说:"玫瑰,你不记恨阿爹了?他一直都说他没钱供你上学,你一定会恨他的。你真的不恨了?"

玫瑰使劲点点头:"真的不恨。阿爹他也是穷,没办法才那样做的,我理解他。"

三姐突然低头呜咽起来:"可是玫瑰呀,阿爹他老人家不行了,他得了重病,一直都在念着你的名字呀!住了好几天医院,还不准我们告诉你。"

望着掩面抽泣的三姐,普玫瑰惊呆了。

十六

普中兴躺在省人民医院的病房里,脸色黄得像干腌菜。大女儿、二女儿和两个女婿守在病床边,一筹莫展地看着他。他对自己的病似乎不太在意,反倒一个劲儿地抱怨女儿们没有把他的大水烟筒带来,让他现在干躺在床上,连个解闷的东西都没有。

玫瑰进门来看到躺在病床上的阿爹,泪水忍不住流了满脸,叫了声"阿爹",就扑到床尾的被子上抽泣起来。普中兴在被子下面用脚拱拱女儿,哄她说:"几年不见你的面,一见面就哭?你阿爹命大死不了的。都是你三个姐姐,硬要老子来省城,花这些冤枉钱。有那些钱,还不如多买些酒给老子喝!"

玫瑰抬起头,说:"阿爹,你要听医生的话,不要再喝酒了。"

普中兴对她挤挤眼睛说:"憨姑娘你不懂,烟酒是不会害人的。你没有见过乡下人家腌腊肉,要先用酒搓,再用盐腌,最后还要用烟火熏,这才放得住。人也是一样的道理嘛,抽烟喝酒是不会死人的!不要听医生瞎说。"

玫瑰被阿爹的歪理说得差点儿破涕为笑。这时阿爹却突然猛烈地咳嗽起来,头一歪,在床边喷出一口血来,把床单都染红了。三姐吓得束手无策,大姐忙跑出去叫医生。玫瑰心疼地握住阿爹的手连声叫着:"阿爹阿爹,你怎么了?"

阿爹闭着眼睛无力地摇摇手:"我没事,没事的。不要吓着你们。"

玫瑰在医生办公室看到了阿爹的病历,上面写着令人心惊的几个字:肝硬化、晚期。一个四十多岁、姓张的男医生严肃地看着姐妹几个说:"住院要花很多钱,还不一定有效果。你们想好了,是住院,还是回家去养着?"

玫瑰急切地说:"医生,这种病不是可以肝移植吗?"

医生惊讶地望着她:"肝移植?你父亲都这么大年龄了,禁得住手术吗?再说肝源、费用,哪一样不要花大钱?你想好了!"

玫瑰涨红了脸说:"我年轻,可以捐我的肝给我阿爹。医生,求求你了,我阿爹是个乡下人,一辈子没有过过几天好日子。我想他活下去,我已经没有阿妈了,不能再没有阿爹呀,医生,求求你想想办法吧!"

医生望着这个不顾一切的女孩子,眼睛有些湿润了,推推眼镜沉吟着说:"再考虑考虑吧,放心,我们会尽力的。"

姐妹几个在走廊上无声地站了好半天。大姐借了五千元带来,二姐带来三千元。三姐也借了几千元,加在一起不过是一万多元。离医生说的手术费用差得太远了。三姐突然捂着脸蹲到地上,边哭边说:"难怪阿爹一辈子都为养了我们几个难过,现在遇到事才明白,我们这些做女儿的,真的是没用呀,连自己的爹都医不起!"

大姐二姐也哭了。玫瑰呆呆地站着,泪水悄悄湿了衣襟。

最后她安慰姐姐们说:"你们别哭了,可别让阿爹听见起疑心。钱我去想办法。"

大姐不放心地说:"可玫瑰你不过是个学生,上学都是靠贷款的,你哪里去找钱呀?"玫瑰说:"你们放心好了,我在省城不是还有同学,有老师吗?他们会帮我想办法的。你们照看好阿爹,我去了。"

夜色笼罩着城市,大街上灯火通明。玫瑰拖着沉重的脚步在街头徘徊。刚才对姐姐们说话时倒是很有把握,可此时她才明白,那不过是安慰的借口。不管同学还是老师,谁都帮不了她这个大忙。那不是三百两百,三千两千,而是几十万元的费用啊!

她梦游似的上了一辆公交车,坐在靠窗的位子上,看街上的景色动画似的从眼前闪过。阿爹是平生头一回到省城,却只能躺在病床上,等待死神的降临。他一生守着的就是大山、树林、土地,哪里见过城市如此美丽的夜色啊!

玫瑰突然为自己几年不回家感到内疚,泪水又一次如决堤的洪水奔涌而出。

城市的光影在她脸上抹了一层光怪陆离的影子。

当公交车在终点停下时,玫瑰跳下车,不知道自己究竟要去哪里。她很快发现,自己在无意之间,竟然坐车到了一个熟悉的地方。前面不远处就是清雅别致的别墅区,焦总家的别墅在夜色中显出美丽的剪影,格外深沉和朦胧。

玫瑰惊奇得差点儿没叫出声来,天哪,是什么东西引导着自己的脚步来到这里?一定是潜意识中认定只有焦总才能帮助自己渡过这个难关,可是,焦总会不会帮助自己呢?

她拿不准，想转身回去。

可是想起病床上阿爹的脸，玫瑰的心就疼痛不已。在焦总家别墅前，她默默无声地站了许久，终于下了敲门的决心。

十七

焦总见到普玫瑰，有些吃惊，也很高兴。他忙着让座，又给她倒了茶。然后坐到对面，认真地看着她的脸。玫瑰知道他在期待一个明确的答案。

玫瑰开口了，那么艰难，那么苦涩。她说："焦总，我……我……可以答应你。"

焦总胸有成竹地笑了："我就知道你会答应的。没有人会傻到跟自己的前途过不去，更没有人会跟眼前伸手就够得着的财富过不去。我就知道你是个聪明的女孩儿，我从来不会看错人的！"

玫瑰咽了口唾沫，费劲地说："可……我……我有条件。我需要你先付给我一笔钱。"

焦总似乎有些吃惊，又似乎在意料之中，平静地说："你需要多少钱？"

玫瑰就说了一笔在她看来是天文数字的钱。

焦总好半天没有说话，抚着下巴在思量什么。玫瑰觉得自己像一个等待审判的囚犯，紧张地看着茶几上的杯子。里面的茶叶在沸水中一点点舒展，一点点恢复到当初在茶树上的样子。她的心却在一点点地紧缩着。

焦总终于说话了："我能知道你要这钱做什么吗？"

玫瑰摇摇头："我不想说，但我真的很需要。"

焦总笑了："以前也遇见过有女人跟我开口谈钱的，但没有人开口要过这么多。我是商人，我要知道我的投资值不值。"

玫瑰低下头，她知道自己现在的形象丑陋极了，像个贪得无厌而又庸俗不堪的小市民。可为阿爹的病，她必须忍。她进门之前在心里告诫过自己。

焦总站起身踱着步子，说："原来你还我玉镯，并不是像你说的那样，而是嫌少了。你要的比那个更多，对吗？"

玫瑰点头，又拼命地摇头。她红着脸说："我可以嫁给你，可以为你做任何事情。我只要你给我那笔钱，越快越好，我需要它！"

焦总仰头笑了，无比感慨地说："我还以为我遇见了一个冰清玉洁、不食人间烟火的姑娘呢。闹了半天还是跟钱有缘分，不过我理解，我很理解！我们本来就生活在物质社会嘛，不爱钱的女人我还不喜欢呢！哈哈哈……"

玫瑰感觉像被人剥了衣服当众展览，泪水在眼眶里打转。

焦总最后说："成交。明天我去公司筹措一下，你等我的信儿。三天后我通知你。"

玫瑰的心总算是落了回去，悄悄舒了口气。不管受了什么样的屈辱，只要拿到钱，就可以给阿爹做手术，救阿爹一条命了。这是她生命中最艰难的一个夜晚。当她站起身告辞时，焦总拉门的手突然停住了，看着她轻佻地说："我们都成交了，你还要走？留下来陪陪我，一个人的夜晚是寂寞的。怎么样？"

以前焦总从来没有用这种语气跟玫瑰说过话，可是现在他变得油腔滑调起来了。玫瑰惶惑地摇摇头说："我从来不在外面过夜，我们学校有规定。"

焦总一只手搂住她的腰，脸凑得很近："你们学校肯定也规定不可以做这样的交易吧？可我们做了。你成为焦太太只是早晚的事，为什么不留下？"

他搂得很紧，要吻她。他身上的香水混合着汗气，熏得她头晕。她用力推他的手和脸，挣扎着说："不行，真的不行，我必须走。"

焦总恼了："我讨厌女人装腔作势，你可以跟我谈金钱交易，为什么不可以跟我上床？我不喜欢虚伪的女人！"

她咬着牙忍着，忍着，终于颤抖地推开他已经伸向她胸部的手，泪流满面地叫起来："请你不要这样看我。我不是你想的那种女人，真的不是！"

焦总用不屑的眼光瞟着她，手没有离开门。玫瑰含着愤怒压低声音说："我可以告诉你我为什么要钱，因为我要救我生重病的父亲，他现在躺在医院的病床上，马上就会死去。我是他的女儿，我愿意用生命来救他，愿意把自己卖给你，就这么简单，满意了吗，焦总？"

焦总被她的话惊到了，慢慢松开手说："你说的是真的吗？"

玫瑰泪流满面："我不会拿自己的父亲来开玩笑，你可以去调查，去证实。"

焦总似乎还有些不信，说："我会调查的，我不会做赔本的买卖。"

玫瑰擦擦泪水，哽咽着说："我希望我们刚才谈的交易有效，我只是不希望现在就出卖自己，给我一点儿时间好吗？我会遵守自己的诺言的。"

焦总把门拉开了，无言地看着玫瑰跌跌撞撞地扑入夜色中。

在商海中沉浮多年的他这回犹豫了，不知道这个让他迷惑不解的女孩儿到底是天使还是魔鬼？他想了想，打电话给住在楼下的司机："你开车送送下面那个女孩儿。"

十八

才几天工夫,普玫瑰就变得憔悴不堪了,真的如一朵霜打过的玫瑰,失去了精神。她坚持去上课,却无精打采。杨杰在后面座位上把一切都看在眼里,下课后过来问她:"是不是病了?"玫瑰摇摇头,脑子里满是阿爹躺在病床上的影子,还有和焦总的"交易"。焦总答应去筹措,可都两三天了还没有消息,会不会反悔呢?

杨杰说:"你一定有心事,能不能告诉我?"

玫瑰还是摇头:"没关系,是我家里的事。你帮不上忙的。"

杨杰有些失望,这个女孩的刚强他领教过。她不愿意说的事,谁也拿她没办法。

这天中午下课后,玫瑰顾不上吃饭,赶紧往医院跑。

来到病房,里面的情景却让她大吃一惊。阿爹的病床上空空的,床单铺得整整齐齐,几个姐姐也不在了。旁边陪床的一位老妇人说:"出院了,今天早上走的。"

玫瑰的头轰一声大了,不等老妇人说完话,就冲到隔壁办公室,大声叫着:"张医生,我阿爹他上哪里去了?他的病还没有好啊!"

张医生无奈地看着急得快哭出声来的玫瑰,摊摊手说:"你阿爹很倔,我没有办法说服他,只好给他开了些药让他带回去服用,暂时不会有事的。"

玫瑰泪流满面地说:"可他的病那么重呀!"

张医生叹口气,安慰说:"作为医生,我应该为每一位病人尽力。可是你阿爹的病很重,后果真的很难预料的。"

玫瑰知道一定是阿爹自己坚持出院。她来到走廊,那个陪床的老妇人叫住她,说:"姑娘,你阿爹有话让我转告你,说他的病没有药可以治的,他不想花冤枉钱,说你几个姐姐都有家有口,你还要上学,不能拖累你们。"

玫瑰听了更是泣不成声,脚步踉跄地离开病房。

老妇人在身后说:"对了,你阿爹还说,养你们几个姑娘养得值!让你好好读书,将来才会有出息!"

玫瑰呆住了,这话真的是阿爹说的吗?

她擦干泪水,疯了似的赶到长途汽车站。可是检票员告诉她,发往她家那个县城的班车每天只有一班,早上已经发过了,要走只能等明天。

玫瑰对着家乡那个方向深深鞠了一躬,在心里默默地说:阿爹,你走好!

十九

普玫瑰在阿爹离开省城的那天晚上做了个梦,梦见自己家门前的篱笆上开出一朵艳丽的野玫瑰。梦见阿妈还活着,在园子里挑水浇菜,阿爹吸着大烟筒默默无语地坐在屋檐下。姐姐们都还没有出嫁,在自家破旧的茅屋前嬉戏玩耍。

有梦的日子真好。

第二天,玫瑰给焦总打了个电话,对他说:"焦总对不起,恐怕我要单方面违约了,我们的交易作废。但还是要谢谢你给我的帮助!"

不等焦总回答,她就挂了电话。

焦总在那边莫名其妙,自言自语地说:"怎么了这是?现在的女孩子真是搞不懂了!跟我开玩笑呢?"他对着电话发了半天愣。

放下话筒,玫瑰感到浑身轻松。举头看天,天很蓝,白云朵朵,无声地飘浮。她朝着教室走去,远远地看见杨杰修长的身影就在不远处站着,深情地凝望着她。

玫瑰朝他招着手,快步跑了过去。

正是花开的季节呢,校园的篱笆边已经悄然绽出几朵玫瑰,娇艳芬芳。

馥郁的暗香浮动在空气中。

芙蓉花开

一

白芙蓉出生那一年，白家小院一株栽种了好几年的木芙蓉难得地开花了，满树花朵红硕艳丽，点缀在竹篱笆边，给小院增添了不少养眼的景色。那时节，芙蓉的妈妈肚子里正怀着她，上面已经有了两个分别为八岁和五岁的哥哥，母亲就在花前许愿：老天保佑，但愿这回能生下一个女儿，好有一件暖人的小棉袄。儿子长大了，再娶了媳妇，终归是靠不住的。芙蓉妈妈自己也是给人做媳妇的人，这一点上不能说没有体会。

不久，天遂人愿，白芙蓉生下来果然是个女儿。白家小院多了许多欢乐，很多时候母亲抱着她坐在花下喂奶，两个哥哥在院子里拖根棍子当马骑，父亲端着茶杯站在阶沿上，含笑看着自家妻子儿女，安享其乐融融的天伦之乐。

这些场景在白芙蓉的脑海里像一幅幅画，被雕刻得那么细致生动，在梦里也会偶尔出现，让她感觉自己是被家人深爱过的，曾经是一个美丽可爱的天使。后来，不经意地就长大了。

大哥白平亮是三兄妹中最优秀的,是父母亲的骄傲。高中毕业后他参军去了西藏,一次执行任务时遇上雪崩,再也没有回到亲人的身边。这是白家人心中永远的痛。二哥白平千就差了些,初中毕业进车队当了驾驶员,一直很平庸地生活着,没有什么值得夸耀的地方。大概正是因了人生的种种不如意,在父母心里,孩子们少时的生活情景会变得更有诗意,更值得怀念。

白芙蓉就是在母亲多年来不厌其烦的叙述中,才对自己出生后给白家小院带来的欢乐有了深刻印象。尤其是那些落英缤纷的芙蓉花,如诗如画地萦绕在她的梦里,她似乎真的对那些美丽的场景有了记忆。其实,当年的白芙蓉,不过是一个襁褓中嗷嗷待哺的婴儿,幸福和痛苦对于她,都是没有意义的。不过她确信自己真的记得芙蓉花瓣落到脸上带来的酥痒的幸福感。

大哥平亮很爱小他八岁的妹妹。他参军离开家那年,芙蓉十岁。她只模糊地记得大哥临走时,有些羞涩地抱了抱她,在她额头轻轻亲了一下。英俊的大哥依恋地最后看了看温馨的白家小院,一步步走出了她生命的视线。

二

当白芙蓉独自走进昆明街头的夜色茫然徘徊时,时光已经流走了快五十年。

昆明是一个紧跟时尚的城市,尤其是夜晚,华美的灯火下走着的男人女人,衣着很少有相同的样式。连脸上的表情都是浮华朦胧,梦一般的诗意。这一切就更衬出了白芙蓉的孤单落伍。她的衣着古板中透出这个年头少见的庄重,质地却有着让人不可小觑的分量。驼色毛衣是自己手织的,百分之百的纯毛,不是那些流行的仿毛之类的货色可以比拟的。裤子也是正宗毛料,而且在右侧开口,系扣子。很多年了,白芙蓉都不能接受女人穿和男人一样从前面开口的裤子,总觉得那样的裤子,多少都透着些不能言说的淫邪。她的头发是自然平直的,年轻时梳辫子,四十岁以后就剪成齐肩短发,用个黑色的卡子别在耳后。

眼前光怪陆离、变幻多端的世界,似乎对白芙蓉的生活没有产生太大的影响。她就像墙角那株藤萝,坚持自己的轨迹,无声而执着地延伸。

白芙蓉是市医院的护士,平时是没有时间来领略夜景的。今天不同,多么忙她也想出来走走。今天是她四十八岁的生日。生日总会勾起些伤感的回忆,会让一个古板的人变成诗人。

金马碧鸡坊是昆明的心脏。辉煌灿烂的灯火把一切变得无比的诗意。马路对过的商业楼群如神话中的仙境,虚幻得让人疑心自己是在梦里。走着走着,白芙蓉开始怀疑自己的人生是否也是一场虚幻的梦,在母亲不间断的讲述中,自己不还是那个襁褓中无知的婴儿吗?那些五彩的芙蓉花瓣雨一般,刚刚覆过自己美好的人生。

一个年轻的母亲拉着自己学步的孩子从她身边走过。孩子正牙牙学语,脸上净是纯洁无邪的笑意,在灯火的辉映下,真的好似一个从天而降的天使。那个母亲低头亲了一下自己的孩子,问道:"儿子,长大还跟妈妈亲不?""亲,亲。"孩子笑着挣开妈妈的手。

天使来到人间,是为了安慰母亲受伤的心灵?还是只为给她一个虚幻的梦境?

白芙蓉的心突然有种撕裂般的疼痛,她的目光追随着那个渐渐远去的孩子,人好似变得空了。

三

第一次婚姻开始时,白芙蓉还是某个小县城医院的一名护士。

她按部就班,在该结婚的年龄就结了婚。丈夫小卢是县医院的大夫,两人的职业都是很不错的。男人做医生,女人做护士,搭配得很好,很容易让人找到夸奖的理由。小卢是上海知青,不知怎么想的,没有回上海,被推荐到省里医学院读书,是工农兵学员。毕业后就到县医院外科做了大夫。在白芙蓉看来,他人不坏,单是有些过分节俭。大约上海人都是这样的。自从嫁给他之后,白芙蓉就深刻领略了上海人的精明和细致,和他一起把日子过得细水长流。才短短几年,两人就白手起家,依靠着不多的工资,置办了一套像样的家具,打了沙发,还买了一辆漂亮的飞鸽自行车。这在当时的小县城,算得上是一份殷实的家当。别人只是羡慕,白芙蓉自己心里明白,买这些东西的钱,都是两口子一分分从牙缝里抠出来的。只是好钢用在刀刃上,花得值。

白芙蓉结婚前,喜欢每天早上到医院门前的小摊上吃早点。一碗稀豆粉,两个炸油糕。油糕一定是要刚刚从油锅里捞出来的,炸得焦黄,放进稀豆粉里还吱吱地响着,香得让人流口水。荞皮也要放进油里炸,也吱吱地放进碗里。有了这样一顿舒心的早餐,白芙蓉一天的心情都是快乐的。结婚后,小卢却硬生生地让白芙蓉放弃了这一点快乐。每天早上他很早起床,勤快地撬开火炉,钢筋锅里加上开水,再把头晚的剩饭倒进去煮,就成了上海的泡饭。一人一碗,佐一小碟白生生的豆腐乳,就完成一顿极节俭的早餐。那块火柴盒大的豆腐乳,小卢还要用刀均匀地切成四块,规定每顿每人一小块。一开始白芙蓉很不习惯,用筷子挑着煮得白白胖胖的饭粒,有些食不下咽的样子。小卢就轻笑说："这是上海的早餐,上海人都可以吃,小地方人的肠胃未必比上海人还要精细?"话说得很轻,很软,典型的吴侬软语。白芙蓉却听出了明显的不屑和不满,就低了头,夹起那块分给自己的豆腐乳,把一碗泡饭稀里哗啦倒下肚去。忍着忍着,也就习惯了。

小卢除了太节俭,别的方面还是不错的。人长得白净细高,戴一副金边眼镜。说话轻声慢语,给人文质彬彬的感觉。那个年代,单是上海人这三个字,就包含着许多丰富的内涵,让人莫名地生出些敬意来。当然那个时候的白芙蓉,人长得也不差,一张秀气的瓜子脸,十分耐看,脾气又是出了名的好,是做妻子的好人选。

最初的不满来自白芙蓉的父母。

他们对小卢的不满首先是因为他不在县城举行婚礼,而是带着白芙蓉到省城旅行结婚。白父背地里说："一个人一辈子才结一次婚,连酒席都不肯请一回?我们白家也太没有面子了,怎么给亲戚朋友一个交代?"白母也气哼哼地说："我女儿又不是二婚,见不得人,偷偷摸摸地做什么?上海人,真是小家子气!"气归气,却也没能阻拦住小卢。

其实结婚之前,父母对白芙蓉找个上海女婿并没有反对,心中多少还有些藏不住的骄傲。和亲戚朋友说起小卢,就会说:"人家是上海人。上海,那可是大城市。看看我们用的自行车、手表、缝纫机,都是上海生产的好。"言外之意,找女婿也是上海的好。等女儿真的嫁给小卢,过起庸常的日子,他们才慢慢感觉出上海人的诸多不好来,却又不便对人说,只是隔三岔五地在白芙蓉耳边絮叨几句,颇有些怨她嫁错了人的意思。白芙蓉听得烦了,就回几句嘴:"我原先也不知道他的脾气,还不是成了一家人才慢慢了解的。再说节俭一些过日子,也没什么不好。"老两口不难听出女儿语气中向着女婿的意思,心里更是有气。

周末白芙蓉都会回趟娘家。医院在城南,娘家在城北。小卢就用飞鸽自行车驮着她,穿城而过。坐在后车架上的白芙蓉很风光,很体面。沿路被羡慕的目光追随着,那种感觉真的很好。

白母总是站在窗户后面,心情复杂地看着他们走进白家小院。小卢会落在后面,和路上那些找他看过病的人打招呼,很热情,也很大方。小卢进了门,又软又糯地叫过爸爸妈妈,就坐下来开始擦皮鞋。白母细心地注意到,每回他的皮鞋都是风尘仆仆的样子,似乎专等着周末上丈母娘家来彻底清刷一回。他挤出长长的一节鞋油,细致地抹在鞋子的前后左右,很专业地把一双布满灰尘的鞋子,转瞬间变得光彩照人,完了还要招呼妻子:"芙蓉,你的鞋子也该擦擦了,脱下来我顺手擦了。"白芙蓉就听话地换上拖鞋,脱下单襻皮鞋让他去擦。

老太太在厨房择菜,眼角却把小卢的一举一动都扫在眼里,心里老大地看不起。心想你每个周末来蹭饭,菜都舍不得提一点来,还要捎带着擦两口子的皮鞋,做人真是精明过头了。老太太那时候不老,不过是五十出头的样子,不是省油的灯,脸上笑着,隔着厨房扔出去一句话:"家里没鞋油了吧?把剩下的带回去,省一文是一文。"没想到小卢还真不客气,连声谢谢都没有,只说家里还真没有鞋油了,果真就把那剩下的半支装进口袋,带回去了。

白母是何等样人? 早年间出身于大户人家,父亲在省城开有钱庄、绸缎庄。她十几岁就到过省城,是见过世面、见过排场的人。对姑爷的作为,免不了嗤之以鼻,看不起他的小家子气,心里说上海那么大的城市,怎么养出了如此小气的人! 当着女儿不好说,等他们走了,免不得要在白父面前说道一番,感叹女儿没有嫁对人。

后来,白芙蓉生了孩子,回娘家的次数少了。倒是老太太不时去医院宿舍看她母子,每一回都要挑出许多小卢的不是,白芙蓉难免会一鳞半爪地转述些给小卢,抱怨他的节俭,他的抠门。时间长了,渐渐地就有了芥蒂。人生是禁不起过分挑剔的,挑多了就会千疮百孔,露出破败相。可惜白芙蓉当时不懂,是过了多少年后,才慢慢悟出这个简单的道理。

四

本来也可以厮守着过下去,像千百个普通家庭那样忍让着过。可是孩子三岁那年,还是出事了。

斯斯文文的小卢医生,竟然和一个来县医院进修的卫生所女医生搞到一起去了。和所有的偷情故事一样,妻子总是最后一个知道真相的人。那几年的白芙蓉,除了上班,心思都放在儿子小米身上了。那是多么可爱的一个孩子啊,长得白白净净,大眼睛上覆着长长的睫毛,像天使一样纯洁无瑕。每一回把他搂在怀里,白芙蓉都觉得自己被幸福的蜜汁浸泡着,他是上天送给自己的礼物。她甚至觉得,有了小米,人生的一切不如意都变得微不足道了。她忽略了丈夫为什么突然变得爱上夜班,出门之前还要往头发上抹发油,用小梳子梳出油亮亮的分头。

白芙蓉每天晚上都要亲自哄儿子睡觉。这是她一天中最幸福的时光,小米那藕一样的小胳膊围着她的脖子,奶声奶气地要听妈妈讲故事。白芙蓉亲他的脸,亲他的小胳膊小腿,亲他胖乎乎的小屁股,然后问他:"儿子,长大后还跟妈妈亲不?娶了媳妇,还想妈妈不?"小米在她怀里仰起脸,认真地问:"妈妈,什么是媳妇?你给我做媳妇好不好?"白芙蓉把脸贴在儿子热乎乎的小肚子上,笑着说:"我的乖儿子,我的傻儿子,快睡觉好不好?"

夜里十二点多，同科室的一名护士敲开门神秘兮兮地要她去外科值班室"看戏"时，忙完家务的白芙蓉刚刚躺下。看了一眼熟睡的儿子，给他掖掖被子，就懵懵懂懂地跟着人来到了外科。医生休息室的门紧闭着，安静得让人心惊。白芙蓉犹豫着，举起手又放下。有人在身后捅她的腰："砸门呀你！"她就使劲儿地拍门，拍得自己的心像打鼓一样乱。好半天门才开了，里面的人已经穿好衣服，只是表情慌乱，不知所措地看着白芙蓉。那个进修女医生低着头，像条鱼似的从她身旁游走。白芙蓉竟然没有一丝要捉住她的意思，傻傻地站着，完全忘了自己是来做什么的。小卢故作镇静地披上白大褂，理理头发，眼睛看着别处说："你不在家守着小米，来这里做什么？"

白芙蓉突然被惊醒，想起了独自在家睡觉的儿子。每天晚上小米都要搂着她的脖子睡，醒来不见妈妈，是一定要哭闹的。她的心疼了，慌乱地说："我这就走，我要回去看看小米，他一个人在家呢！"她急匆匆地下楼，小跑着向家的方向奔去。恍惚中好似听见小米奶声奶气的声音在呼唤她："妈妈——妈妈"。"儿子，妈妈来了！"她三步并作两步，朝家里奔去。

她家住四楼。那么高的楼啊！

一切都晚了。一个小小的身影趴在窗口，像只小鸟一样，突然就从窗口飞旋而下，扑向大地。

"妈妈——"

留给她的，就是这一声稚嫩的呼唤，如闪电划过夜空，如一柄锋利的剑永远扎在白芙蓉的心尖上。让她一想起来就痛彻肺腑。

后来的很多个有梦的夜里，白芙蓉都会梦见自己是一只大鸟，张开宽大的翅膀腾空而起，去接住那只小小的鸟，搂住那个柔软无助的身子，拥着它一起飞升，飞升，飞到幸福的天堂……

醒来后就只有把自己埋进枕头,声嘶力竭地一直把天哭亮。

五

白芙蓉自己都没有想到,这辈子还会第二次嫁人。

失去儿子后,和丈夫的分手已经麻木到没有感觉。像两片陌生的叶子一样,各自飘零一方,不再有任何的关系。她是再不想嫁人了,想自己清静地度过余生。她拒绝了父母让她搬回去同住的建议,找了间医院的储藏室暂且栖身。离婚时,她没有要任何家具,只要了孩子留下的所有物品。小卢爽快地同意了。现在她每天除了上班,就是把自己关在小屋子里,抱着小米留下的衣物、玩具发呆。那些衣物还留着孩子身上的奶香,留着母子间温馨的记忆。她抱着它们,好似抱回了旧日的快乐,可以不吃不喝,就那么呆呆地坐上一天。

望着日渐枯萎的女儿,白母的心都要碎了。

可白母不是那种只会陪着女儿流泪而毫无主见的母亲。她经过一番思虑后,果断地对白父说:"芙蓉必须离开这个环境,否则,依她的软弱,只有死路一条。要离开现在的环境,唯一的路就是嫁人,然后借丈夫的力量调动。"白父叹气说:"你说得轻巧,调动?调到哪里去?我们不过是普通百姓家庭,无权无势。再说她现在这个样子,谁能看得上她?"

白母吸着春城烟,在烟雾迷茫中想了一晚又一晚。最后她决定去一趟省城,那里有她家族中的几个姐妹,年轻时玩得很好,老了想必也会互相照应。

白芙蓉对母亲的行动一无所知。她沉浸在丧子的伤痛中不能自拔。直到某一天,母亲领着那个人出现在她面前。母亲杀鸡割肉,做了一桌丰盛的菜，接她回家吃饭。她第一次见到了那个叫罗中强的男人。他有一口浓重的昆明腔，剪个小平头，皮肤黑黑的，眼睛很亮。

其实当时白芙蓉对他几乎没留下任何印象。她的眼睛里看不见人，只有伤感在飘动。那天她一直抱着家里养的那只白猫，让猫柔软的身躯温暖着自己。眼神迷茫空洞，无助地流连在猫的身上。可就是这样，罗中强竟然被感动了。他后来说他一看到白芙蓉那个样子，就心疼，想保护她。几乎没怎么想就同意了这门婚事。他对白母表示，回昆明后就联系调动的事。

婚事、调动，差不多是在母亲和罗中强之间商讨着。白芙蓉倒像个局外人一般。

母亲总是对人说："看看我女儿这个样子，我不管她谁管她？谁叫我养了她呢！"

罗家在旧时代也曾经是大户人家，有家世背景的。现在也还有亲戚在海外，都是有头有脸的人。也是巧，罗中强的一个叔叔从海外回来探亲，正好赶上政府落实政策，罗家就提了调动白芙蓉的要求，很顺利地就把事情办成了。调动到省城后，在市医院内科做护士。

白芙蓉稀里糊涂地就又嫁了人。唯一的好处是终于离开了那个让她伤痛的环境。

罗中强当兵转业，在某机关做保卫干事，也是离过婚的，和前妻有一个女儿，由前妻养着。罗家对他这次婚姻的期望就是尽快生个儿子，好让罗家的香火得到延续。新婚的日子，丈夫对白芙蓉是关爱有加的，下了班就回家守着她，还会买菜做饭。白芙蓉心底对罗中强却有一种怕意，尤其怕和他上床。夜晚来临，对白芙蓉是一种无形的折磨。罗中强身体很强壮，又是离婚多时的男人，对性事的要求自然很强烈，在床上他总是像战士一样很勇猛很卖力地冲刺，时常把自己搞得大汗淋漓。他每个晚上都会再接再厉地战斗,而身心都还没有恢复到正常的白芙蓉,只能是被动地应付。在这方面她原本就不是一个需求强烈的女人,和小卢做夫妻时因为初婚,还有些新奇,现在经历了那么多伤痛之后,她的身体已经冷寂麻木,很难再恢复到过去的状态。她需要的不是刺激,而是春风化雨般的爱抚,让身心一点点从冷寂中苏醒。罗中强能顺利把她从小县城调到省城,心理上本来就有些居高临下,做了夫妻,更多了些理直气壮的意思。白芙蓉也明白这些,所以无论怎样都尽量忍着。丈夫在她身上冲锋陷阵,有时她感觉自己快要被捣碎了,快要死过去了,就紧紧地咬住牙,手指深深掐进罗中强背上的肉里,把他的背掐得到处青紫。

慢慢地罗中强也感觉到不对劲了,有一次扳着她的肩问:"学医的人是不是把人的身体看得平淡了,都没有兴趣了?"白芙蓉无言以对,叹了口气。偏生罗中强不依不饶,摸着她的小腹追问:"我们结婚都好几个月了,这里怎么一点儿动静没有?"

白芙蓉第一次对他说起小米,那个天使一样可爱的孩子。每晚在梦里,她都会见到他,抱他,亲他,一如他活着的时候。在梦里,她还是那个被幸福拥抱的母亲。她说:"如果我再生孩子,会对不起小米的。他是我唯一的孩子。"

罗中强皱着眉说:"无论小米怎么可爱,他都已经不在了,我们应该有一个自己的孩子。这样你就会慢慢忘记他。"白芙蓉气急败坏地说:"你不要胡说,我不会忘记我的小米!永远也不会!"罗中强长叹一口气,把身子转向一侧独自去睡。自那以后,罗中强要她的次数减少了,情绪也没有以前那么高昂。

半年后,白芙蓉的肚子还是平平如初。

公公婆婆急了,开始把儿子叫回去盘问,又张罗着要带白芙蓉去看中医。罗中强看着妻子在公婆面前面红耳赤说不出理由的样子，心情很复杂。回到家又按父母的吩咐买了补品，炖汤给妻子喝。白芙蓉没有理由不喝，小口小口地啜着，泪就悄悄下来了。

如果此时丈夫能给她些安慰，哪怕是搂着她的肩，让她把脸埋进怀里，不用说一句话，她在流完应该流的泪水之后，也许会回心转意。可他只是冷着脸，坐在一边抽烟。白芙蓉感觉自己和他之间仿佛隔了一条烟雾缥缈的大河。

六

白芙蓉正处在一道难以逾越的坎上。

打那以后，罗中强铆足了劲又开始向她发起新一轮的进攻，夫妻生活越来越像一场没有硝烟的战争，每星期他都会有三五日在辛勤地耕耘、播种，而她则是一块板结的田地，无论他怎么努力开掘，也看不见预期的结果。这让他开始失望和烦躁不安。

这天晚上，白芙蓉又做梦了。梦中的小米清晰地呼唤着她："妈妈——"，然后变成一只小鸟从她怀里挣脱而去，从高高的悬崖坠下。白芙蓉急切中化成一只翼羽丰满的大鸟，疾速飞起，追赶着那只越来越低的鸟的身影。她要托起它，拯救它，哪怕是付出自己的生命。可是，那只小鸟还是不可避免地向着深渊一点点坠落，只剩下一个小黑点。白芙蓉凄厉地呼唤着："小米——小米，你等等我，等等妈妈呀——"

她突然从梦中惊醒，全身冷汗淋漓地坐起来，怔怔地回想着刚才的梦境。罗中强被她的叫声吓醒了，呆呆地望着她。白芙蓉喃喃地说："小米，我的小米，他……他掉下去了……"

罗中强点起一支烟,痛苦地皱起眉头说:"又是小米,你到底有完没完? 告诉你,你的儿子小米早就死了,知道不? "

白芙蓉疯了般扑过来抓住他:"不许你胡说八道,小米他活着,在我心里活着! "她几把扯开身上的睡衣,指着心脏的位置,脸上的表情很吓人。

罗中强扔了烟头,扑到她身上说:"你一定要再给我生个儿子,这样你才会忘记他,才不会做噩梦! 来,让我们来……"他有些粗鲁地撕扯着她。可是,她的一句话让他很快冷静下来。白芙蓉喃喃地说:"你别白费劲了,告诉你吧,我一直带着环呢。"

罗中强愣住了,抬手狠狠扇了她一个耳光,抓起床上的东西砸了一地。

七

他们平静地分手了。

办完手续那天,两人一起到金碧路上的一家米线店,一人吃了一碗过桥米线。是罗中强付的钱。那时候金马碧鸡坊还没有动工,金碧路还存在着,是一条长而古旧的老街,梧桐树洒下斑驳的影子,很容易让人怀旧,感伤。

白芙蓉从窗口看着那些匆匆的行人,对罗中强说:"对不起。"

罗中强忧郁地说:"我们结婚正好九个月,如果一开始就有孩子,现在都该生下来了。"

白芙蓉说:"是我对不起你。你再找个人吧,愿意生孩子的女人有的是。"

他摆摆手说:"别说了,是我们没有缘分。"

罗中强虽然粗鲁,人还算不错,他让白芙蓉暂时住在现在的房子里,等医院那边分了房再搬。他自己则搬回家去和父母住。白芙蓉低着头说:"你就对你父母说,是我不好,是我对不起罗家。"罗中强笑笑说:"这些话就不说了,毕竟夫妻一场,以后有什么需要我帮忙的事,尽管开口。"

他稀里哗啦地吃下半碗米线,先走了。白芙蓉用筷子挑着长长的米线,目送他的身影一点点隐没在街头的人群中。现在,又只剩下她一个人了。她没有想到自己的第二次婚姻竟然如此短暂。短得像一个梦,才刚刚拉开帷幕就宣告结束。窗外走着那么多男人,没有一个属于她,没有人能解开她的心结。她只有把伤痛包裹起来,让它慢慢结痂。

好在这个世界上她还有亲人。母亲听到她离婚的消息后,很快赶到省城,看着一屋子冷清,伤心地叹气说:"我的女儿怎么这么苦命啊!就遇不着一个好男人?"

倒是白芙蓉反过来安慰她说:"妈,我想通了,一个人过也挺好。自己挣钱养活自己,自由自在的,你和爸退休了就搬过来和我一起过。"

母亲说:"你能这样想也好。女人啊,一辈子离一次婚是迫不得已,离两次就要被人说三道四。要真有个第三次,还有什么脸面见人?你爸爸听说了你的事,现在躺在床上都起不来了,上火!"

白芙蓉说:"妈,我想好了,这辈子不会再嫁人。后半辈子我就陪着爹妈过。"

"好,好。"白母心情复杂地点头说,"这世上靠得住的,也只有爹妈了!"

八

　　白芙蓉的父母亲退了休,果然就搬到省城和女儿一起住了。大儿子没了,二儿子娶了媳妇自己另过。指望得上的也只有女儿。白芙蓉此时人到中年,已经是医院里业务熟练的老护士。没有家庭的拖累,她可以全身心地投入到工作中,任劳任怨地为病人服务。在单位也分到了两室一厅的房子,有了完全属于自己的小窝。

　　父母来得很彻底,把县城的住房卖了,家具处理了,似乎要斩断和县城的一切联系。白母对人说:"我的芙蓉独自一个人在省城,我们不放心,搬过去好照顾她。除了爹妈,谁还会管她啊!"

　　于是,白芙蓉和父母一起又有了一个三口之家。人生的轨迹似乎又回到了起点,只是多了些沧桑,少了些欢乐。父母的头发被光阴催白,白芙蓉自己的脸上也悄悄爬上细密的皱纹。一切都和从前不一样了,可是一切又仿佛回到了从前。

　　现在,要来说说白芙蓉的母亲了。母亲在白芙蓉的生命中有着不可替代的意义,不仅仅因为她生下了女儿,还因为她要对女儿的一生负责,像一只老母鸡,永远张着翅膀护卫女儿的天空,把她的母爱如细雨般绵密地洒向白芙蓉的人生。

　　母亲是有名字的,叫江怀秀。一个衣着永远整洁得无可挑剔,两眼炯炯有神,让人不敢小觑的老太太。和面相带些柔弱、苦楚状的白芙蓉相比,母亲是一棵树,可以让她依傍的树。而白芙蓉自己则像一棵藤,总是要依傍在树身上才能生存。

　　江怀秀从来没有对人说过,她内心对儿女其实很失望。一切都不是她所期望的样子。她出生在小县城,但是当年,江家是名门望族。江怀秀的父亲和伯父都在昆明开有商号,家族间还有叔叔出国留洋,都是见过大世面的人。她虽然是女孩子,但开明的父亲并不轻贱她,从小就把她和兄长们一起送进私塾上学念书,后来又进了县城最早的中学,是第一批上中学的女学生。她就好比是小县城的凤凰,有许多值得骄傲的理由。在那个封建的时代,她还是江氏家族中第一个自由恋爱的女孩子。那年学校放假,江怀秀就到昆明去看望父亲。其实看望父亲只是一个堂皇的理由,她内心是想到省城开开眼界,见见世面。和她生活的那个边远封闭的小县城相比,昆明就是一个美丽的梦,一个被繁华包裹着的轻柔的梦境。作为江家的二小姐,实现一个梦想并不是多难的事。所以在她任性的坚持下,就有了那次昆明之行,而这次旅行,就意外地有了浪漫的收获。那是在回程的旅途中,她乘坐最早的老式客车回县城,颠簸在崎岖不平的高原山道上。旅途很乏味,无聊至极的她先是把玩自己那条油黑的大辫子,解散了编上,编好了又解开,不过是借此打发漫长的旅途时光。终于辫子也玩腻了,她就把它向后一甩,不想却甩到了后座一个人的脸上,那人"哎呀"叫了一声。她回头一看,是一个眉清目秀的穿学生制服的青年,正含笑注视着她。江怀秀的脸唰地就红了。

那个青年叫白正明,后来就做了白芙蓉兄妹的父亲。

虽然回头看去,江怀秀的人生并没有因此真的像凤凰一样振翅高飞,只是在小县城和白正明生儿育女,平平淡淡地守着一段岁月,但是,那次浪漫的邂逅成了她生命中最美丽的记忆,也成了白氏家族的保留故事,很多年后还有后人在讲述它,而且还不断地加工,丰富,使它变得更有传奇色彩。

那次昆明之行,在江怀秀心里刻下不可磨灭印象的,还有都市如梦的繁华。正义路上长长的青石板路,一家接一家的商铺,如潮的人群和人们脸上的悠然自得,都不是小县城所能比得了的。但她此生似乎注定了和省城无缘。后来她的父亲生病死在省城，商号在伯父的手中说没就没了，只剩下些债务和伤心的回忆。这一辈子她都有些不甘心。

等她终于可以理直气壮地搬到省城居住时，人生却已经流走大半，如同西天的残阳只剩下一片迟暮的光芒。但她还是义无反顾地奔向省城。当她站在变得陌生、繁华、高楼如山的昆明街头，心里多少有些恨，有些爱，有些说不明道不清的东西在流淌。很多时候她出门去买菜，路过盘龙江边，找个石凳子坐下，就会坐上好半天，点上一支烟，就那么默默地看着江水流走。

白芙蓉不清楚母亲心里竟然藏着这么多的想法。她敬佩母亲的精明干练，那是她一生都无法拥有的能力。现在，母亲把她的生活安排得很好。她每天只管上班，下班，家务活儿全由母亲包了，早上起床有一杯热腾腾的牛奶等着她，下班回家有一桌热乎乎的饭菜迎接她。一家三口亲热和谐，互爱互敬，亲情像水一样滋润着生命。白芙蓉感觉自己好像又回到了童年的时光，又看到了那一树盛开的芙蓉花瓣，如诗如雨洒在身上。

九

白芙蓉原本是个懒散的人，乐得有母亲来管家。父亲白正明大半辈子已经习惯了母亲这种带点儿专制的管家方式，一家人倒也没有什么冲突。这样的生活让江怀秀非常满意，非常自得，她给女儿的生活带来安宁温馨。女儿除了为父母提供现成的住房，还是老两口现成的保健护士，头疼脑热根本用不着上医院。白正明患有高血压、高血脂，江怀秀人虽然瘦，但是胆囊有毛病，心脏也不太好，又不愿意去做手术。隔三岔五白芙蓉总要请医生来家看看，自己再去医院开药拿药。自己的女儿给父母看病拿药，那一份精心自然是不用说了。一家人就这么互相依靠着，过着平静的日子。

江怀秀做家务是极认真的，而且有洁癖。白芙蓉的家现在几乎是一尘不染，床上的床单经常保持新鲜的折痕，除了睡觉，不允许人在上面坐一下。客厅放的是仿红木的椅子，她不主张买沙发，说坐沙发歪着靠着，容易让人松了筋骨变懒，人坐要有个坐相，站要有个站相。

连买菜做饭这样的家务活儿，江怀秀也做得与众不同。白芙蓉曾经陪母亲去菜市场买过菜，那天是周末，想买只鸡来炖汤喝。一连看了好几只，江怀秀都不满意。在白芙蓉看来，买鸡不过是看肥瘦，公鸡母鸡都无所谓。母亲却教她，母鸡汤不香，公鸡肉太柴，炖汤一定要买阉过的鸡，肥瘦倒在其次，关键还要看鸡的毛色好不好，品相好不好。一只鸡竟然藏着这样多的学问！这让白芙蓉很吃惊，觉得自己以前的日子过得实在太粗糙，太不经心。那天母亲最后挑中的那只大阉鸡，确实毛色鲜亮，神态不凡，在一笼鸡里显得格外出众。母亲说："你以为买菜做饭简单？伤神啊！还不是想着你上班辛苦，妈多费点儿心。再说妈不心疼你，谁心疼你啊！"一番话说得白芙蓉心里暖暖的。

她下班吃过饭，除了陪双亲看电视，就是打毛线。其实也不是真的需要，现在的商店里，什么花色的毛衣买不到？只不过是需要有点事来打发看电视的时光。电视里演的人和事，她是不太在意的，打打杀杀，哭哭笑笑，都是别人的事，手中织着的毛衣才是一个真实的事物。都说昆明四季如春，穿毛衣的日子不多，白芙蓉还是给父亲母亲和自己织了好几身毛衣毛裤。全是纯毛毛线，价格不菲。还给留在县城的二哥一家三口也每人织了一身，托人带去。

江怀秀住在北城的堂姐，白芙蓉的姨妈，偶然听说了白芙蓉的手艺，就抱了一堆自己家的旧毛衣裤送来，要请白芙蓉给她拆了重新织。当着面，江怀秀不好说什么，等她走了才不屑地骂她抠门，一堆旧毛衣也好意思大老远送来求人。倒是白芙蓉念旧情，记着当初和罗家的婚事还是这个姨妈做的媒，虽然最后和罗中强离婚了，但毕竟借了罗家的力她才进的昆明，所以就只当是还姨妈一个人情，细心地把那些旧毛衣拆了，洗干净，又添了些自己的新毛线，织了几件各种花样的衣服，乍一看跟新的似的。过了几个月，姨妈来取衣服，喜欢得眼睛都笑眯了，夸了半天白芙蓉手巧。

姨妈临走前，把江怀秀拉到阳台上说话。姨妈说："芙蓉四十几的人了，就这么一个人过下去？"江怀秀有些不悦："姐姐怎么说话？她怎么是一个人过？我和她爸爸不是大老远地来陪她？"姨妈说："谁家爹妈陪得了儿女一辈子？你也得为她的将来想想，要不我找人给她介绍个伴儿？"

江怀秀笑笑，淡淡地说："大姐呀，瞧你介绍的罗家！"

姨妈急了："罗家的事可不能怪我，是芙蓉不肯给人家生孩子才离的。现在她这年龄，就是想生怕也不行了。这回不用担心，要给她介绍一定是有孩子的人家，倒是要劝劝她不要计较这个。"

江怀秀客气地哼哼了几声，自顾点一支烟抽起来。

姨妈是个热心人，回去没多久，果真就打听到了一个合适的人，于是打电话来要江怀秀和芙蓉商量商量，定个见面的日子。江怀秀有些措手不及，没有想到真的会把给芙蓉介绍对象当个事来办，就和白正明商量。白正明在家里养了只猫，刚刚下了窝小猫，整天给猫喂食、洗澡，忙得不亦乐乎，芙蓉的事他也懒得管。江怀秀只好等女儿下班，亲自跟她说。

白芙蓉乍一听这消息，愣了，半天才说："我不想嫁人，就这样过挺好的。"

江怀秀一听，反过来劝女儿："姨妈也是好心，还是见见面吧？"

白芙蓉抱起一只小猫，轻轻抚摸着说："我不去。没意思。"

江怀秀想了想说："不去，姨妈那里不好交代。要不我先去看看，合适了你再去见好不好？"

见女儿没有反对，江怀秀就真的去了，打车坐到北城，晚上天黑了才回到家。一进门就摆手说："芙蓉啊，幸好你没有去。你说姨妈介绍的那叫什么人啊，都快赶上你爹老了，差两年就退休。身体还不太好，人精瘦精瘦的，还不是听说你是护士，想找人侍候他呢！"

白芙蓉在灯下织毛衣，一只顽皮的小猫跳到她腿上，抱住线团玩耍，那可爱的样子让她看得呆了，竟没有听到母亲在说些什么。

后来隔三岔五也有亲戚朋友介绍，要白芙蓉去见见。白芙蓉一概都让母亲代劳了，可没有一个人能过得了江怀秀这一关。她回到家，会像说故事似的给芙蓉父女描述那些男人，有的太老，有的没钱，有的没房，有的孩子还在上学。

白芙蓉原本也没觉得怎样，像是听别人的故事。倒是江怀秀自己讲到最后总要叹气："芙蓉啊，这些二婚的男人，嘴上说是找伴儿，心里总是有所图的。哪里会像自己的爹妈，一门心思替你着想。只有爹妈才是真心疼你啊！"

白芙蓉淡然一笑说："妈，您别说了，我知道呢。"

十

日子就这么流淌着。一眨眼白芙蓉就四十五岁了，有时自己想想都觉得惊心。童年时代芙蓉花瓣落到脸上的温馨，隔三岔五还会在母亲不厌其烦的讲述中重现，就像一朵干花，浸在热水中，一瓣瓣复苏，拾取些朦胧的记忆。守在父母身边生活的人，是幸福的。

只有当她独自对镜的时刻，才会生出些自怜自艾。眼角细密的皱纹，耷拉的眼皮，鬓角淡淡的灰色，一切都预示着人生在悄然中不可阻挡地朝着中年的门槛迈进。

江怀秀有一种天生的适应能力，几年下来早已经融进昆明。她和小区里的老人们结成搓麻联盟，除了买菜做饭的时间，每天都要到楼下茶室里去和人搓上几圈，而且她少有输的时候，多少都会有些进账。白正明是个不爱动的人，整天就在家里打扫卫生，侍候小猫。他床边的桌上常年摆着大儿子白平亮穿军装的照片，永远年轻地对着父亲微笑。白芙蓉的生活除了上班还是上班。她除了医院的工作，还在另外一家私人医院做护士，挣两份工资。倒不是纯粹为了钱，只是闲着觉得无聊。下了班吃现成的饭，看电视，织毛衣，也没有别的事要她操心，倒不如穿上白色的护士服，行走在病房，还能感觉自己被病人需要的快乐。像她这样年龄的老护士，是最受病人欢迎的，经验多，面相又和善，轻言慢语的几句话，就能让病人安下心来，不像那些年轻的护士们，鸟似的在病房里飞出飞进，没有耐性，打针也快，常常疼得人皱眉头。

芙蓉床头挂着小米的照片。时间长了，疼痛已经结成厚厚的痂，可爱的小米永远以他的天真无邪对着这个变化万千的世界。她每天临睡前都要对着小米的照片默默地看一会儿，在心里和他说上几句话，晚上才会睡得踏实。

白芙蓉觉得，就这样生活下去也好。平淡，朴实，一如窗外的天空，四季都是白云流过。

可是有一天，宁静被突如其来的意外打破了。

白正明在给小猫洗澡时,突然一头栽到地上,昏迷不醒。几只小猫围着他喵喵地叫唤了半天,也没有把他叫醒。等白芙蓉下班、江怀秀买菜回来才发现,赶紧叫邻居帮忙送到医院,人已经不行了。突发脑溢血,回天无力,什么话都没有留下,就走了。

虽说白芙蓉在医院工作多年,见惯了人间的悲欢离合,可那是别人的故事。真正到了自己头上,还是忍不住悲伤的。尤其是父亲走得那么快,那么果断,没有给亲人一点儿心理准备。经她自己的手侍候了无数的病人,却不能为自己的父亲尽孝,她想起来就心如刀绞。一向文静的白芙蓉面对父亲的遗体悲不自胜,扑上去号啕大哭,好几个同事劝都劝不住。

母亲也很悲伤,但还能自制,只是抹着泪反复说:"老头子,你招呼不打一个,话不留一句,就这么走了?你好狠心啊!"芙蓉一听这话,扑过去搂着母亲,又是一阵痛哭。

二哥平千接到电话,很快带着儿子从县城赶到昆明,处理父亲的后事。这种场合才能充分体现出哥哥的重要,芙蓉只知道流泪,伤心。哥哥则把痛苦藏起来,有条不紊地处理一切。白家和江家在昆明多少也有些亲戚,虽说平时不大走动,但是遇上这么大的事,还是每家都来了人,简单而又庄重地把白正明的后事办了。

一个星期后,一切都结束了。

家里其实只少了父亲一个人,白芙蓉却感觉空空荡荡。没有人照管的小猫们突然变得脏兮兮的,蹲在墙角不吃不喝,用一种忧伤的眼神看着人。江怀秀一番长长的叹息之后,决定把猫全部拿去送人,在白芙蓉的央求下,留下了一只白色带黄点的小猫。一只猫守着一只碗,更显得格外孤独。芙蓉常常看着看着那只小猫,又哭了。

经过这场变故,芙蓉发现母亲也衰老了许多,好多天都没有去打麻将。

十一

江怀秀从前就抽烟,只是抽得有节制,每天不过一两支烟就打发了,现在她每天竟然抽到半包烟。都是云烟,红壳的。白芙蓉不论把烟藏到哪里,她都能找到。白芙蓉劝她说:"妈,烟抽多了对身体没有好处。"她说:"我怕什么?七十多岁的人了,你还叫我戒烟不成?再说,你爸都不在了,我早死晚死的也无所谓了。"语气中有无限苍凉。

白芙蓉自己心中有伤痛,却还要忍着,劝母亲宽心。可是反过来,母亲对她倒似乎有些不放心了。几次婉转地说:"芙蓉,你爸走了。你二哥离婚了,自己一个人过。我现在能依靠的只有你。你不会不管妈吧?"

白芙蓉说:"我是妈亲生的女儿,我不管谁管?你就放心好了。"

母亲吞吞吐吐地说:"现在你会管我。可是万一哪天有人给你介绍个伴儿,你还会管我吗?"

白芙蓉觉得母亲的想法好笑,就说:"我都嫁过两次人,伤透心了,这辈子不会再嫁的。"

母亲说:"你说的是心里话吗?也许哪天你会变的,你能保证你真的不再嫁人?"

白芙蓉不明白母亲为什么会变得如此唠叨,竟然要她举手发誓才肯相信。她有些不太情愿地举起手,按母亲的要求发了誓。江怀秀才如释重负地松了口气。可是,芙蓉心里有些不是滋味。嫁不嫁人原本是她自己的事,可是现在成了一种承诺。这多少让她有些不自在。

母亲渐渐地就习惯了没有父亲存在的生活,把母女俩的生活安排得井井有条。屋子收拾得一尘不染，芙蓉下了班就能吃上可口的饭菜。连衣服都不要芙蓉自己动手洗，老太太给她洗好，折好，整齐地放在柜子里。现在芙蓉下班后，除了看电视、织毛衣，就是管管那只白花猫，给它洗澡、喂食。

生活又回到了固定的轨道上，缓缓地向前移动。江怀秀下午空闲的时间，又开始回到茶室去找老友们搓麻。有了女儿不再嫁人的保证，她似乎放心了许多，搓起麻来头脑清醒，思维敏捷，全不像个七十出头的老人。

可是，外人并不知道她们母女间有过那样的约定。医院的同事中有好事的人，遇见合适的男人，还会想起给白芙蓉介绍，而且都把她说成贤妻良母的候选人。想想看，一个五十不到的女人，长得不难看，身体健康，脾气温柔，没有孩子拖累，还做了那么多年护士，家里人有个三病两痛，打针吃药全能对付。这么好的条件，在同龄的女人中，是不多见的。其实，白芙蓉从来没有想过在别人眼中自己竟然会有那么多的优点。在母亲面前，她不过是一个长不大的孩子，吃穿用度，全都要依靠着母亲的安排。江怀秀在麻将桌上不时也会提起自己的女儿，总是叹息说："我的芙蓉啊，只会上班，别的全要我操心。换洗衣服放在哪个柜子，我不动手她就找不着。"

说得多了，搓麻的人也会陪着感叹几句："这世界上，靠得住的还不是自己的父母！"

市医院外科的护士长姓刘，和白芙蓉认识多年，很喜欢她温柔和顺的脾气。刘护士长和芙蓉同龄，可女儿都上大学了，自己过得幸福了，就容易同情孤身的人。她见芙蓉总是不结婚嫁人，心里就很不落忍，当回事记在心里，总想着要为芙蓉介绍个合适的男人。

也巧，刘护士长的丈夫在省委机关工作，某天说起单位一位刚刚离休的老领导,不久前没了老伴儿,孩子又在外地工作,一个人孤孤单单,怪让人同情的。说者无心,听者有意,刘护士长突然就想起白芙蓉了,觉得天赐良缘,就有心要为她牵线搭桥。

刚开始,白芙蓉一口就回绝了刘护士长的介绍,说自己这辈子已经准备好,就和母亲相依为命地过下去,不打算再嫁人了。可架不住刘护士长一再劝说,听听对方的条件不差,尤其是孩子不在身边,不会有什么复杂的家庭关系,这一点让她很满意。这些年她已经习惯了过单纯的生活,最怕的就是和一些莫名其妙的人在一个屋檐下过日子。刘护士长还给她看了那位领导的照片,虽说比她大十多岁,可是保养得好,看起来还年轻,长得富态,眉宇间有一股领导才有的自信风度,和白芙蓉以前的两任丈夫都不同。小卢虽然是上海人,却摆不脱小家子气,后来的罗中强则是个耿直粗鲁的人,没有多少内涵。白芙蓉突然被自己的联想惊了一下,她竟然无意中开始拿照片上的男人和自己的两个前夫作比较,她生怕刘护士长看出她的心思,忙借喝水把头低下。

其实她心里明白,前两次婚姻虽然伤透了心,可她并不是真的不想嫁人、过正常的家庭生活,只是阴差阳错,这些年就没有遇上一个知冷知热、让她觉得可以把头倚在他肩上的男人。原本生活圈子就窄,打交道的都是病人,又没有真正关心她、为她着想的人。慢慢地心就冷了,觉得单身也没什么不好。可是在街头看见别人家夫妻拉着手、牵着孩子的场景,难免心里涩涩的,不是滋味,只有拼命地上班、工作,才会淡忘自己的孤苦。

这一切,白芙蓉从来没有对人诉说过。就算她愿意说,又有谁来听呢!

现在,她突然心动了。照片上的那个男人,似乎带给她可以依托后半生的梦想。

十二

依刘护士长的脾气，马上就想把人凑到一起见见面。可是她丈夫告诉她，照片上的领导到北京旅游，过两天才回来。刘护士长性子比较急，想趁休息先约白芙蓉去领导住的小区转转，让她感受一下某种氛围，增强对领导的好感，这样事情办起来成功的可能性就更大了。刘护士长心里是铆足了劲要把这件事撮合成的。

领导住的小区在昆明城西边，新建的金牛小区，避开了城市的喧哗，和滇池比邻，远远地对着西山睡美人，是一个很雅致的地方，和白芙蓉她们医院职工的住宅小区是不可同日而语的。白芙蓉一来就喜欢上这里的环境了。一块很大的绿地铺展开来，各种花草争奇斗妍，精心铺设的石头小径沿树丛间蜿蜒而去，通向幽深不知处。小区用不高的铁栅栏和外界隔开，隔出了两重世界。

金牛小区之行，让白芙蓉不嫁人的决心动摇了。

没人知道有些什么复杂的情愫在她心里翻腾，反正那个夜晚她失眠了，睁着眼睛一直到天亮。

接下来的两天，白芙蓉有些魂不守舍，看电视的时候，盯着墙角发呆，手中织毛衣的线团被小花猫抓了抱到桌下玩耍也浑然不知，吃饭不知道往碗里搛菜，净吃白饭。

吃完晚饭，收拾好屋子。江怀秀点上一支烟，往白芙蓉对面一坐，说："说吧，芙蓉，有什么心事别窝在心里，说出来妈也好帮你拿个主意。"

白芙蓉的脸红了，倒像做贼被人当场抓住一样。她嗫嚅着不知道怎么向母亲开口说出那件折磨她的事儿。江怀秀撩撩鬓边的白发,以雪亮的目光望着她,说:"是不是有人又给你介绍人了?说出来我也听听。"白芙蓉小心地看着母亲,似乎没有不高兴的样子,想了想就把刘护士长介绍领导的事吞吞吐吐地说了,那表情就像当年上中学,男生给她递纸条被老师抓住又告了家长后的情形,忐忑不安。

江怀秀半天没有说话,一口口喷着淡蓝色的烟雾,脸藏在烟雾后面,平静中浸着几分哀切,让白芙蓉觉得是自己对不起母亲,没有信守诺言。

江怀秀又问:"什么时候见面,定了没有?"

白芙蓉轻声说:"星期天下午,他约了我们在翠湖边的茶室喝茶。"

江怀秀吐出口烟雾,眼睛看着窗外,话却意外的平静:"去见见吧,见见也好。只是这个岁数,再离一次婚,怕是不好做人呢。"

话很轻,白芙蓉却听得心惊,一抬头正好接了母亲眼中射过来的冷静的光,忙躲闪着去摸小猫。母女俩一时倒没了话,各自想着心事,一屋子都是孤寂和冷清。只有小猫的毛在她的掌中透出些温热,一时间倒让她舍不得这一点点暖意,干脆把猫抱到膝上,细细地爱抚。小猫喵喵地叫,两只绿莹莹的猫眼正对着她,温软如同一汪清泉。

白芙蓉本来是喜欢小狗的,尤其喜欢那种长毛的哈巴狗。她们科室的小李护士家养了一只,一双大而圆的眼睛通人性,巴巴地看着人,只要对它稍微表示出喜欢的意思,它就会像孩子似的对你撒娇,摇尾巴。小李说每天下班回到家,它总是第一个冲过来迎接,会用口衔来拖鞋催你换,比丈夫和孩子还可人。小李和狗说话的口气,也跟和孩子说话差不多,亲昵地称它为宝宝。白芙蓉听了先是想笑,后来又想哭。回家和母亲流露出想养狗的意思,母亲一口就拒绝了,说脏倒还在其次,主要是狗太通人性,养了怕伤心,不如猫,简单些好。那一刻白芙蓉才知道,母亲的心是很冷的。从此就不再说养狗的话了。

没人知道,在母亲面前她永远有摆不脱的自卑。作为唯一的女儿,她没有继承母亲美丽的相貌,母亲年轻时是可以和电影明星比美的,高挺的鼻梁,大而亮的眼睛,还有眼睛中那一股含而不露的傲气,全都和她无缘。母亲做人的精明、坚毅,更是让她望尘莫及。母亲的一生虽说平淡无奇,可还和父亲有过那么浪漫的一段爱情,年少时也有过锦衣玉食、大家闺秀的生活。就是老了,母亲眼睛中那一股锐气也是不会消失的,只是藏得深些罢了。白芙蓉的眼睛就不同,看人总是躲躲闪闪,露出软弱的气象,只有在病房里面对病人时才会自然些。

偶尔想起,无缘无故地就会生出自卑来,总是奇怪,自己怎么会是母亲的女儿呢?

江怀秀摁灭烟头,细心地掸掸身上似有似无的烟灰,说一声:"我今晚还有牌局,和楼下赵大妈约好的。芙蓉你在家,好好给自己拿个主意。别一辈子都要妈给你操心!"

一个人在家,白芙蓉懒得开灯。抱了小猫站在阳台上,呆呆地站了半晌。她家在六楼,分房时,是母亲做主选的楼层。别人家的老人怕爬高,母亲不怕,说楼高好锻炼人的腿脚,空气也比下面好一些。芙蓉在母亲面前是没有主见的,就依了她。父亲那时活着,也依了。

现在站在六楼,远处的灯火像水波一样起伏着,和天上的星星连成一片,竟然有些梦幻般的感觉。只有芙蓉家的阳台笼在黑暗中,人也被夜色包围得只剩下一个剪影,孤寂地静穆着。夜愈深,夜色愈像水一样淹没过来。灯火只在远处,犹如戏台上的布景,虚幻得让人恍若入梦。

十三

白芙蓉选择了独自闲逛,作为送给自己的生日礼物。

一个四十八岁的女人,难道还指望有人送一束玫瑰?浪漫是那些时尚小青年的。夜一降临,他们一群群拥向金马碧鸡坊一带的酒吧、舞厅,去放纵青春。如果小米活着,也会这样吗?把头发染成玉米缨子,穿肥大的套头衫,宽口裤子,嘴里嚼着薄荷味的口香糖,满脸都是不在乎。

白芙蓉想过很多次小米长大后的样子,可每回都很失望,只有照片上那个一脸稚气、纯洁无瑕的小米才是白芙蓉自己的,是她永远长不大的孩子。

逛累了就随便坐在诺玛特侧面那个喷水池边,看池水在灯光中变幻出奇异的魔幻光泽。虽然离得近,白芙蓉平时却很少来看昆明的夜色,这夜色让她眼晕,每回都有恍入梦境的感觉,不清楚自己到底身在何处。她喜欢小时候的夜晚,小县城的灯光总是昏黄一团,传递着橘黄色的温暖。那时夜晚是真正的夜晚,黑暗像块巨大的布,包住大地的身体。小院里有虫子唧唧的鸣叫,有野风古怪的过路声。有了夜的衬托,童年的家才是让人安全的避风港湾,让人永生留恋。

有人悄悄推推白芙蓉的手臂,悄声说:"玩玩儿吗?"她被吓了一跳。

那是个注意了她半天的干瘦的老男人。白芙蓉皱皱眉说:"我不认识你。"

老男人说:"我也不认识你。谁会找认识的人玩儿呢?"

白芙蓉说:"我丈夫到那边买烟去了。"

"你丈夫？嘿嘿，我还以为……算了算了……"

那男人瞄瞄远处，扫兴地走了。

白芙蓉觉得命运在和她开玩笑。她只差一点儿，就又有丈夫的了。可就是那么一点儿，成了生命中永远过不去的坎。她只能留在河的这边，和某些东西遥遥相望。

那个星期天的下午到来之前，她始终在犹豫，先换了件灰色的薄呢外套，想了想，脱下来，提了件紫红的毛衣在镜子面前照照，又挂回衣柜，最后选定一件格子呢的立领中式外套。她的衣柜里有好多件呢子的衣服，结实，挺括，还有不容忽视的庄重。昆明街头很少有人穿呢子的服装，白芙蓉却固执地认着它的好，哪怕不穿，挂在衣柜里也有一种充实和满足。

然后化妆。平时她是不抹脂粉的，这是职业养成的习惯。她更愿意让病人看一张天然的脸，哪怕苍老些，有皱纹。毕竟是真脸，有亲切感，不会吓着病人。可现在她还是难得地抹了点儿唇膏，抹了点儿粉底霜，遮去脸上的几粒雀斑，抹了擦去，擦了又添上，心里七上八下的。

白芙蓉知道，母亲的目光通过卧室的门缝一直追逐着她，隔着门，她也能感觉得到。母亲没有说反对她去相亲的话，平静地让她只管去看看，自己拿主意。早上起，江怀秀就说胃疼，不想吃饭。白芙蓉给她煮了稀饭，她只喝了几口就放下了，倚在床上抽烟，想心事。

两点多，白芙蓉要出门，又到里屋看看母亲。江怀秀皱着眉，有气无力地说："你只管去你的，不用管我，反正是老毛病，一时半会儿的不会好。"看情形，比早上还重了些。白芙蓉着急地问她要不要去医院看看，江怀秀呻吟着说："胃疼，腰疼，都是生你的时候落下的毛病。你爸爸出差，你哥又小，没人照顾，可怜哪！"

江怀秀的呻吟声让白芙蓉无地自容。在一头白发的衬映下，母亲的脸衰老无助，让人怜悯。她什么都来不及想，胡乱抓张纸擦擦嘴、抹抹脸，一弯腰把江怀秀背到背上，急切地说："我们马上去医院找医生看，好好检查。"江怀秀挣扎了一下，就听话地伏在白芙蓉的背上，任她安排。那一刻，白芙蓉感觉母亲像个孩子一样，依恋而又听话地依偎着她。她甚至感觉到有泪水一点点洇湿了肩头，也洇湿了她的心。

第二天上班，刘护士长到科里找白芙蓉兴师问罪，拉着脸说："你耍我呢？害我们在茶馆里干等。打你家电话也没人接。又不是十八岁的大姑娘，害羞，还要搭架子。你到底是怎么想的？"

白芙蓉垂着头，不言语，望着自己的脚尖。

刘护士长感叹说："人家是抢手的香饽饽。你下午不去，晚上就有人另介绍了一个，欢天喜地地见了面，就定下了。可惜呀可惜！没有缘分。"

白芙蓉还是只望着脚下，半晌才幽幽地吐出口气说："我妈活一天，我就不会嫁人的。这是命。"

刘护士长还想说什么，张了张嘴，摇着头走了。

十四

白芙蓉偶尔也会想起生命中的两任丈夫。

离婚后，白芙蓉是见过罗中强的。他带女儿来医院看病，正好遇见，就站在门诊部的前厅说了几句话。那女儿长得不难看，很乖地靠在罗中强怀里。他有些尴尬地解释说妻子上班忙，只好自己带孩子来看病，末了，又自我解嘲地笑笑说："还是个女儿。看来我是给人当老丈人、当外公的命。"

又关心地问白芙蓉："有没有找到合适的人？"

白芙蓉摇摇头，面前的男人陌生而又熟悉，他身上那股淡淡的汗味，让她有些眩晕。

临走时，罗中强欲语又止，有些不好意思地说："也许，当初我不那么逼你生孩子，我们会是另外一个样。分手以后，才记起你的种种好处。可是已经晚了。"

他的话，让白芙蓉独自愣怔了半天。

至于小卢，她不敢想，想起来就是痛。她断断续续听说过他的事，没多久他就调回上海去了，也没和那个进修医生结婚。像一只杳无音信的黄鹤，飞回他的故乡去了。想起他，就会和小米连到一起，就会有彻骨的痛。连白芙蓉都奇怪，一种痛竟然能绵延二十多年，像慢性病一样缠绕着自己。

有一家三口坐到白芙蓉旁边，她往左边轻轻挪了一下。余光中，那是一个来昆明旅行的外地家庭，爸爸妈妈加上儿子。儿子大约有十五六岁，是个身材颀长的少年，正好挨着白芙蓉坐。稍稍侧头，就可以看见他白皙的脸上那一层细细的茸毛，生动地弥漫着。儿子刚坐下来就直叫口渴，做爸爸的忙站起身去找地方买矿泉水。白芙蓉有一种奇怪的感觉，她在哪里见过这个少年，竟然让她有一种熟悉亲切的感觉。那面孔，鼻梁，神态，似曾相识。可自己怎么会见过一个外地少年？也许这孩子根本就是第一次来昆明。

男孩儿和母亲嘀嘀咕咕地说话，说的是上海话。白芙蓉能听懂个大概，当初和小卢医生生活时，他教过她一些。她能听出，男孩儿在和母亲说西双版纳的女孩子如何漂亮，比上海女孩儿还柔媚。母亲打趣儿子，将来娶个傣族女孩子回家做媳妇好不好。男孩儿脸红了，把头扭向白芙蓉这一边,让她可以清楚地看清他的容貌。这回她真的相信自己一定是在哪里见过他的。

做父亲的提着几瓶水过来了,白芙蓉仿佛是在梦里。短暂的迷茫之后,她认出了,那个已经发福的中年男人竟然是小卢医生,她的前夫。二十多年的岁月之后,她还是认出了他。某些熟悉的东西透过岁月的网一点点悄悄凸现出来,令她迷惘。

刹那间,白芙蓉突然明白了,为什么身边这个男孩儿会让自己有似曾相识的感觉,那是因为,他是小米在世上的亲弟弟啊!如果小米活着,长大,就会和这个少年有相似的面容和神态。

这个意外让白芙蓉的心猛地震荡了一下,她想过无数次小米长大后的样子,总是没有一个明确答案。现在答案突然地就出现在眼前,反倒让她蒙了,回不过神来。男孩儿仰起头喝水的样子很急切,有几颗小水珠顺着他的嘴角滴了下来,白芙蓉克制住伸手替他揩水的欲望,紧紧拽着衣角。

做父亲的显然很疼爱儿子,他伸过手臂搂住儿子的肩,问他累不累,喜不喜欢昆明。

白芙蓉快要窒息了,那只隔着岁月伸过来的手和她近在咫尺,她能清楚地看见上面的汗毛、血管和斑点。她有一种冲动,想抓住那只手,狠狠地咬它一口。有一回,小卢医生都转过头来了,可他的目光只在白芙蓉这边停留了一瞬,马上又漠然地投向高处的楼群。她听见他感叹说昆明的变化真大,比上海也差不到哪里去。他的妻子不同意,嘀咕说不可以比的,上海毕竟是上海。

那糯糯的吴侬软语,却有一种催人魂魄的力量。

她终于在自己窒息之前,起身逃走了。

踉跄着来到马路对面的金马碧鸡牌坊下,她像个病人似的喘息着,或者说更像一条被人扔到岸上的鱼,张着嘴无力地挣扎。她站的地方被人称作昆明的心脏,她现在就在心脏上搏动,起伏。那些川流不息的车流声就是这心脏血液流动的声音。她觉得自己变成了一只小虫子。

夜色总是容易让人恍然入梦。在光怪陆离的灯火中,一切都变得不真实。白芙蓉觉得自己一定是在梦中,一个扑朔迷离、布满迷宫的梦。仰头间,映射在楼群中的灯火变幻莫测,她又看见了一树纷飞的芙蓉花瓣从天而降,那是她生命中的花瓣雨,她还是那个在母亲怀中安睡的婴儿!

十五

白芙蓉又回到刚才的水池边,她想再看看那个让她心灵震颤的少年,他是小米的亲弟弟呀!可是,什么都没有了。水池边坐着一个发呆的老人,立着一个空空的矿泉水瓶子。

白芙蓉认真地想了想,认定自己刚才是做了一个梦。远在上海的小卢医生怎么会突然出现在昆明呢?他们之间的缘分早就结束了。没有缘的人是很难相见的,这么一想才平静了些。

可是那个少年,搅得她的心纷乱如麻。

她就那么托着腮,在水池边坐了很久。直到有什么东西在拱她的脚,她才一下子醒过来。是一只小狗,长着白色长毛的小狗,脏兮兮地,一看就不像有主人的样子。小狗的眼睛定定地看着她,竟然有一种让人哀怜的神情透出来。白芙蓉心软了,为难地摸摸身上说:"我又没有带吃的东西。"

小狗不走,干脆坐下来,守着她,那眼睛里似乎有泪水汪着,认定了她是不会让它失望的。

白芙蓉没有办法了，只好掏出钱，到附近的小摊上买了包火腿肠。回到水池边，那小狗竟然耐心地等着。她把火腿肠剥开，送到小狗嘴边，一点点地喂给它吃。四根火腿肠很快就被吃完了，小狗还不走，依恋地望着她，倒像是有了什么约定。夜深了，白芙蓉起身回家。走了几步，回头一看，小狗一直跟在她身后。别人一定以为这狗是她养的了。她回头说："你不要跟着我，我不会要你的。"

又走几步，回头看，还跟着。眼睛里有些怯意，有些哀求。她从来没有注意过狗的眼睛会有如此丰富的内容，简直和人没有什么区别。这让她有些难过。

走到昆华医院前面的人行道边时，那狗还跟着。白芙蓉在心里悄悄跟自己约定，如果这狗能顺利跟着她走过人行横道，她就收留它。如果走丢了，那就让它去吧。这么想好了，她就不回头，一直地走。汽车、摩托车、电动车飞快地驶过，连人都要格外小心地躲避。那狗它行吗？毕竟只是一条小狗啊！想是这么想，却还是硬着心肠不肯回头。

终于走到街对面的时候，白芙蓉认定那小狗一定被自己成功地留在了那边。想起它那双满是乞怜的眼睛，心里反倒有些失落和不忍。

有什么东西在她的裤腿上蹭着？低头间，竟然是那条小狗！它仰头定定地看着她，眼睛里有许多温情，许多期待。白芙蓉傻了，一种久别的温馨在心里荡漾开去。它需要她，它依恋她，它一定是上天送给她的生日礼物。她还有什么理由拒绝它呢！

当她蹲下身去抚摸小狗身子时，感觉小狗轻轻颤了一下，然后在她的掌中放松，轻轻扭动着，摇着尾巴，那么信任地任她抚弄，眼睛里的温情浓得能化开坚冰。

白芙蓉忍了许久的泪水再也忍不住了，一下子如雨般飞溅到小狗的身子上。她紧紧抱住它，像抱着自己人生的全部希望,哽咽着说:"狗狗……妈妈……带你……回家……"

妖精女生

一

那个年代,乌城最吸引人的风景之一,就是县宣传队大门里走出来的女孩子们。一样都是女孩子,可人家走起路来就是与众不同,挺胸凹肚,臀部微微撅着,小腰扭得像风中的杨柳,无形中就多了些文艺的氛围,和周围人拉开了距离。一样都是兰卡其灰卡其的衣服,宣传队的人穿在身上就能穿出不同的风韵,腰是腰,臀是臀,怎么看怎么妥帖。关键是人家脸上那股气质,是学不来的。走在街上知道自己随时都是焦点,胸部挺得高高的,目光平视前方,让人不敢小觑。

宣传队的前身叫文工团,后来才改为宣传队,有了那个时代的特色。那是春天另一个多姿的舞台,也曾是女孩儿安玛生命中无法抹去的五彩记忆。

初二女生安玛费尽心思也找不到一个合适的词来形容那道门里的人。她的语文课上,绝对不可能有形容女生美丽的词语出现。大街上无论男女都穿统一的灰、蓝、黑的衣服,女人都留统一的短发,连长辫子都很难看到。倒是安玛家请来带妹妹的保姆柳奶奶,教了她一个字:妖。柳奶奶说妖就是山间的狐狸精转世,或是山间的花草树木修炼成精变出来的,看起来跟人差不多,只是一走路就现形了。她们总是比一般的女人多些妖气,腰要细点儿,屁股要大点儿,看人的眼神要迷糊些。

柳奶奶七十多岁,一张老脸皱得像腌过的菜叶,说起这些话时眼睛却亮得像夜晚的星星。安玛有些疑心,柳奶奶不会也是山上下来的老妖吧?她传授的知识,比课堂上生动百倍,让安玛有喘不过气来的感觉。做妖真是太好了,可以变幻无穷,可以让人用羡慕的眼光追逐背影,而不是像一朵路边的狗尾巴草,寂寞地自开自落。

初二上学期,宣传队来一中招人。等安玛知道消息的时候,班上的孔薇薇已经面试回来了,正在给班上的女生们讲自己面试的经过。要唱歌,跳舞,还要走几步尖尖脚(芭蕾步),还要下腰。孔薇薇要去的不是县宣传队,而是地区的宣传队,考试过程更是烦琐了许多。不过安玛想不明白,孔薇薇的长相和县宣传队的女生们比起来,实在是太一般了。一张蝴蝶迷一样的长脸,小眼睛,只是个子高点儿。她竟然也可以进地区宣传队?后来还是安玛的好朋友金牡丹向她揭示了其中的奥秘。金牡丹说:"你不知道吧,孔薇薇的爸爸是食品公司的领导,人家有关系。不然比她漂亮的女生有的是,还轮得到她?不过安玛你也别羡慕,进宣传队有什么稀奇的,都是些妖精,迟早要出事的!"

金牡丹不过比安玛大了一岁,在生活经验方面却足可做她的老师。她长了张银盘似的大圆脸,薄薄一张小嘴,热情像一团火,整天黏在安玛身边。重要的是她还有个在人民会场卖电影票的姨妈,学校里的人看电影、看宣传队演出,都要找她帮着买票,她自然就成了一中校园的大红人儿。说也奇怪,金光灿灿的一朵金牡丹,却偏偏喜欢和不哼不哈、狗尾巴草一样安静的安玛做朋友,想甩都甩不掉。红花也要绿叶衬,安玛只好不甘心地做了金牡丹花下的一片绿叶,衬着她的艳丽。

安玛没有想到的是,金牡丹也把宣传队的人看成妖精。她不是声称和里边的好几个人都是朋友吗?

在上学下学的路上,安玛偶尔会遇见宣传队的男孩儿女孩儿,却远远地就避开了,可目光又不舍得放弃,依依地怯怯地追逐人家的背影,直到看不见。那种羡慕只能深藏心底,不可以对人言说。

虽然金牡丹时时声称自己是安玛的好朋友,安玛的心事却不敢让她知道。金牡丹一知道,等于全一中都知道了,她那张薄嘴唇从来就不打算守住任何秘密。

二

宣传队在南街离一中不远,据说是过去一户大地主家留下的大宅院。一进好几重院子,古旧幽深,屋檐上还雕刻着些小小的狮子、麒麟,垂着些暗绿的青苔,让人不敢大声喘气。这样的院子里生活着一群美丽的男孩儿女孩儿,倒是很合适。他们就像是从画上走下来的,带些仙气,或者沾点儿妖气。

安玛百思不得其解,地主都是些什么人呀?他们当年住在这样的深门宅院中,过着什么样的生活?

安玛被金牡丹带着进去过一回。

金牡丹是去给宣传队的人送电影票,满城人似乎没有她不认识的。连宣传队这样在安玛看起来有些神秘的地方,她也可以张扬地走进去,见了人就仰起银盘脸笑,就打招呼。人家也喜欢她,有人从窗口探出头来,"牡丹、牡丹"地叫她,对着她招手,让安玛羡慕得不得了。

这里面的人可不是普通的人,以前安玛只在舞台上见过,看他们一脸浓墨重彩,唱呀跳呀,就像隔着云端,都是些雾里梦里的剪影。

那些年除了看电影,乌城人看得最多的就是县宣传队的演出了。长年都是那些节目,却百看不厌,场场都爆满,连过道上都挤满了人。在那个年代,做演员真是幸福无比呀!永远被观众追着宠着,绝对没有被抛弃的危险。除了他们的演出,除了电影,还有什么可看的呢?不经意间,那些幸福的男孩儿女孩儿们就都成了小城的明星,那么辉煌地闪亮在安玛的记忆里,永不褪色。

第一次走进宣传队的院子,安玛心里很惶惑,很兴奋。腿都有些偷偷地发颤,幸好没人注意到。她那天穿了件洗得发白的蓝色外衣,一条青布裤子,头发梳成两个小辫,简朴得如同窗外一抹不经意飘过的云。金牡丹则穿了件大红的灯心绒外套,头发上扎了两条大红发带,灿烂得如一朵盛开的牡丹。安玛感觉自己就是一片绿叶,在金牡丹的金光下无声地低垂着。

穿过那几重深宅大院时,不断地有风景扑进眼帘。有的演员在院子里练功,有的在水龙头下面洗衣服,还有的在咿咿呀呀地练唱。安玛对这些人熟悉得如同朋友,只是他们不知道罢了。那个在院墙下扎着腰带,两腿夹紧练功的女孩,名叫庄平仙,差不多可以算是宣传队的台柱子,她在样板戏里演江水英。宣传队人手不够,一出《龙江颂》其实只排练了两场,两场都是庄平仙演主角,可见她在宣传队的重要。她个子高,身材苗条,一张瓜子脸。安玛发现,在台下不化妆的庄平仙似乎也很一般,远没有在台上那么光彩照人,她一条腿搭在矮墙上压着,对金牡丹招招手说:"牡丹你来做什么?是不是又有新电影?给我留几张好票。"

金牡丹笑眯眯地拉着安玛过去,说:"给你留着呢,我怎么会忘了你？"

庄平仙看看安玛，又问金牡丹："这是你同学？我怎么没见过？"

一个也在旁边练功的女孩歪着头看看她们，突然有了新发现，笑着说："平仙你有没有发现，这个女生长得有点儿像你，不是你妹妹吧？"

庄平仙仔细地看了看安玛，也笑了说："像我吗？我还真没有妹妹呢。"

安玛的脸唰一下红了，不好意思地低下头。金牡丹看看庄平仙，又看看安玛，说："我也觉得你们俩有点儿像，都是瓜子脸。"

她们不过是随意说笑，不知安玛心里却激动极了。竟然有人说她和庄平仙长得像？这是她平时想都不敢想的。现在庄平仙和她离得那么近，连鼻梁上那几颗淡淡的雀斑都看得清清楚楚。细看去，和自己还真有点儿像。要真有这么一个姐姐，还不幸福死了！

可惜这个话题被她们一带而过，很快又转到别的事情上去，这让安玛多少有些失望。

平时安玛不是很喜欢和金牡丹做朋友，不喜欢她的张扬和交际广，经常像朵牡丹似的蓬勃盛开，花气逼人。可金牡丹偏生看上了安玛的文静，到哪儿总要把她拖着拽着，甩都甩不开，上学下学，总要和她结伴而行，还要嚷嚷着："我是真心和你做朋友的，安玛你不能对不起我！"和金牡丹在一起的好处就是可以不用买票，混进电影院看电影，看宣传队的演出。金牡丹有个在电影院卖票的姨妈，连安玛也沾了不少的光。还有就是跟着她可以像今天这样，自由地来到宣传队这种让安玛心跳不已的地方，见识小城的各位明星人物。

除了庄平仙，安玛还见到了在《智取威虎山》里演小常宝的王晓月，她个儿不高，皮肤有些黑，一双大眼睛倒蛮有神。安玛最佩服的是她竟然可以把"深山问苦"里最后那一句"杀尽豺狼"唱上去。那调多高啊,简直有点儿余音绕梁的意味。

面前的王晓月梳两条齐腰的长辫子,比在台上还要秀气些。她正在水龙头下洗衣服,也认识金牡丹,点点头算是招呼过了。金牡丹好像要在安玛面前表现她和这些名人的熟络,竟然挽挽袖子,上前去要帮王晓月洗衣服。王晓月忙张开手拦她:"不用,不用,我马上就洗完了,你到我们宿舍去玩吧,里面有人。"

有几个男演员正在练功房里练功,翻跟头。金牡丹倚在窗台探进头去跟他们打招呼,他们居然也都认识她。安玛有些心跳,她认出了演杨子荣的杨少波,一张圆圆的娃娃脸,嗓子有些沙哑。每回在"深山问苦"那一折中,唱到"美好的日子万年长"那句,安玛在台下都替他担着心,生怕唱不上去。可每回他还是挣扎着唱了上去,让人白白为他捏把汗。

还有演李勇奇的赵小平,演"椰林怒火"中大鼻子美国兵的方金华,小舞剧"送米"中演解放军叔叔的李东辉。天哪,简直是明星大聚会!安玛幸福得快要晕过去了。幸好人家并没有注意她,只是跟金牡丹说话,问她今天又放什么电影,有没有好票。

这一刻安玛佩服极了金牡丹,她到底是见过世面的人,和这些明星说话也是应对自如,没有紧张的迹象,只是脸上的笑比平时要妩媚许多,眼睛笑得像弯弯的月亮,一张银盘脸上十足的牡丹盛开。安玛可没这胆量,平时和女生说话还行,一和男生说话就没来由地紧张,不敢看人家的眼睛。安玛到底是乡下出来的女孩,一到关键时刻就容易怯场。

记得从前在一个叫也萨的乡村时,可不是这样的,她喜欢和阿莉、大萍玩耍,三个女孩子像黏在一起的花瓣,很难分开。她们也和那些野性十足的乡下男孩子们玩耍，还打泥巴仗呢。上学路上，经常有男生约好了故意堵在路口推推搡搡不让她们过，安玛便举根树枝，一路过关斩将，勇敢无比地把他们打翻在地。那些表面上看起来很野性的男孩儿，其实不堪一击，不敢和女孩子较真。也许他们从小就懂得好男不和女斗的道理，不过是和她们开开玩笑罢了。

那些快乐的日子，一去不复返了！

后来母亲调动工作，安玛就进城了，不敢再像在乡下那样做没有管束的疯丫头，学会了脸红，学会了静默，看到英俊的男生就会耳热心跳。安玛知道这就是长大，像一棵树一样，到了季节就要抽枝拔节，绿荫拂面，像一朵花，欲开未开之际，含着无尽的愁绪，把一切都深藏在花蕊中。

当金牡丹和那几个男明星谈笑风生之时，安玛低垂着头，只敢看自己的脚面。他们的嗓音都带着磁性，浑厚，好听。地上铺着古旧的青砖，砖面上还印着淡淡的花纹。这里的一切都像是在戏里，连同那些让人魂牵梦萦的人，都有些虚无缥缈的感觉。

金牡丹是个喜欢制造热闹的人，回头见安玛一副窘迫的模样，突然来了开玩笑的兴致，对正在擦汗的杨少波招招手，说："你过来，我要给你说件事。"杨少波不明就里，就来到窗口那儿。金牡丹坏笑着说："我们学校有个女生可喜欢你了，做梦都喊你的名字。真的，只要你有演出她就要去看。安玛，是不是这样？"

安玛仰起头，一脸无辜，不明白她在说谁。金牡丹却对杨少波挤挤眼，对着安玛努努嘴说："喏喏，远在天边近在眼前，人家今天是专门来看你的。"

杨少波倒没什么，笑着不说话。其他几个人听了金牡丹的话，饶有兴致地挤到窗口说："我们看看是谁，是谁喜欢我们少波？长什么样儿？"

那么多目光突然聚集到安玛身上，她蒙了，脑子里嗡的一声，像被无数盏白炽灯烤着，浑身都冒出汗来。可恶的金牡丹，该死的金牡丹！她狠狠地在金牡丹手臂上拧了一把，捂着脸转身飞奔而去，身后传来金牡丹夸张的尖叫声和浑厚的男人笑声。

安玛快速穿过古旧的重重院门，踉跄着逃离几分钟前还让她那么心动神摇的地方。那些人的眼神像箭一样穿透她的神经，那些笑声可怖又可恨。

一切都像是在戏里。

三

为这件事，安玛几天不理金牡丹，任她怎么求都没用，她是真生气了，恨金牡丹竟敢拿这种事情来开玩笑，伤人。金牡丹委屈地拉开袖管给她看："安玛，看你把我掐成什么样了？还不解恨啊？"

安玛瞟一眼那块青紫的肉，扭过头说："你活该！"

金牡丹大度地说："好好，我活该，我活该，你也应该解恨了吧，怎么还生气呢？"安玛就不好意思再生气了。

金牡丹说："今天晚上我请你看电影，乒乓球世界锦标赛，可好看了。"

几句好言好语，安玛不可救药地又被金牡丹收编了，跟着她满校园地去给人送电影票。这天放学后，安玛正和金牡丹在校园走着，突然听见有人怯怯地叫她："安玛，是你吗？"回头一看，竟然是她在也萨乡下时的玩伴阿莉。她穿了件白花旧衬衫，梳两个齐肩小辫儿，身上还背了个黄挎包，惊喜地扑上来拉着安玛说："可找到你了！我在这里站了好半天，就怕遇不见你。"

安玛也很高兴，问她："又没有放假，又不是星期天，阿莉你进城来做什么？"

阿莉看看金牡丹，把安玛拉到一边，悄声说："告诉你吧，我是来考宣传队的，那里要招人了。"

安玛惊讶无比："你要考宣传队？"她想起在宣传队见到的那些人，一个个美丽、妖冶，就像故事里走出来的人物。阿莉怎么能跟他们比呀？她竟然也想考宣传队？

阿莉像是看出了安玛的心思，解释说："小李老师说我音色好，唱歌会有前途的。她让我去试试。"

金牡丹在旁边听了个大概，笑嘻嘻地凑过来说："你要考宣传队呀？我跟里边的人可熟悉了，不信你问安玛。"安玛皱皱眉头，想把她支开，好跟阿莉说话。可是金牡丹就跟牛皮糖似的，黏在她胳膊上，好奇地看着阿莉。

金牡丹说："你就穿这身衣服去考试呀？太旧了吧？"

阿莉的脸红了，低下头自卑地说："这是我最好的衣服，刚刚洗过的。"

金牡丹说："啧啧，乡下真是穷呀，连件好衣服都买不起。"

安玛瞪她一眼，不耐烦地说："要不把你的灯心绒衣服借给她穿，好不好？"

金牡丹仰起银盘脸笑嘻嘻地说："好呀，好呀。我现在就回家拿去。"

安玛看阿莉的脸色也很想穿一回灯芯绒衣服，就真的带了她去金牡丹家取衣服。金牡丹不但借出衣服，还热心地找了些红红绿绿的胶带，帮阿莉把两条小辫儿卷起来，扎成两个菊花形状。阿莉在镜子前照来照去,高兴得直笑。

人靠衣裳马靠鞍,阿莉经她这么一番打扮,果然不再是刚见到时的那个乡下女娃了,有了几分清丽可人劲儿。

金牡丹很得意:"安玛,我对你的朋友都这么尽心尽力,我够意思吧?你还动不动就跟我生气,说我这个那个的。今天的事,我对得起你吧?"

安玛白她一眼说:"我知道,你是好人。我不会忘记你的,行了吧?"

金牡丹突发奇想:"要不我们下午逃学算了,去陪阿莉考试,给她助助阵,怎么样?"

阿莉当然高兴了,有人陪考,她求之不得呢。安玛想起班主任何大树严肃的脸,多少还是有些害怕,犹豫着。金牡丹推她一下:"老何那儿有我呢,我就说我肚子疼,你陪我去医院看病。有事我担待着,这样总可以了吧?"

安玛有些无奈地点点头。面对热情似火的金牡丹,她永远无法说不。再说,她也想看看宣传队那个神秘的地方会不会为阿莉这样的求梦者打开大门?

阿莉乖巧地说:"安玛,你怎么不去报名考试呀?你长得挺好看的。"

安玛支吾说:"我胆子小,又不会唱歌跳舞,不敢试。哎,金牡丹你怎么不去考呀?你条件那么好!"没想到金牡丹脱口而出:"我才不考呢,我妈说了,唱戏的没几个好东西,现在倒是好玩,将来怎么办?要我好好读书,将来找个好工作。"

说完又想起阿莉来,忙改口说:"其实我妈也是乱说的,是我知道自己长得不好看,没有信心。"阿莉没有生气,呆呆地看着金牡丹,完全被她迷住了。她从小生活在也萨的山旮旯里,哪里见过这样有气质的女孩!她悄悄扯扯安玛的袖子:"安玛,你怎么会交上这么好的朋友啊,又漂亮又有本事!"

安玛心情复杂地笑笑。

宣传队里面聚了好多人,都是各个中学来赶考的男生女生,十三四岁,青青嫩嫩的苗苗。虽说不兴化妆,但都悄悄做了些修饰,男生头发梳得一丝不苟,翻个白领在外面。女生就在头发上下工夫,辫子上面扎根红红绿绿的胶线、带子。他们脸上都带着某种不可抑制的热望,渴望能有一只无形的手帮自己敲开这扇神秘的人生大门。

考试并不复杂,不过是唱唱跳跳,看看身段长相。宣传队的老师在桌子后面坐成一排看着,那目光都透着些高傲和挑剔。安玛挤在窗外,大气都不敢出。心想要是自己去考,只怕早被"烤焦"了。没出息呀,真是没出息!哪像阿莉,竟然大大方方地唱了首《北京的金山上》,虽然声音有点儿发颤,但还是尖厉明亮,脆生生的好听。老师中有人轻轻点了点头,用欣赏的目光打量着她。

阿莉从屋里挤出来,满头汗水就扑过来抱住安玛,气喘吁吁地说:"考完了,考完了。我好紧张哦!你们听我唱得怎么样,有没有唱错的地方?"

安玛说:"阿莉,你初中都还没有毕业呢,如果考上,你不准备读书了?"

阿莉脸红红地说:"只要能考进宣传队,我还读书干什么?进城,做城里人,这是我做梦都想的事情啊!安玛你摸摸我的心,跳得跟打鼓似的。"

安玛小心地把手放在她的胸上,还隔着老远呢,就感觉到了那股涌动的春潮。阿莉的心,像一条春天的河流,正发出奔腾的声音呢!

四

安玛家住的那条街叫卖菜街。

细细长长的一条街,却没有多少菜可以卖,不过就是萝卜、白菜、大葱。同样是乌城的土地,那个年代竟然就长不出好的菜来,是阴雨多、土地贫瘠?还是人懒了不想种?私人的菜贵,买公家的菜又要排长队。

柳奶奶家里说有事,来人把她接走了,安玛家又换了个保姆,她让人叫她许奶姆。六十多岁的人,背却弯得像张弓,眼睛红红的,烂眼边,随时都像刚刚哭过的样子。

安玛不喜欢许奶姆,也不敢多跟她说话,生怕人家看见她的红眼睛,会以为是安玛怎么欺负她了。

金牡丹来叫安玛上学,看见许奶姆的样子很惊讶,一路追着安玛问:"哎,你们家的保姆怎么跟兔子似的,那么红的眼睛呀?"

安玛生硬地说:"我怎么知道,又不是我弄红的。"

金牡丹说:"咦,咦,怎么了?"

安玛说:"烦!"

许奶姆住在安玛家,吃饭却是单独做。有一回她买了块肉炼了一碗油,小心地放在柜子最上面的角落里。偏生安玛的鼻子跟老鼠似的,闻呀闻呀,闻到股香味儿,可是个子矮,看不见最上面的碗里装着什么,就伸手去够,结果许奶姆的一碗油,有半碗泼在了安玛的前襟上。她气得快疯了,那可是灯芯绒衣服呀!是妈妈进城后,用一件旧衣服改了给她穿的,而且是大红色的灯芯绒。安玛心疼得直跳脚,又不敢说出来,悄悄把衣服脱了去洗。

许奶姆做饭的时候，端出装碗的油，凑到窗户那儿左看右看，皱着眉地看，还对妈妈说："安同志，你看我熬的一大碗油啊，凝起来怎么只有半碗了呢？"妈妈不明就里，看看碗说："油凝干了，都会少的吧？"

许奶姆眨着红眼睛说："是啊，可是怎么少那么多呢？"

安玛在一边低着头吃饭，连大气都不敢出。后来她的红灯芯绒衣服，胸前那一块被油沤了，怎么洗都洗不干净。

想起许奶姆，安玛就烦。不想看她的烂眼睛，也不想跟她说话。

爸爸大约看出了安玛对许奶姆的敌意，背地里警告她："你要是敢把许奶姆气走了，你就回家来带妹妹，别上学了。你可小心点儿！"

除了烦许奶姆，安玛还烦让她去排队买菜。爸爸嫌门前私人卖的菜要贵几分，隔三岔五总要让安玛去公家的蔬菜门市买菜。又不是什么好菜，大捆的青菜，甚至是萝卜缨子，还要凭个小本儿才能买个十来斤，拿回家去腌酸菜。乌城人家，恐怕没有哪家是没有酸菜缸或者酸菜坛子的。尤其是冬天，全城都飘荡着酸菜味儿和煤烟味儿。安玛家虽说不是地道的乌城人，倒也会入乡随俗，再说，不腌酸菜还能吃什么呢？

排队真是烦呀，天上下着细雨，地上稀泥烂窖，排队的人却不见少。多是老人、孩子，都是不上班的。有人还拎着小板凳，戴着草帽，一副要在蔬菜门市门口安营扎寨的样子。

公家卖菜的人也很拽，不到规定的时间绝不肯开门的，让大家那么眼巴巴地守着，等着。好不容易等到开门了，人群那么热切地挤起来，营业员却还要慢条斯理地戴上袖套，围腰，喝口大茶缸里的茶水，不耐烦地挥挥手说："别挤别挤，都是按人头供应的，挤了也不会多给。"

可大家还是挤。

安玛一边挤一边想,宣传队里的那些人大概永远也不会来排队买菜的。就是金牡丹,也从来不知道排队买菜的滋味儿。人家是独姑娘呀,怎么比得了。

买了一抱菜回到家,头发辫也挤散了,鞋也被踩得净是泥脚印。安玛的心情沮丧极了,就牵连到妹妹的头上,指着两个妹妹气恼地说:"你们,为什么不好好待在外婆家,回来做什么?"二妹妹已经六岁了,个子又瘦又高,一副营养不良的样子,很无辜地看着生气的安玛:"姐姐,我想妈妈。"三妹妹才两岁,正牙牙学语:"姐姐,我也想妈妈。"

安玛无语了,只能长长地叹气。

除了排队买菜,她还要排队买肉,排队买粮,排队买所有凭票供应的东西。连睡觉的时候,安玛在梦里也在排队呀,那么长的队伍,蛇似的蠕动着,一眼望不到头。大家背着背篓,提着篮子,都拼命地挤,安玛瘦小的身子夹在人缝里,被挤成了鱼干,无助地喘息着。

没有多久,传来阿莉被县宣传队录取的消息。那天,安玛刚刚从粮食局排队买回一背篓包谷来,正坐着喘气呢,金牡丹就兴致勃勃地来了,带来了这个好消息。

金牡丹趁着兴致,要约安玛去宣传队看阿莉,她高兴地说:"我听说阿莉已经来报到了。我们去看看她,到底是分在跳舞的小组还是唱歌的小组?不过我觉得她唱歌比较好。你说呢,安玛?"

安玛脸上还有汗珠,头发散乱着,衣服也在粮食局柜台上蹭了些面粉,像个可怜的小工。她低头看看自己身上,就这样去宣传队里,不让那些明星们笑话才怪呢!她赌气似的扭过头说:"我不去,我又不是没有见过阿莉,有什么好看的。"

金牡丹吃惊地叫起来:"安玛,你怎么了,阿莉可是你的朋友,你一点儿都不关心她？你也太不够意思了！"

安玛心想，别人在唱歌跳舞呢，她却在排队，这不公平！

金牡丹伸手来拉她，被她甩开了。提起阿莉，安玛心里有气。上回逃学陪阿莉去考试，明明是金牡丹的主意。可是，当何老师把她们叫去批评时，金牡丹却当着安玛的面，把责任推了个干净。她将一张银盘笑脸对着何老师说："老师，那个人其实是安玛的朋友，她们在乡下读书就认识的，跟我又没有关系，又不是我的朋友，是不是，安玛？"

何老师问："是吗？"

安玛悄悄白了金牡丹一眼，回答说："是的，是我的朋友。"

何老师就严厉地批评了她一顿，还警告如果下回再逃学去玩儿，要请家长了。金牡丹出来后忙着安慰她："没事的，老何那个人雷声大雨点儿小，不会真请家长的，别怕啊！"

安玛愤愤地说："金牡丹，你太虚伪了！以后我再也不理你。"

金牡丹很委屈："我怎么了？我说阿莉是你的朋友说错了吗？难道她不是你的朋友？"

安玛说不过她的巧嘴，金牡丹的嘴皮薄薄的，一看就是能说会道的嘴。安玛感觉自己吃了哑巴亏。

可是，架不住金牡丹会缠人。现在她看看安玛的神情，还有身上的衣服，恍然明白了，忙去拿了块洗脸毛巾，给她掸身上的灰尘，又哄又劝地说："怕什么呀，阿莉穿的也不好，人家都敢来考宣传队，你长得比她好看，真的，绝不是骗你，你忘了那回宣传队的人还说你像庄平仙呢？"

安玛是禁不住哄的人，很快就被金牡丹哄得平和下来，答应跟她一起去宣传队看阿莉。那可是宣传队啊！那道墙里的诱惑，安玛是抵挡不住的。

五

在安玛的初中时代,班主任何大树像棵挺拔的大树,被镶嵌在永恒的记忆风景框里。何老师不是本地人,所以长了副高高的身材,宽肩膀,八字脚。他长年穿身灰色的中山装,风纪扣扣得很严实,头上总是戴顶黑呢帽子。

他喜欢走路的时候背着手,看起来更像一艘船,或者一棵正在移动的大树。

所以老何的风景很壮观。

他长得还很像钢琴伴唱《红灯记》里那个李玉和。这个发现让安玛经常在上课的时候想象,如果哪天何老师突然手举一盏号志灯,从外面冲进教室来,对着全班人亮相,那会是什么样子呢?

那个场景一定比上课好玩。

思绪一下子就飘得很远很远了,目光里剩下的净是空茫。那是那个季节都有会有的空茫。教室的窗口正对着楼下的操场,学生们正闹腾得欢呢,有人远远看见何大树的身影摇晃着走来,就会喊起来:"鬼子进村了,老何来了,准备下地道!"

闹腾的声音就小了些,很多人就回到座位上。老何在学生中有威信,大家都有些怕他。只有赵楠楠甩甩辫子说:"怕什么,他又不会吃人。"

赵楠楠是转学来的,她爸爸是教育局的军代表,老何刚开始还指望着她爸能帮他把妻子从乡下小学调进城来呢,整天捧着她。安玛发现,老何和赵楠楠的关系没有她刚转学来时那么好了。老何是要面子的人,给赵楠楠说了两次自己妻子在乡下教书的事,赵楠楠也没有放在心上。反正,老何的妻子还在乡下教书。

老何大概是心冷了,对赵楠楠也就不再像刚来时那么热切了,有时候提问也叫她,回答不上来照样给她冷脸看。

赵楠楠背地里就骂老何:"这个臭八字脚,太可恶了!"

金牡丹很高兴。只要老何不抬高赵楠楠,她就可以在班上跟她比比高低。她们俩的周围都有几个要好的女生,每天一起上学放学,就像两朵花在比谁开得更艳丽。

经常跟在赵楠楠后面的是张红、李秀英、邓平平,都对武装部那种地方充满向往。每天能进里面叫赵楠楠上学,对她们来说都非常幸福。

金牡丹的绿叶是安玛,还有成大雁。放好电影的时候,她的绿叶就会多出几片来,连赵楠楠都会主动跟她套近乎,融洽上几天。不放电影的日子,金牡丹就很寂寞,总是念叨着:快了快了,新片就要来了。

也有跟她们俩都不密切,独往独来的女生。邹美美就是一个。

邹美美家境并不好,一家人住在大十字街旁边一条小巷子里,一间低矮的公房。她爹是个补锅匠,每天早上趿着鞋,披着衣服坐在路边的棚子里敲打破盆烂锅,她妈也趿着鞋,揉着眼睛在旁边拉风箱。俩人不多说话,却配合默契,红红的火苗在脸上闪动出怪异的光。

没有人相信邹美美会是那一对补锅的人养出来的女儿。

她长得白净漂亮,还爱打扮。不过是件普通的碎花衬衣,一条黑布裤子,她在腰那儿收一把,肩那儿缝几针,穿起来就别有风采了。腰是腰臀是臀的,走起路来腰呀屁股呀都在扭。用金牡丹的话说,那就叫骚。邹美美是个天生的骚货。

在对待邹美美的态度上,金牡丹和赵楠楠倒是一致的。赵楠楠偶尔也会用不屑的语气评论邹美美："我妈说了，那种女人一看就不正经，那叫桃花眼，水蛇腰，不是正经人家的姑娘。不就是个补锅匠的姑娘嘛，她扭什么呀！"

初二下学期，班上的女生一夜之间像被谁施了魔法似的，都变得丰满起来，胸脯如一块苏醒的土地，开始悄悄膨胀。课间上厕所，成大雁傻乎乎地拉着金牡丹，说她的胸脯上长了两个硬块，会不会得病了。金牡丹神秘地笑着，摸摸成大雁的胸部说："这是发育了，懂不懂？"

从厕所出来金牡丹笑得东倒西歪地对赵楠楠说："成大雁太傻了，要发育了都不知道，还说是生病了！"赵楠楠也笑，只是没有金牡丹那么放肆。金牡丹笑够了，亲热地搂着赵楠楠问她："哎，楠楠，你戴那个了吗？"

赵楠楠得意地挺挺胸说："早就戴了。"

金牡丹也挺挺胸："我也戴了。安玛你呢，也戴了吗？"

安玛知道她说的是什么，故意装不懂："戴什么？帽子啊？"

金牡丹就扑过来打她："你装啊你！我看看你戴多大号的？"说着就要动手摸。安玛忙跑开了。

男生听见了，就暧昧地笑，互相追着问："你戴了吗？多大号的？"

金牡丹骂他们。他们故意惊奇地说："我们说的是帽子，你心虚什么！"

只有邹美美什么都不戴。她的身体像雨露滋润过似的，一天天发生着明显的变化，胸部比所有女生都大，骄傲地挺起两座山峰，在衬衫下面没有任何约束地晃动。

尤其上体育课，她简直吸引了全班人的目光。跳鞍马前都要助跑一段，她跑那一段的时候，让人疑心她的胸前藏着一对小兔子呢，不安分地跳动着,跳得男生女生一齐心慌。

大家躲躲闪闪地看,怪怪地笑。

体育老师是男的,不好意思多看她,忙着叫:"下一个,下一个。"

偏生邹美美跳不过去,刚到鞍马上就坐住了,脸儿红红地笑,体育老师不拉她一把就下不来的样子。老师只好表情严肃地伸只手把她拉下来。

她还要娇喘吁吁地叫:"哎呀,吓死我了。幸好老师帮忙呀!"

男生就坏笑,问女生:"要不要我们帮忙?"女生就追着打,队列里热闹极了,把体育老师气得直瞪眼。

早熟的邹美美,成了校园里一道扎眼的风景。

安玛知道,班上好多女生都穿着小背心,把那个特殊的部位紧紧地勒着,生怕晃荡起来,不小心露出马脚。安玛家有缝纫机,成大雁还专门买了块格子布,求着安玛给她做了件小背心,紧绷绷地勒着胸部。其实她那两块小疙瘩,一下子还不会引人注目的,但是她说别人都穿呢,她也要穿,不能像邹美美那么不正经。

下课的时候,女生们聚集在窗户那儿,都会神秘地摸摸对方的背,悄声交流穿小背心的体会。只有金牡丹和赵楠楠穿商店买的有号码的那种,别的女生都穿自己做的小背心。穿上这个东西,好像大家都成了同盟,有了共同的秘密,边交流,边看看远处的男生,不知道是希望他们听见自己的谈话呢还是不希望他们听见。

邹美美什么都走在女生的前面。

这天又上体育课,她就是赖在教室不肯去,成大雁叫她,她就皱着眉说:"我跑不动啊,来那个了。"

成大雁说:"来哪个了?"

她说:"哎呀,就是那个,三号嘛,这你都不知道?人家肚子疼嘛。"

成大雁还没有这份体验,嫉妒地叫起来:"你都来三号了?"

邹美美就做羞涩状:"不要叫嘛,被男生听见不好意思。"

成大雁说:"我妈说过,女人来了三号就会生娃娃了,这回你可要小心些。"边说边笑个不停。邹美美就跳起来追着她打,成大雁躲在安玛身后说:"我只是叫你小心,又没有说你真的要生娃娃。"

去操场的路上,成大雁忍不住好奇,又问安玛:"哎,你说咱们班有多少女生来三号了?"安玛说:"我怎么会知道,人家又没有通知我。"成大雁说:"那你来了吗?"

安玛摇摇头。

成大雁说:"我也没有。我听说来三号肚子疼死了,还要流好多血,好害怕哦。可是不来那个,又好像人还没有长大,真是麻烦。"

安玛说:"你那么想长大呀?"

成大雁白她一眼:"你不想啊?长大了才可以参加工作、挣钱、嫁人。"

安玛说:"你还可以生个娃娃!"

"讨厌——你才生娃娃——"

成大雁尖声叫起来,又追着她打。

六

阿莉刚进宣传队的时候,经常会到安玛家来找她玩。阿莉一来,安玛爸爸总是要羡慕地夸几句:"这娃娃多有出息呀,人家都考进宣传队了!还那么小的年纪,就领工资吃饭了呀!"

这话安玛不爱听,爸爸的话里有嫌自己白吃饭的意思了。阿莉是个乖巧的女娃娃,看见安玛的脸色不好看,就会忙着说:"叔叔,那点儿工资,也就是够吃饭。安玛读了书,将来工资肯定会比我多的!"

爸爸说:"够吃饭,也就能养活自己了,也是算有出息的娃娃!"

安玛就拉了阿莉躲到后院去说话。

阿莉为安玛打开了一扇窗,把宣传队神秘幕帘后的生活鲜活地展示在她眼前。她发现,阿莉其实过得并不快活,在宣传队的花丛中,她长得太一般,没有出众的容貌,又是乡下来的娃娃,人家不会把她当回事的。每天就是上课、练功,苦巴巴地过着。不过阿莉已经很满足了,满足自己像一只山鸡,终于飞进了凤凰窝。

现在,安玛经常可以从阿莉那儿听到庄平仙、王晓月、杨少波他们的名字,听到他们鲜为人知的故事。

庄平仙竟然会尿床?这是安玛绝对没有想到的。阿莉说千真万确,她尿了床还不敢把被子拿出去晒,捂着,被人发现后,那床单上跟画了地图似的,一大圈呢。王晓月她们经常背地里拿这件事取笑她,正好让阿莉听见了。

安玛心想,天哪,江水英哪,也会尿床!真是太煞风景了。

王晓月正和一个叫白蓉蓉的演员争对象呢。那可不是一般的对象,人家是团县委书记,年轻俊朗,又有前途,说不定将来会当县委书记呢!王晓月和白蓉蓉为这事,见了面都不说话了,斗得跟乌眼鸡似的。白蓉蓉人长得妖冶,又会来事,经常跑到武装部大院,去罗部长家帮人家做家务事,和罗部长一家搞得跟亲戚似的。王晓月背地里都管她叫白妖精。

阿莉还说,杨少波其实很喜欢王晓月,他们俩是很般配的一对。只是王晓月心高,总是不服气白蓉蓉,要跟她争一争,就把杨少波冷落了。杨少波有时候跟庄平仙关系好,两人在一起吃饭,王晓月看见了又不高兴。

阿莉讲起这些事情，总是眉飞色舞，开心得不得了："这些人，原来以为她们多了不起呢，其实也跟有云儿差不多，风流得很。除了演戏，就是爱这个恨那个的，名堂好多哟！"有云儿是也萨乡下的女人，长得漂亮，只是名声不大好。

安玛说："我觉得，有云儿比王晓月还漂亮，她要是进宣传队演节目，一定会出名的。"

阿莉叹息一声说："你开玩笑啊！有云儿是什么命，敢跟人家比？"

讲完了还要慎重地告诫安玛一句："你可不要到学校去乱说哦，我们是好朋友，我才告诉你的。"

安玛答应不说。可是，金牡丹却不答应，追着安玛问："阿莉现在是宣传队的人了，她有没有给你讲宣传队里面的事情？你可不能瞒着我，那样就不够朋友了！"

禁不住她纠缠，安玛就给她说了自己听来的那些事。金牡丹高兴得差点儿跳起来："哎呀呀，庄平仙还尿床呀，这真是特大新闻！"安玛告诫她："不许对别人乱讲，我答应过阿莉的。"金牡丹说："对毛主席保证，我一定不乱讲。你放心好了。以后再听到什么，一定要讲给我听哦！"

可是，金牡丹的那张嘴，不把听到的事情讲出去，她是会憋出病来的。她两片薄嘴唇，天生就是为说话而生的。不出两天，一中的很多学生甚至老师，都知道了宣传队的庄平仙在床上画"地图"的事情，有人还添油加醋地编出些情节，成了一个完整的故事。

没过几天，正好赶上学校搞校庆，专门请了宣传队来演一场节目，地点就在学校的大礼堂里。有王晓月和杨少波合演的"深山问苦"一场戏，也有庄平仙的"龙江颂"，还有些小舞剧之类的。学生们像过节一样，各个班早早地就摆了椅子，打打闹闹地等着节目开演。

庄平仙出场的时候,突然起了一阵小小的骚动,有人在叫:"画地图的来了。"好多人就哄笑起来,不明白原因的人也跟着瞎笑,礼堂的气氛很热烈。

庄平仙那天感觉很不好,匆匆演完戏,到后台卸妆。正好金牡丹拉着安玛在台口探头探脑。庄平仙就叫住她:"牡丹你上来,我有事问你。"庄平仙奇怪地说:"今天我唱的时候,怎么好多人都在笑,是不是我唱错词了?快告诉我到底为什么?"

金牡丹突然变得扭捏起来,哼哼叽叽地说:"没什么,没什么,瞎笑呢。你演得好呗,唱得好高哟。"庄平仙不相信,皱着眉说:"不对。你没有告诉我实话,咱们可是朋友哦,牡丹,以后有演出我会叫你的。"

金牡丹忍不住了,吞吞吐吐地说:"就是那个……那个画地图什么的……"

庄平仙的脸唰一下子白了,厉声说:"什么画地图,谁告诉你们的?"

金牡丹忙把安玛推上前:"不是我,是她,她告诉我的。"

安玛吓坏了,没想到金牡丹竟然会当着庄平仙的面出卖她,忙说:"我不知道,真的不知道,金牡丹你不要乱说呀!"

金牡丹笑嘻嘻地仰起银盘脸说:"安玛你说了,还说是你那个朋友阿莉讲的。不然我们怎么会知道?"

庄平仙的脸气得白一阵红一阵,还不等演完,就愤愤地甩着手走了。安玛傻了,知道闯祸了,也恨金牡丹关键时刻出卖人。她指着金牡丹的脸说:"以后我再也不跟你做朋友了!"

金牡丹不在意地说:"你怕什么呀?庄平仙又不是咱们学校的人,她能把你吃了?胆子真小!"安玛气得眼泪都快下来了:"可是,阿莉是宣传队的。你说了她的名字，庄平仙会骂死她的。"金牡丹说："哎呀，这我倒没想过。"

七

安玛感觉能听到自己身体像树一样拔节的声音，在夜晚更深夜静的时刻。刚刚才睡着，突然就踩空了一脚，吓醒了。以前她听外婆说过，这是人在长高呢，叫"跌长"。

"跌长"的感觉就像踩在云团上，每一步都轻飘飘找不到落脚的地方。飘着，悬着，心像风筝似的没有着落。

一只没有归宿的风筝，在蓝天下面飘飘荡荡，随风而去。为什么"跌长"都在夜晚呢？一切都被夜色包裹起来了，白天在阳光下面开放得灿烂的花朵们，此时此刻都收拢花瓣，安卧在夜的怀抱。那一滴滴从花蕊里渗出的眼泪，有谁能看得见呢？花也寂寞，花也会流泪？

但一切只在夜晚。

安玛问过阿莉"跌长"的事。阿莉说："长呀，我每天都在长呢，你看我是不是比刚进城时长了一大截？"现在的阿莉真的长高了，走路也学会了挺胸凹肚撅屁股。原来干瘦的胸脯，像得了雨露滋润的田野，变得松软、丰满起来。她像只快要下蛋的小母鸡，身体鲜活无比，妖气十足，令安玛感到十分惊奇，还有一点儿淡淡的嫉妒。

阿莉得意地说："我每天都练功，比别人还多练一个小时呢。我就不信我比她们差。"

安玛说："你还做些什么？"

阿莉说："我还唱歌，练扬琴。对了，我现在都可以演奏好些曲子了。老师说下一次演出要我上场呢，安玛你一定要去看啊！我带信给我妈,让她进城来看我演出,你猜她怎么说? 她说她要喂猪,走不开。在她眼里,猪比她姑娘还重要,真是气死我了! ”

安玛想起当初阿莉在乡下边剁猪菜边咒猪的样子, 忍不住捂着嘴笑了。

阿莉说:“对了,我还见到白大林了,昨天他竟然跑到宣传队来找我,吓我一跳,差点儿认不出来了。”

安玛的心突然往下一沉。白大林是比她们高一届的同学,刚进城时,白大林给安玛写过信,让人耳热心跳的一封信。现在白大林进了县卫校医训班,却找阿莉玩了。

阿莉说:“他好像也长高了一截,真的,比在也萨时高多了。我才到他耳朵根那儿呢。” 安玛说:“阿莉,你还和白大林站到一起比高了?”阿莉忙说:“不是故意比的,我是用眼睛悄悄比的。”

“他还说什么了? ”

“没有。对了,他说他一定去看我第一场演出。安玛,你怎么了?”

“没什么,烦。”

阿莉就换了个话题,说起王晓月和白蓉蓉的事来。那个团县委的马书记,现在被她们俩折磨得都不敢来宣传队了,听说他在办公室里关起门来悄悄扔硬币,想决定跟哪个好呢。

安玛说:“阿莉你希望她们哪个跟马书记好? ”

阿莉想了想说:“还是王晓月好一些,白蓉蓉太骚,走路就喜欢扭屁股,她知道她屁股大,勾引男人呢! ”阿莉接下来的话吓了安玛一大跳,她说:“其实最好还是我吧,我要能嫁马书记那样的男人就好了。”

安玛惊叫起来:“阿莉,你不要脸。这种话也敢说?你才多大呀,怎么就想着嫁人的事? ”

阿莉笑笑,不以为然地说:"怕什么呀,反正迟早都是要嫁人的。嫁个马书记那样的男人,将来他要是真做了县委书记,那我就是官太太了,全也萨的人还不忙着舔我妈的脚后跟才怪呢!我妈那会儿就不会骂我没出息了。"

阿莉的话真的吓着安玛了,她呆呆地看着阿莉日渐陌生的脸,半天说不出话来。阿莉白她一眼,告诫说:"这话就是我们俩说说,你可不许再说给金牡丹听。上回她传人家庄平仙画地图的事,回去庄平仙骂死我了,好久不跟我说话,连老师都批评我,说以后再不准我往外扬家丑。"

安玛点点头:"我不会说的。"

阿莉又说:"对了,安玛你得小心金牡丹,我觉得那个人是靠不住的,关键时刻会出卖朋友。"

那一刻安玛很感动,阿莉真的长大了,竟然能说出大人似的话来,透着对自己的关心。安玛说:"阿莉,我一定去看你的第一场演出。"

人民会场是整个乌城唯一的正规演出场地,宣传队的演出都在那里举办,可以坐下好几百人呢。

安玛知道自己的私心,去看阿莉演出的另一个重要理由是可以见到白大林。安玛进城后就再没有见过他,心里却无时无刻不想着他。长这么大,安玛头一回在心里牵挂一个人。那种滋味真不好受呀,酸酸的,涩涩的,像青橄榄的回味,还不能对任何人说出半句。在也萨时,安玛喜欢过一个叫阿友的男生,那不过是喜欢而已,人家阿友在家里是说了小媳妇的。再说,阿友跟她也没说过几句话,更没有写过信,称她为"亲爱的同学及朋友"。那是想一想就会脸热心跳的话啊!

票是阿莉给的,只有一张。金牡丹知道消息后,却硬赖着要跟安玛同去,她委屈地说:"平时看电影,我哪次少了你?你有演出的票就不叫上我,也太不够意思了吧?"

安玛为难地说:"可是,只有一张票呀!"

金牡丹说:"一张票怕什么?我们两个挤着坐一个位子就是了。管会场的人哪个不认识我,还能不放我进门?我可是好心去跟你做个伴儿。一个人看节目有什么意思啊?"

安玛想想也有道理,反正金牡丹的要求是没人能够拒绝的,总是那么理直气壮,加上满面笑容。

白大林果然早早就来了,他的票在安玛前面一排。才看见他的背影,安玛的心就突然狂跳起来,他看上去真的长高了一截,穿件白衬衫,袖子高高地挽着,一副精干的样子。他的目光在人群里来回地搜寻着,当看到安玛的时候,亮了一下,扬手招呼说:"安玛,你也来了?"

安玛突然觉得嗓子发干,说不出话来,只是点了点头。白大林奇怪地看她一眼,目光很快落在金牡丹身上,毫不掩饰地打量着她。

金牡丹推推安玛,娇羞地说:"安玛,这是谁呀?你的朋友?"

安玛含糊地说:"嗯嗯。"

白大林突然从前排探过身子,抓了一把瓜子给安玛,又抓了一把给金牡丹,说:"你是安玛的同学吧?"金牡丹灿烂地笑着,点头,剥了颗瓜子丢进嘴里,问道:"你呢,也是她的同学吗?"白大林说:"以前是。现在我在医训班上学,快毕业了。"

金牡丹夸张地笑着:"原来是未来的医生啊!安玛的同学好有本事哦!"

安玛突然觉得自己变得有些多余了。后来,她很后悔那天带上金牡丹一起去。那天晚上的演出,三个人都没有用心去看。安玛是心不在焉,恍恍惚惚地像在梦里。金牡丹和白大林则是见面熟,在座位上嘀嘀咕咕说个没完。

以至于连阿莉出场的时候,安玛都没有认真去看。其实那天的阿莉是挺漂亮的,穿了身淡蓝花的演出服,脸上化了妆,跟平时比,完全变了个人。她都开口唱了好几句了,安玛才突然明白过来:这个人是阿莉。

白大林和金牡丹也停住说话,一起看向台上的阿莉。白大林的嘴微微张着,也是很吃惊的样子。金牡丹推推安玛,用嘴指指白大林:"看见没有安玛,他被台上的人迷住了!哎,你这个同学长得有点儿像严伟才,以前怎么从来没有听你说起过?"安玛没有理她。

第二天,阿莉专门跑到安玛家里来问她:"昨天晚上我在台上看见白大林了,他怎么说我的?我的妆化得好不好看?"

安玛有点儿心不在焉:"挺好的。"

阿莉说:"好什么呀!我都不敢出场了,紧张得小腿直弹三弦呢,是老师一巴掌把我打出去的。唱了好几句才放松下来,一看台下全是黑压压的人头。"

安玛说:"怪了阿莉,你那么紧张还能看见白大林?"

阿莉有点儿不好意思:"我记得他坐几排嘛,专门看了那儿一眼。对了,他说什么了没有?说我唱得怎么样?"安玛被阿莉那副迫切的表情弄得很难受。白大林就那么重要吗?

"没有。他忙着跟金牡丹说话呢。"

阿莉急了:"安玛,你带金牡丹一起去看节目了?"

安玛说:"是她硬要来的,我也没办法。再说,以前她带我看过好多场电影。我就带她一回嘛。"

阿莉吸着冷气说："哎呀呀,没想到你竟然会带金牡丹一起来看？她还跟白大林勾搭上了！哎呀安玛,你可真傻啊！"

安玛很无奈地低着头。

阿莉突然问："安玛,昨天晚上我穿什么颜色的服装演出？"

安玛说："红的,不,白的吧？"

"哼！你根本就没有好好看。"阿莉愤愤地拂袖而去。

八

安玛很小的时候就懂得,女人和男人是不同的。上厕所要分开,穿衣服样式有分别。男人的裤子可以在前面开口,女人的裤子的口子只能开在侧面,显出收敛和含蓄。男孩子可以满世界疯玩,女孩子那样玩,就要被大人骂没规矩。

好在安玛在乡下的时候,大人都很忙,没有时间管娃娃们的事。她得以和阿莉、大萍像男孩子似的疯玩了几年。三个人经常手拉着手,满镇子乱转,跟一帮男孩子打仗、跳绳,像一朵花上的三朵瓣,分都分不开。

人要是永远都不长大,多好啊！

一进乌城,想不长大都难了。

看看班上那些女生,一进初二就开始有了小女人的样子,翻着小白领,扎根红红绿绿的塑料发带,别个卡子,总想装扮出些女人的样子来。上学路上遇见男生,也开始矜持着脸,不轻易打闹了。

安玛经常想,这就是长大呀,长大真没意思,连阿莉心里想的都是怎么嫁个当官的男人,好让全也萨人们去舔她妈的脚后跟。舔她妈的脚后跟？只怕舌头都要舔烂了。多臭啊！亏阿莉也想得出来。

可是她为什么又要跟白大林混在一起？白大林将来是要做医生的，怎么做得了县委书记？如果阿莉真的嫁给白大林，那她的梦不就永远不能实现了吗？

阿莉不来找安玛玩了，说是忙，要排节目。宣传队派人到省城学样板戏《杜鹃山》，不知道阿莉用了什么办法，竟然说服领导把她也派去，和庄平仙一起演柯湘。安玛去宣传队找她的时候，她正在练功，浑身大汗淋漓，脸蛋儿红彤彤的，腰上扎了根带子，挺着胸脯喘气，早不是也萨乡下那个黄毛丫头的样儿了。

安玛觉得，在她认识的人当中，变化最大的就是阿莉，她像一只茧子里钻出来的蛾，抖抖翅膀就成蝴蝶了。

阿莉说："我要去昆明了，要去两个月呢，可我连地区都还没有去过，听说到昆明要坐好几天的汽车，我真怕我会晕车。"安玛觉得阿莉的话多少有些矫情。

正好白蓉蓉从面前走过。阿莉甜甜地笑着招呼她："白姐，吃了吗？"

等白蓉蓉走远了，阿莉附在安玛耳边神秘地说："这个女人太厉害，把马书记都放翻了。现在全宣传队的人都知道，马书记跟她睡过觉，早晚要跟她结婚的。"

安玛说："那王晓月呢？"

"跟杨少波好呗。不过气得哭了好几次呢。"

安玛说："阿莉，你彻底没希望了。"

阿莉没反应过来："你说什么？我怎么没希望了？"

安玛说："你说过你想嫁马书记的。"

阿莉淡淡一笑说："说着笑的，我还小呢。"

安玛突然冲口而出："阿莉，你会嫁给白大林吗？"说完自己都吓

120

了一跳,紧张地看着阿莉的表情。

阿莉说:"我为什么要嫁他呀?"

"可你们俩不是挺好的吗?我听说他经常来找你玩。"

阿莉不屑地说:"我才不会嫁个男护士。再说,白大林那种人,靠不住的,我早把他看透了。"

阿莉脸上的成熟让安玛佩服无比,她竟然把白大林都看透了,自己却还为他伤心失望呢。阿莉真是长大了。

安玛真心地感叹:"阿莉,进宣传队真好啊!可以学那么多本事。"

阿莉却撇撇嘴说:"外面的人是不知道,看见没有,那边那个叫李小凤的,听说跟武装部的一个参谋睡觉,刚打过胎,还假装生病,瞒得了谁呀!"

有阿莉在里面,宣传队变得不神秘了。安玛多喜欢那重重深宅大院,和那些狐仙一样生活在里面的少男少女们呀!可是,阿莉把她们的皮一点点扒下来,让她看见可怕的真实。在更深夜静的晚上,她们真的会脱去美丽的外表,幻化成鬼魅去兴妖作怪吗?就算是那样,安玛也还是喜欢她们身上那与众不同的妖魅气。就连阿莉身上,也开始有些妖气了,只是她自己不知道罢了。安玛羡慕地搂着阿莉的肩说:"你学戏回来,一定要请我看演出,好不好?"

安玛刚走出几步,阿莉突然叫住她:"问你一句话,你喜欢白大林吗?"

安玛愣住了,脸红红地不知道怎么回答她。阿莉说:"我知道你喜欢他,可是他真的是个靠不住的人。安玛你就别瞎想了,这种事怪伤人的。"

安玛皱着眉说:"阿莉你乱说。"

阿莉笑笑:"知道吗,只有一个人跟他最合适。"

安玛说:"谁?"

阿莉说:"就是金牡丹。"

杨少波正好路过,顺手揪揪阿莉的辫子:"小阿莉在说什么呢?"

阿莉抬腿在他屁股上虚踢一下说:"说你呢,跟晓月姐谈恋爱的事。"

杨少波嘿嘿笑着走了。

安玛好羡慕阿莉,活得像条泥鳅一样自在,才进城多久呀,就比城里人还像城里人了。她怎么就做不到呢?见了杨少波,脸就先红了。人家又不认识她。

九

青春像疯长的枝条,压也压不住,总是挣扎着向天空绽放自己的美丽。

何大树管学生够严的了,大家都怕他,他看谁一眼,不出三秒钟谁就会低下头去,没做坏事都好像做了一样。可是,他管不住女生的心思像花一样五彩缤纷。

安玛每回看见他迈着八字步从操场走来,都会发出一声感叹:原来何老师也不是万能的呀!邹美美和班上的男生江和平眉来眼去,他就不知道。金牡丹跟男生肖贵平一起看电影,赵楠楠星期天和三班男生唐月波约着一起爬乌峰山,他也不知道。

他哪里是这群小妖精女生的对手。

金牡丹还要故意跟高年级的学生说:"我最怕老何了,他一瞪眼,我连气都不敢出。真的。不信问安玛,她也怕的。我们班女生都怕他。"

安玛是真怕。老何动辄就拿告家长来吓唬她,她怕爸爸的巴掌。爸爸总说:"旧社会家里穷,我们没有条件读书,都是参加工作后才扫的盲。你今天有吃有穿,不好好读书,对得起谁呀?"弄得安玛看见老何的目光就有些惴惴。老何不是开玩笑,他真会告的。

金牡丹、赵楠楠跟男生好,都是比较隐蔽的。金牡丹跟肖贵平看电影,就把安玛也约上,三个人一起看。金牡丹坐在中间,不时地把头和肖贵平凑到一处,俩人说悄悄话。安玛明白,如果被人看见,她肯定会说:"我是跟安玛一起去看电影的,安玛可以作证。"

金牡丹早就把一切都思谋好了。

赵楠楠和唐月波爬山,也约了人做掩护。都不是省油的灯。只有邹美美和江和平,无遮无拦地就开始了。星期六下午打扫卫生,邹美美扭着腰娇嗔地叫:"江和平,来帮帮我嘛,我的手都被扫帚磨起茧子了呀!"江和平就笑嘻嘻地跑过来帮她扫地。

金牡丹朝安玛使个眼色:"看见没有,有敌情了。"安玛不太明白。不就是帮忙扫一下地吗,这算什么敌情?金牡丹意味深长地闪着眼睛说:"你就等着看戏好吧!"

这天放学的时候,别人都走了,邹美美却假装做作业,赖在教室不肯走。江和平自然也就不走,也伏在桌上做作业。别人看不出名堂,金牡丹却起了疑心,都走到校门口了,突然扯着安玛、成大雁又回教室去。到了门口,三个人蹑手蹑脚地往里看,江和平真的和邹美美坐到了一张桌子跟前,不过还是在写作业,没有什么让人激动的动作。

金牡丹有点儿失望,扯着俩人又下楼来,愤愤地说:"迟早有一天会让我抓住的。这个烂补锅匠的姑娘,她凭什么呀?你们不知道吧,江和平原来是喜欢我的,我还送过他一张电影票呢。"

安玛第一次发现,金牡丹原来并不像她的外表那么雍容华贵,她明明跟肖贵平好了,为什么还不准江和平跟邹美美好呢?也太霸道了吧!

但安玛没有说出来。

再说,跟一个人"好",而且是个男生啊!这是不可以说出来的,应该是秘密,一种可以在心里开出花朵的秘密,怎么能像金牡丹那样大喊大叫啊!

安玛在心里也悄悄喜欢着江和平呢。

江和平是个个子高高的男生,爱穿蓝色衣服,脸上总挂着开心的笑容。他的座位和安玛只隔着条过道,差不多可以算同桌了。

安玛心里总是觉得,他跟邹美美"好",大概跟他的家境有关系。江和平的妈妈是食馆里的服务员,就像大十字街口里卖猪儿粑的那些女人一样,每天站在柜台里包抄手、卖汤圆,扯长了嗓子喊:"抄手一碗,汤圆要芝麻馅的——"

安玛永远不会有邹美美似的大胆和金牡丹身上的热情。她只是隔着一条过道,悄悄地望着江和平,他的微笑,他轮廓分明的脸,他身上偶尔飘过来男生才有的汗味。那条不宽的过道,就成了她生命中永远无法逾越的楚河汉界,很多美丽的风景被留在了对岸。

可是,金牡丹像疯了一般,非要抓住江和平跟邹美美的"现行",她说:"邹美美太骚了,一定要打击她一次,不许她猖狂。"她还说:"赵楠楠也讨厌她呢,说咱们全班女生都要孤立邹美美,不能让一个补锅匠的姑娘在班上大出风头。"

那些天的金牡丹,每时都处于兴奋状态,目光炯炯地观察着那俩人的行动,还要安玛、成大雁一起帮她。安玛看见她在教室里到处抽动鼻子,就像猎手在捕捉猎物的气息。

一天晚自习。老何照例背着手来教室察看,看见学生们都在看书、写作业,就又背着手慢慢踱出去,完成了每晚的例行检查。

安玛在作业本上乱写乱画着,做她最害怕最讨厌的数学作业。她一道题也不会做,那些数字像魔咒一般,沉默着,又隐藏着无限秘密。她的笔开始还写数字,后来就变成了乱画,数学老师瓶底似的眼镜、乱糟糟的胡子,竟然神奇地从凌乱的数字和线条中钻了出来,恍惚地看着她。她一连打了三个叉,把数学老师在纸上毙了。

只顾着乱画,安玛没有注意到教室里几时少了几个人。

直到金牡丹冲进来,招手叫她,叫成大雁、赵楠楠,又叫了几个男生,满脸神秘地说:"跟我来吧,今晚一定有好戏看。"安玛差不多是被金牡丹生拉活扯给拖走的。校园正在上晚自习,到处都很安静,只有教室的灯光流泻出斑驳的光影。

一行人跟在金牡丹身后,来到果园入口处。这里是一道简单的竹篱笆的门,轻轻一推就开了。透过光影,他们看见,一棵大梨树下面,有两个影影绰绰的影子紧紧贴在一起。

金牡丹大叫一声,冲上前去:"抓住了,抓住了。江和平、邹美美,你们两个在这里干什么?"

两个人影忙一下子分开了。

邹美美慌乱地说:"我们没有干什么,就是……就是……在这里吹吹牛嘛。"

江和平也说:"真的,我们在讨论今天的作业,她不会做,我教教她。"

金牡丹激动地说:"黑灯瞎火的做作业?你们明明是在亲嘴,我都看见了,抱得紧紧的。你们说是不是?"

"邹美美,你太不要脸了!"

几个男生"嗷嗷"怪叫起来,把老师和学生都引来了,挤在篱笆门那儿问:"怎么了?出什么事了?不是有人上吊了吧?"那一晚的校园热闹非凡。

邹美美要跑,金牡丹却不放过她,紧紧拉住她的衣服不让走,嘴里说:"说清楚了,你是不是在跟江和平亲嘴?"

邹美美倔犟地说:"关你屁事!"

金牡丹嚷嚷着:"就关我的事,关大家的事,关全校的事,你们说是不是?"

学生们就热烈地起哄:"对对,关大家的事,说清楚了,亲了还是没有亲?"

事情一直闹到校革委会那里。

何老师也来了,黑着脸坐着。

革委会的张主任问清情况后,严肃批评了江和平和邹美美,要他们回去好好写检查,从思想上深刻认识。

张主任表扬了金牡丹。金牡丹突然变得很谦虚,扭捏着说:"其实也不是我一个人的功劳,还有安玛、成大雁她们一起去的。"

何老师指着安玛的头,莫名其妙地说了句:"唉,你们呀,你们!"他的话让安玛回家后琢磨了半天:我们,我们到底怎么了?

十

那件事情发生后,邹美美有一个星期没有来上学。江和平倒是来上学,只是整天低着头,一副被霜打过的模样。

安玛太佩服金牡丹了,课间,她竟然还跑过去安慰江和平:"其实

126

那件事嘛,也不能怪你。你一定是受骗上当了。明天晚上我请你看电影,朝鲜电影《卖花姑娘》,新片子,要票的人可多了!"

江和平的脸色很难看,安玛从来没有见他如此阴沉过脸。他突然一拍桌子大叫一声:"滚远点儿,别让我看见你!"那一分钟,他的音色比杨子荣还要洪亮!

金牡丹委屈地对安玛说:"真不识好歹,我都请他看《卖花姑娘》了,他还生什么气呀!"

令安玛惊奇的是邹美美。

她再来上学时,脸上竟然有了一种凛然不可侵犯的表情,下了课谁也不理,独自坐在位子上,一粒粒往嘴里扔苞谷花,然后狠狠地嚼,胸脯照样挺得高高的,像是在示威。

金牡丹把赵楠楠拉到外面,悄悄说:"她也太嚣张了吧?咱们应该想个办法对付她,不就是个补锅匠的姑娘!"

赵楠楠说:"别理她就是了。"

邹美美突然冲出教室,对她们吼道:"补锅匠的姑娘怎么了?就不是人了?我告诉你们,哪个敢再害我,上街的时候当心我用我爹补锅的铁水泼她的脸,让她变成朱疤子。哈哈哈……"

朱疤子是城里一个卖锅圈刷把的男人,一脸都是可怕的疤痕,经常被大人用来吓唬小孩儿:"再不听话,就叫朱疤子把你背去卖了!"女生们都被她吓着了,呆呆地不敢说话。把一个女生的脸变成朱疤子的脸,太可怕了,亏邹美美想得出来!

赵楠楠悄悄扯扯金牡丹的手:"走吧,别惹她。这种人什么事都做得出来的。"

邹美美站在走廊上,把苞谷花一粒粒扔进嘴里,那么准确、有力。

经过这件事,安玛对金牡丹有了些看法。她这样做,好像她自己有多么纯洁,其实她跟肖贵平就经常在一起玩。有一回安玛去人民会场找她,她坐在票房帮她姨妈卖票,肖贵平竟然也坐在里面,帮她收钱、撕票,两个人的头挨得那么近。

肖贵平个儿不高,人长得精瘦,喜欢穿一身黄军装,戴军帽。听说他哥哥就是军人,他穿的都是用他哥哥的旧军装改的衣服。金牡丹对人说,肖贵平瘦是因为他在跟人练功,练功的人没有胖的,还说跟他在一起,打架就不用怕了,肖贵平一个人就可以打好几个人呢,班上的男生都有点儿怕他。肖贵平还长了两颗小虎牙,一笑就露出来,确实跟别人有点儿不同。金牡丹跟安玛说:"咱们是好朋友,我告诉你实话,我跟肖贵平真的只是一般朋友,我们没有谈恋爱。别人说我什么,你可要替我'消毒'哦!"

一天晚上,安玛做了个奇怪的梦。

梦见金牡丹变成了一只大蜘蛛,满身都是斑斓的花纹,肚脐眼那儿不断吐出长长的细丝,一条一条在天花板上面织了张大大的网。那网铺天盖地,把安玛迎头罩住,让她无处逃遁。大蜘蛛的嘴一张一合地说:"我们是好朋友,好朋友……"

第二天安玛使劲儿想了半天,也想不出这是什么意思的梦。那么灿烂的金牡丹,怎么会变成一只大蜘蛛呢?她可不敢把这个梦讲给金牡丹听。金牡丹跟肖贵平在一起的时候,大多会叫上安玛,傻乎乎的安玛像只电灯泡,想退也退不了。

那年夏天,乌城最热闹的事莫过于放朝鲜电影《卖花姑娘》了。乌城人平时看的多是打仗的电影,现在突然来了一部不打仗,光让人感动、流泪的电影。乌城人激动了,都要去看看,去流流眼泪。平时谁敢那么肆无忌惮地当着人流泪呀,一定是革命意志不坚定。

有新电影放的日子,金牡丹成了一中校园最受宠的人物,真像是吸足了阳光雨露的牡丹,灿烂无比。每天上课,她书包里都装着一沓电影票,送老师的,给同学买的,全用小本子记得清清楚楚,放学了,就一个个地送。那么多人围着她,用动人的笑脸求她:"牡丹,明天一定记着给我带两张。""牡丹,要中间的座位哦! "

"是啦是啦,记住了。"

金牡丹没有忘记给她最好的朋友安玛送一张票,十六排二号,当然是最好的座位。金牡丹说:"安玛,我对得起朋友吧?我都没有送成大雁票。"

安玛很感动。关键时候金牡丹还是想得起她的,这就够了。可是,那天晚上七点半,当安玛来到会场找到自己的座位时,却发现旁边坐的竟然是肖贵平。

安玛说:"金牡丹呢?她的座位在哪里? "

肖贵平说:"她看过好几遍了。要帮她姨妈卖票,来不了。"

金牡丹来不了,安玛就要跟肖贵平一起看电影了。这让她很为难。虽然以前也在一起看过电影,可中间有金牡丹坐着,自己不过是陪衬罢了,今天只有她和肖贵平,就不太自然了。要是被一中的学生看见,不知道会说什么呢。

肖贵平似乎看出了安玛的心思,笑了,露出两颗生动的虎牙,找话跟她说:"安玛,你平时怎么不爱说话?我很少听见你说话,不像成大雁她们那么闹。"

安玛脸红红地说:"我不爱闹。"

肖贵平说:"我也不喜欢太闹的人。"

安玛想问他:金牡丹还不够闹啊?你怎么跟她好呢?可她知道自己是不会把这话问出口的。好在一会儿灯就灭了,电影开演了。

那真是部好看的电影,朝鲜姑娘花妮的悲惨遭遇让安玛很快忘记了身边的男生,专注地投入到剧情中。看到花妮的妹妹被地主婆的药烫伤,安玛的泪水哗哗地流下来,湿了衣襟。前后座位上的人都在流泪,能听见一片唏嘘声。安玛的心突然提了起来。她放在座位扶手上的左手,被肖贵平的手压住了,那手很温热,又很硬,一把捉住她的手,就像捉住一只无助的小鸟。

安玛的心咚咚地狂跳起来。

她用眼角扫视肖贵平,发现他竟然不动声色地端坐着,一副十分专注于电影的样子,嘴角有一丝若隐若现的笑意。这么惨的电影,他都没有流泪?她试着抽回自己的手,却被拽得很紧,竟然抽不回来。她记起金牡丹说过,肖贵平是练功的人,力气自然大了。

电影的后面,花妮又有什么样的遭遇?找到她妹妹了吗?银幕上的画面怎么像梦境一般,令人神思恍惚?她的手在另一只手中,被使劲儿地握着。可怜的花妮多惨啊!结尾好像还不错,找到妹妹了,还有游击队。

后来,成大雁问起安玛《卖花姑娘》的故事,安玛回答得东扯西拉。成大雁不满意地说:"你不是看电影了吗,怎么什么都不知道?"

安玛说:"我记性不好。"

成大雁说:"你平常记性挺好的。"

安玛说:"我也不知道怎么突然就不好了。"

十一

阿莉去省城学戏回来了。

宣传队又要上演新节目,其中就有阿莉新学回来的《杜鹃山》选场。可是演出的名单中,没有阿莉的名字,是庄平仙演柯湘。安玛去宣传队看阿莉时,她正躺在床上生气,也不起床,侧过身子愤愤地说:"太欺负人了,学回来了不准我上场,什么都是她一个人霸着!"安玛安慰她:"阿莉,你比她小,总是会有机会的嘛。"阿莉说:"你不懂,出名就是要早,过了这个村就没这个店了。她庄平仙出名的时候还没有我大呢!"

安玛就不知道说什么好了,阿莉的世界比自己精彩得多,可她为什么还总是不满意?

俩人正说着话,赵小平就来了。他长了一张圆脸,眼睛很大很亮。在《智取威虎山》中演李勇奇,安玛最喜欢他唱"羞愧难言"那句时的表情,那羞愧的样子好有魅力。不过那都是在台下看,现在他真实地坐在面前,脸上也没有涂抹油彩,又是另一种新鲜的感受。安玛不敢跟他的眼睛对视,低头看着阿莉的鞋子,那是一双黑平绒的方口布鞋,阿莉从昆明买回来的。阿莉脚上还穿了双蓝格子的花尼龙袜,也是从昆明带回来的。

阿莉欠起身坐着,指着安玛说:"这是我的好朋友。"赵小平笑了笑,点点头。俩人东扯西拉地说话,都是些宣传队内部的事情。安玛搭不上话,单是听着新鲜。

赵小平临走时说:"阿莉,你要想演柯湘,就得去找一个人。"

阿莉急了:"你快说找谁?"

赵小平说:"找马书记,只有他能帮你。他只要说上一句话,宣传队的领导不会不听。听说他下一步要提拔了。"

阿莉咬着嘴唇点点头。

赵小平一走,安玛就掐阿莉的手:"李勇奇是不是跟你谈恋爱了?快告诉我!"

阿莉似笑非笑地说:"谈什么呀,他喜欢我倒是真的。只是我还小呢,不谈恋爱。咦,安玛,你怎么连谈恋爱的话都敢说,你是不是也谈恋爱了?快坦白!"

俩人拉扯在一起,嘻嘻哈哈地闹了半天。只有这个时候,安玛才从阿莉身上找回些过去的影子。

没有多久,宣传队在人民会场演出《杜鹃山》,果然就换了阿莉演柯湘。她竟然把长发剪了,皮带往腰上一扎,英姿飒爽,让乌城人民眼前一亮,嗓子又亮,唱得一点儿不比庄平仙差。阿莉一炮就红了。

可是那天课间,金牡丹却在走廊上对几个女生神秘地说:"那个阿莉,跟团县委的马书记睡觉了,不然怎么会轮得到她演柯湘,人家庄平仙气得都快跳楼了!"

金牡丹还招手叫安玛过来:"安玛,阿莉不是你的朋友吗?你说她是不是跟马书记睡过觉呀?"安玛说:"我不知道。"金牡丹说:"咦,你们俩不是经常在一起玩吗,你怎么会不知道?"安玛懒得理她:"就是不知道。"金牡丹悻悻地说:"你还包庇她。"

过了几天,金牡丹喜气洋洋地又在走廊发布消息:"安玛,你知道不,那个阿莉呀,被白蓉蓉打了。人家白蓉蓉跟马书记都快结婚了呢,她中间插一腿。听说脸都撕破了。这回看她怎么演柯湘?"

安玛心里一沉。金牡丹的消息一向都很灵通,阿莉会不会被打伤了呢?一放学,安玛就独自跑了。金牡丹拽住她说:"我知道你要去宣传队,我跟你去,去看看阿莉到底怎么样了。"安玛摆不脱她,只好随她跟着。

她们都以为,阿莉一定被人打得躺在床上起不来了,一脸惨相等着人去安慰。没想到阿莉正在大厅练功呢,她腰上扎着宽宽的练功带,满脸都是汗水,正认真地在那儿下腰、劈腿,回头看见她们俩,冷笑一声说:"你们消息好灵通,是来看我笑话的吧?"

金牡丹是多乖巧的人,忙笑着说:"你说什么呀,是安玛想你了,来找你玩呢。你练功,我们就不打扰你了。"

阿莉追到门边大声说:"金牡丹你可看清了,我好好的,毛都没少一根。敢欺负我的那个人还没有生下来呢!"

金牡丹纳闷地问安玛:"这个阿莉是怎么了,吃火药了?我们又没有惹她,她发什么火呀?"安玛说:"我也不知道。"

都要出宣传队的门了,金牡丹突然扯扯安玛说:"不能白来,我们去楼上看看白蓉蓉在不在。"金牡丹在前面走,安玛跟着,不时仰头看门楣上那些雕花的痕迹,隐隐地还能看出几个衣袂飘飘的女子,在寂寞地起舞。每回来,她都会想,这里从前住的到底是什么人呀?还是变幻多端的狐狸精?夜晚降临的时候,这些重门深院中,肯定会有许多精彩的故事发生。她喜欢这里古旧的门楣上那股神秘的气息。阿莉能生活在这里面,真是有福啊!

白蓉蓉正倚在被子上照镜子,看见金牡丹就招手说:"牡丹你快来,看看我的脸有没有疤痕呀?"她的脸已经涂抹了厚厚一层粉,但还能看出几道指甲抓过的印痕。金牡丹故意装作不知道地问:"蓉蓉姐,这是怎么了?"白蓉蓉说:"狐狸精抓的。最近我们大院里闹鬼呢,你不知道?"金牡丹就摇头。

白蓉蓉说:"也萨招来那个小骚货、小妖精,她以为她进了城就成凤凰了?迟早我要拔了她的毛,让她成秃尾巴鸡。你们等着瞧好了。"

出了宣传队的大门,金牡丹突然捂住嘴笑得直不起腰来。安玛纳闷地看着她说:"你喝了笑老妈的尿了?"

金牡丹说:"你才喝了。我是觉得这件事太好玩了,白蓉蓉竟然还打不过阿莉?她以前多厉害呀,连王晓月都要让她三分的,现在竟然让阿莉把脸都抓破了,看她以后还怎么上台。”安玛没有笑,她在想,阿莉怎么会变得这样厉害呢?越来越像小妖精了!

十二

邹美美现在独往独来，不和女生说话，对男生却一如既往地热情,每次进教室,故意挺起胸,把两个苹果似的乳房挺得骄傲无比,一副不怕人的样子。

下了课她只跟隔壁一班的女生玩,还对她们说,她在班上最大的敌人就是金牡丹,总有一天她要让金牡丹也尝尝被人害的滋味。金牡丹听见了,根本不放在心上,只是不以为然地撇撇嘴。

邹美美竟然不知道从哪里知道了金牡丹跟肖贵平好的事，就跑去找何大树,委屈地说:“金牡丹跟男生好,你管不管?你要是不管,我就去找校革委的张主任,大家都是学生,要一碗水端平。”

邹美美家是补锅的,她什么人没有见过?真要吵起架来,嘴也是不饶人的。何大树被她闹得没办法了,只好去找金牡丹谈话,问她有没有跟肖贵平怎么样怎么样。金牡丹也很委屈,噘着嘴说她怎么会跟肖贵平怎么样怎么样呢?人家肖贵平是跟安玛好的。何大树吓了一跳,眉毛皱得跟条虫子似的,连声说:“哎呀,哎呀,你们这些女生,小小年纪就这样复杂呀!”

安玛也被何大树喊去谈话了,连她跟肖贵平一起看《卖花姑娘》的事,何大树竟然也知道得很清楚,追着问安玛:“是不是真的?一起去看电影了?”安玛便红着脸点头,连撒谎也没学会。

何大树说:“还一起做什么了?”

安玛使劲儿摇头。

何大树背着手在办公室里踱起八字步，像棵大树似的直晃安玛的眼睛，边踱步边说："看来我真的要找家长了。"

安玛的泪水在眼眶里晃动着，终于吐出一句："票是金牡丹送给我的。"

何大树皱着眉，使劲儿看了她半天，最后指着她的鼻子说："你，以后少跟金牡丹搅在一起，听见没有？有一天人家把你卖了你都不知道呢！"

离开办公室，安玛后怕地想，幸好何老师没再多问，要是再问下去，自己说不定就把肖贵平摸手的事说出来了。不说出来，就是个永远的秘密。她不敢看肖贵平，怕他的眼睛，怕他的手，连他的座位都绕着走。这样一来，班上的人更有理由认为，安玛和肖贵平之间一定发生过什么事情。

安玛好几天不理金牡丹。

邹美美见缝插针，忙来拉拢安玛，放学的时候在操场上堵住她说："安玛，以后上学我来叫你好不好？"第二天早上，她果然就来叫安玛了。邹美美宁肯多绕一段路，也要来叫她，这让安玛很感动。邹美美说："金牡丹是什么东西啊，她姨妈卖个电影票就了不起了？我告诉你个秘密，她弟弟金强不是亲生的，是捡来带的娃娃。"

安玛怔住了，一脸吃惊的表情。

邹美美又说："听说连金牡丹都是捡来带的。他爹妈不会生娃娃。"安玛更吃惊了。世界上竟然有这么多秘密被隐藏起来。

邹美美得意地说："我什么都知道。她把我惹急了，总有一天我会让她好看。"

金牡丹先急了，第三天就忙着堵住安玛，硬扯着跟她一起回家，一路上使出千般本事，净说些好听的话哄着劝着，把一张银盘脸笑得稀烂。安玛到不好意思再绷着脸了。金牡丹都跟她道歉了："算我错了还不行吗？怕老何干什么呀，他是雷声大雨点儿小。不要被他吓着了。"为了表示友好，金牡丹还从书包里掏出本连环画拿给安玛，郑重其事地说："这可是《白毛女》，是赵楠楠借给我看的。我知道你一定爱看，先给你看，够朋友吧？"安玛点点头。

这本《白毛女》，赵楠楠拿进学校来已经借了好几个人，安玛想看，却不好意思开口借。赵楠楠是个吝啬鬼，生怕看的人多了会弄脏她的书。金牡丹又说："不过你不要让赵楠楠看见，她会生气的。"安玛又点头。金牡丹说："你不说话，还生气呀？"安玛说："不生气了。"

金牡丹说："那你以后不要再让邹美美去叫你上学，等我来叫你。我的朋友被她抢走了，我还有什么面子呀，还怎么在一中混，你说是不？"

那本《白毛女》可不是电影上演的芭蕾舞的版本，而是老电影的版本，一个叫田华的女明星主演的。一般人都没有，所以就显出了可贵。赵楠楠说这是她舅舅送给她的，她舅舅在省城工作。

安玛千不该万不该，就不应该在下午第一节杨老师的数学课上偷着看连环画。杨老师瘸了一条腿，走路的姿势很古怪，脾气也怪，经常让眼镜顺着鼻梁滑下来，从镜片后面逼视着学生，尤其是数学不好的学生。安玛不喜欢数学课，跟杨老师有很大关系，总觉得他不像老师，更像某部电影里的特务，那目光冷飕飕的，看人一眼会让人起一层鸡皮疙瘩。安玛听不进去公式，就在抽屉里面悄悄翻看《白毛女》。在她看来，就是黄世仁的脸也比杨老师的好看些。她看得入了迷，连杨老师站到身边都不知道。杨老师伸着手说："拿来。"

安玛不拿，死死地拽着书。

杨老师不耐烦了，俯身去抢，他的力气好大，一把就抢到手里，朝讲台走去。全班人都看着他。他一句话也不说，突然把连环画举得高高，几下撕成碎片往窗外扔去。有几页又被风吹回到教室。

安玛彻底傻了。

赵楠楠捡起地上的一页纸看，看清后差点儿叫出声来，杨老师撕的竟然是她的《白毛女》？她回过头，愤怒地瞪着金牡丹。金牡丹也傻了，瞪大眼睛，张着嘴说不出话来。杨老师刚出教室，赵楠楠就扑过去，伸着手问金牡丹："我的《白毛女》呢？快还给我！"

金牡丹平时的一张巧嘴此时也笨拙了，涨红了脸说："安玛，我只是让你保管一下，你怎么上课就看起来了？"安玛咬着嘴唇呆呆地坐在座位上。

最高兴的是邹美美，幸灾乐祸地在教室前面拍着手跳起来，边跳边叫："锻炼身体，保卫祖国。"她还叫江和平："你怎么不来跳呀！"

赵楠楠对金牡丹说："我不管，我的书是借给你的，谁让你拿去乱借，做人情！"金牡丹咬着牙，仇恨地看着邹美美，半天不说话。赵楠楠说："限你今天之内，一定要赔我的书！"不就一本连环画吗，赵楠楠就翻脸不认人了？金牡丹觉得在全班人面前没有面子，她拉长脸坐下去说："反正不是从我手里拿去撕的。"

赵楠楠说："反正我是借给你的。"

下午第三节放学后，别的人都走了，教室里只剩下安玛、赵楠楠和金牡丹。赵楠楠不依不饶，一定要当天就解决好书的事情。赵楠楠的妹妹，赵家二妖精赵媛媛听说后，带着两个她们班的女生，也从楼下教室赶上来，捡起地上一页被撕破的连环画，惊乍乍地叫着："谁借的找谁赔！"

金牡丹好言说："这样吧楠楠，书是借给我的，我赔你钱好了。赔你两元，总可以了吧？"那本《白毛女》才一毛五分。

赵楠楠不屑地说:"谁稀罕你的钱,我就要书,原样的书!"

金牡丹沉不住气了:"赵楠楠,你也太不讲理了,这种书我上哪儿买去?"

赵楠楠朝低头坐着的安玛努努嘴:"找她呀。不是她干的吗?"

金牡丹不说话了。

赵媛媛一把抓过安玛的书包,把语文书翻出来,做出要扯的样子,说:"要不我把它撕了?"几个人都不说话。赵媛媛突然真的把安玛的语文书撕成几大块,扔到地上。安玛的嘴唇颤动着,泪水奔涌而下,"哇"一声扑在桌上放声大哭。赵家姐妹无动于衷地看着她。赵媛媛还跳着脚说:"哭什么哭,又没有死人。"

这是安玛第一次当着人哭。

如果有刀,她第一个想杀的就是赵媛媛那个小骚货,然后是赵楠楠、金牡丹。她想一点点儿把她们全都切成碎块。她咬着牙,在想象中举起了一把锋利无比的刀。赵家姐妹悻悻地走了。金牡丹跟在她们后面,讨好地笑着,告诉她们又要放新电影了,到时候要几张票,一定给她们留最好的。

安玛抬起泪眼,空荡荡的教室只有她孤独的身影,还有地上被扯烂了的语文书。

她又一次放声大哭。

十三

几个月后的一天。

阿莉突然来到安玛家里,脸色有些苍白。不过她不是来找安玛玩的,而是来找安玛的妈妈。妈妈把她拉到里间关起门来,嘀嘀咕咕说了半天话。

阿莉走了后,安玛的妈妈脸色不太好,但什么也不说,只是感叹:"哎呀呀,现在的女孩子,啧啧!啧啧!"

安玛心里很生气,阿莉竟然和妈妈之间有了秘密,还连自己都瞒着!妈妈只是淡淡地说,阿莉病了,明天要陪她去县医院看病。安玛一听更生气了,自己扁桃腺发炎,妈妈都没有时间陪着上医院,是自己天天一个人跑去打针、拿药。现在妈妈竟然有时间陪阿莉去医院看病?这么一想,更气得连晚饭都没吃,躺在床上生闷气。她听见爸爸在怪妈妈:"你多管闲事,那种事也去管?"

妈妈叹口气说:"毕竟是认识的人嘛,我在乡下工作时看着她长大的。再说她妈妈又不在身边,怪可怜的。"

"啧啧啧,现在女孩子啊!"爸爸牙疼似的直抽气。

第二天,妈妈果然请了假,带阿莉上医院去了,看的什么病回来也不说。安玛闷闷地生了好几天的气,边气边在心里悄悄琢磨着。有一天,安玛单独跟妈妈在一起的时候,突然说:"妈,我知道阿莉得的什么病,还知道她为什么要找你带她去看病。"

妈妈惊讶地抬头看着她:"你知道什么!别乱猜,跟你没关系。"

安玛突然说:"阿莉怀娃娃了,你是带她去医院打胎,对吧?"

妈妈惊得一下子从椅子上跳起来:"这姑娘疯了?谁告诉你的?"

安玛翻翻眼睛不说话。妈妈急得直搓手:"你怎么乱说呢,这种事不可以乱说的。她还小,以后还要做人呢!"

安玛愤愤地想,阿莉还小?她什么都懂,还什么都敢做!简直就是个小妖精!

一想起阿莉已经是女人这件事,她心里就涌起神秘的幻想。身体像灌足雨水的庄稼,发出咔咔的拔节声。

那个季节,欲望像地气丝丝缕缕从地缝里钻出来,诱惑着她的脆弱。

安玛说:"那以后,阿莉就是女人了? 我也想做个真正的女人! "

妈妈"啪"地在安玛头上打了一巴掌,说:"你给我闭嘴!我绝不许你像她那样!你要学好。"安玛气愤极了,妈妈明明知道阿莉那样做是不学好,为什么还要帮她呢?

不学好的女孩儿反倒有人管有人疼爱了? 可她现在还不能算真正的女人。朱美美说,没有来三号的都是些小姑娘,来了才是女人,她说这话时,一脸都是得意劲儿,因为她是女人了。安玛隐约觉得,一个特殊的时刻将要降临。她耐心地期待着。花有花期,月有圆缺,总有一个时刻,有一只神秘的手会为她开启那扇隐秘之门。

终于, 离春天到来不远的一个夜晚, 正独自在灯下做作业的安玛,突然感觉小腹那儿有股隐隐的疼痛感,片刻之后一股热流顺着大腿悄然涌出,像春天的涓涓溪流冲击心扉。她的心一下子被某种东西攫住, 神秘的网悄然罩在头顶, 惊恐之后便是无边的喜悦弥漫于胸间。是它,一定是它! 期待已久的它终于降临了。

似乎有一面墙轰然坍塌,有一朵花正在悄然绽放。

她感觉自己身体的某个部位在悄悄苏醒、膨胀,一块土地在夜幕下期待种子萌芽。她突然想起柳奶奶说过的妖精,一个像花一样盛开的女人才有做妖精的资格。现在, 她终于等到来了花一样盛开的时刻,那红红的艳丽的光已经悄然照亮生命中最隐秘的角落。她轻轻推开窗,对着星光灿烂的夜空欣喜地说:我已经是一个女人了!

恍惚间, 安玛看见一个个妖精似的身影从窗前飘然而过……是宣传队的庄平仙、王晓月……还有班上的金牡丹、邹美美、赵楠楠、成大雁……那是多么美丽的景象啊！安玛感觉自己原本就应该是她们中的一个,她闭上眼睛,张开双臂,让自己也飞起来,加入到妖精的舞蹈中去了……

香水百合的梦
——幻想小说一组

啼血杜鹃

告诉你吧,许多年前我曾经是一个猎人。

那时候,我最喜欢做的事就是春天到来时,背着猎枪到滇池附近的森林里去打猎。陡峭的西山上覆盖着浓密的松树林,连绵起伏,风景真的很美丽。

应该说我的枪法不错,每一回都不会空手而归,总能有些让人欣喜的收获。

需要说明的是,我不是那种靠打猎来维持生存的人,他们会把枪口瞄准森林里所有的动物,甚至不肯放过一只怀孕的母鹿。我打猎只是一种爱好,因为我喜欢在森林里游荡,呼吸大自然清新的空气,偶尔也打一只山鸡呀、野兔什么的带回去,否则别人会笑话我,背着猎枪只是为了装装样子。

可是,后来我放弃了这种爱好,让我的猎枪放在阁楼上,生了厚厚的一层绿锈。

这一切都是因为一只鸟,一只叫杜鹃的鸟。

让我慢慢讲给你听吧，我是怎么放弃打猎的爱好的。

其实我一向是不打鸟的，可是那天和一个朋友在一起，事先喝了点儿酒，说是暖暖身子，初春的森林里虽说鸟语花香，可是空气中还是有点儿凉飕飕的，所以一向不喝酒的我在朋友的劝说下，就喝了那么一小杯白酒。

我们来到森林时，脚步就有些飘飘悠悠的。

不知怎么的，我和朋友开始比起谁的枪法好来了，我们都说自己的枪法好，还各自吹嘘自己曾经打过什么猎物。总之，喝了酒的人吧，和平时是有些不同的。

朋友指着远处树枝上的一个影子问我，能不能打中？

我竟然没有多想，抬起枪，就瞄准那个影子，扣动了扳机。一声枪响过后，树上掉下一只鸟来，另一只扑扇着翅膀惊飞了。我上前拾起来一看，是只暗灰色的杜鹃鸟，腹部有黑褐色的斑点，十分漂亮。

我那时候真的有些后悔，不该轻易开枪打这么漂亮的鸟啊！

可是，后悔已经来不及了。这是只雄杜鹃，翅膀被枪弹击中，染上了一片殷红的血迹，在我手中痛苦地挣扎着。我想把它放了，可是朋友说现在放了它有什么用？飞不出几步就会死去的。

那天我们住在西山后面农民家开的小旅馆里。我只好把它带回去，向店主要了些药和布条，给受伤的杜鹃包好伤口，准备等它养好伤后，再放回森林里去。

可是，当天晚上，意外的事情发生了。

受伤的雄杜鹃不吃不喝，垂着头呆呆地躺在我为它找来的一个旧鞋盒里。怀着内疚的心情，我还从店主那儿为它要了黄小米，用瓶盖为它准备了水，不睡觉地守着它，哄它说："吃点儿吧，吃点儿吧，好歹喝点儿水吧！"

可是,雄杜鹃依然没有反应,闭着眼睛看都不看我一眼。

我真是没主意了,用手去抚摸它的羽毛时,它才动一动,却是往旁边躲的意思。看样子,真是恨透我了。我也很后悔呀,可是怎么办呢?

半夜十二点多时,我实在困极了,就倒在床上迷糊了一会儿。可也就是在那一会儿的工夫,我迷迷糊糊地听见一阵凄厉的鸟儿叫声,我还以为是在做梦呢。似乎是在一片大森林中,一只美丽的鸟儿从我的头顶急速飞过,像是在追赶它的伴侣,叫得那么急切、哀婉。

等我从床上跳起身时,那只雄杜鹃已经死了。它就像睡着了一样,安静地躺在鞋盒子里,翅膀上的血迹还没有干呢。

我除了长长地叹气、摇头,真不知道应该怎么表达自己的愧疚。

第二天早上,我不顾店主和朋友的劝阻,决定把那只死去的雄杜鹃送回森林去。

清晨的森林里,浮动着一层薄薄的雾气,鸟儿们在树丛间欢快地跳跃、鸣叫。阳光从树的枝叶间洒下来,变成一片跳动的金色斑点,像群顽皮的孩子在森林里捉迷藏呢。那景色,真是美极了呀!

我大口吸着新鲜空气,到处张望着,差点儿忘记自己是来干什么的了。

突然,一阵凄厉的叫声从森林深处传来,和昨晚我在梦中听到的叫声竟然一模一样。那是杜鹃鸟的叫声呀!难道是它的伴侣来找它了?

果然,不一会儿,一只灰色身子、腹部散布着红色斑点的雌杜鹃在我的头顶出现了。它不远不近,绕着我飞来飞去,嘴里不停地发出哀婉的叫声,听得我头皮发麻,恨不得马上逃出森林去。

我在森林中转呀转，累得腿都快抽筋了，才终于摆脱那只雌杜鹃。

一条小路，把我带到一个山谷里。

刚刚转出树林，呀，我的眼睛一亮，面前竟然是一大片盛开的杜鹃花海。红的、白的、粉的、淡粉色的杜鹃花把山谷都装满了，快要和天上的朝霞连成一片。我从来没有见过这么壮观的景象啊！

我在花海中穿梭着，尽情享受大自然赐予的美景，倒把今天到森林里来的任务忘到了脑后。我折了许多杜鹃花抱在怀里，准备带回去送给店主和朋友。我把装着雄杜鹃尸体的盒子，暂时放在地上。

前面的花丛中，不知什么时候出现了一个人影。是和我一样爱花的人吧？

走近了一看，原来是个年轻的女人，穿一身素雅的白衣白裙，头上还包了块印着杜鹃花图案的白绸巾，十分淡雅美丽。她客气地招呼我说："折了那么多花，是要带回去送给太太的吧？"

我不好意思地笑笑说："我还没有结婚呢，花是送给朋友的。"

那女人说："看你这么爱花，还以为是在恋爱呢！"

她的语气有些奇怪，我忍不住就多了句嘴，问她采花送给谁。

那女人的表情突然变得哀婉起来，低下头说："是送给我丈夫的，可是他已经死了。那就把花插在他的坟头上吧，也许他能闻到花香呢！"

我忙说："对不起，对不起，我不应该问的。"看她那么难受的表情，又加了句："不要太伤心了，多保重吧！"

我这才发现，女人怀中的杜鹃花全是白色的，和她身上素净的衣裙一起，形成了伤感的气氛。

那女人指指地上的盒子问我："那是什么？"

我不好意思说出自己就是杀害杜鹃的人，只好含糊地说是一只鸟，死了，想把它送回森林呢，鸟儿最好的归宿不就是森林嘛！

女人点点头，说："你抱了那么多花，这鸟儿就交给我吧，我会把它埋在大树下的。"

这个建议再好不过了，我马上就同意了。

女人扔下手里的花，把盒子捧到手里。到底是女人，心肠软，看到盒子里死去的杜鹃，眼泪扑簌簌地就掉了下来，让我心里怪过意不去的。

她就那么流着泪，捧着盒子，往杜鹃花海的深处一步步走去，不一会儿就消失在花海中，不见了踪影。

我长长地舒了口气，抱着大束的杜鹃花回到森林。

可是，刚刚走了几步，那只令我心惊的雌杜鹃，也不知道是从哪里钻出来的，又在我的头顶盘旋开了，嘴里不停歇地叫着，哀婉动人。听起来像是在叫："夫啊——夫啊——夫啊——"我吓得躲在一棵大树下面，不敢动弹。

它就那么不知疲倦地飞着，叫着，声音变得越来越小。突然，我的脸上落了凉飕飕的雨点儿似的东西，我以为下雨了呢，可是抬头看天，天上还是阳光灿烂啊！我用手抹了抹，再看，原来是一滴殷红的血迹。

天哪，一定是那只伤心的雌杜鹃，嘴里叫出来的血啊！

它怎么会这样傻呢，这只傻杜鹃啊！再重新找只雄杜鹃配对儿不就行了吗？我周围那些朋友就是这么做的，结婚、离婚，又结婚，跟玩儿似的。不过是只鸟儿，干吗比人还认真，要这样疯狂地折磨自己呢？真是不可思议啊！

当太阳升到头顶的时候，那只雌杜鹃已经渐渐飞不动了，速度越来越慢，叫声也嘶哑起来。终于，它的身影一点点消失在森林的尽头。

我这才敢出来，像逃一般离开森林。这里我是一刻也待不住了。

可是，当我快要走出森林的边缘时，突然愣住了。

在前面不远处的一棵大树下，放着那个装着雄杜鹃的纸盒子，盖子被风吹开了，雄杜鹃身边多了一只腹部散布着红色斑点的雌杜鹃，嘴角还挂着殷红的血珠子呢。它们俩紧紧依偎在一起，就像睡着了。

我突然明白了，那个白衣素裙的女人，就是雌杜鹃变幻的呀，它是来向我讨要它的丈夫呢。现在，它们终于静静地睡在一起了。

愿它们的灵魂进入天国吧！如果鸟也有灵魂。

我把怀里那一大束艳丽的杜鹃花全部撒到它们身上，给它们做了一个美丽的花冢。然后，我飞快地逃离森林。

从那儿以后，我再也不打猎了。因为每回举起枪，我都会恍然看见那两只杜鹃，在我枪口不远处飞来飞去。我的手就会发抖，无法瞄准目标。

所以，我宁肯让猎枪在阁楼生锈，也不愿意去动它。

故事讲完了，这就是我为什么不愿意做猎人的原因。

鹤之舞

"要是有一双翅膀多好啊，就可以像鹤一样飞到天上，自由自在地在风中飞翔了。那该是多么快乐的事情呀！"

乡下女孩秀，一看见鹤从头顶飞过，就忘记了干活儿，呆呆地看着天上，无比神往地追随着黑颈鹤飞舞的身影。

秀的家后面，是一片宽阔的山野，藏着一个漂亮的高原湖泊。它像一面明亮的镜子，能照出天上飘过的白云和飞鸟的身影。那些一到冬天就从远方飞来过冬的黑颈鹤们，一定是看上了这面镜子湖泊，好对镜梳妆，要不怎么每天在湖面上飞过来，飞过去，不知道疲倦呢！

秀太爱那些黑颈鹤了！

那是多么美丽的大鸟呀，细长的双脚，优雅的身子，脖子上面还有一圈黑缎子似的羽毛，简直就像戴了一条漂亮的黑围脖，让它们看起来那么高贵、娴雅。难怪人们要叫它们黑颈鹤呢。

秀托着腮，望着天空，沉入遐想：要是我也有一条黑颈鹤那样的黑围脖多好啊。那样下地干活儿的时候，就不怕冷风吹到脖子，有难听的咳嗽声了。

秀就那么呆呆地望着天，想自己的心事，连家里人叫她吃饭的声音都听不见。

奶奶拍拍秀的脑袋说："这女娃子，被鹤迷住心了？"

妈妈摸摸秀的脸蛋儿说："这女娃子，在想些什么呢？"

哥哥也学大人的样儿说："女娃子，可不要被鹤迷住，娶去做媳妇哦！"

爸爸不说话，抽着烟，脸上笑着，看秀追着哥哥要打他。

一家人亲亲热热地围坐在火塘边吃饭时，秀才会暂时忘记那些鹤，安静地待一会儿。饭桌上不过是些普普通通的农家饭菜，什么青菜呀萝卜呀，土豆白菜之类的，可这都是一家人自己动手，辛辛苦苦种出来的，没有城里人害怕的"污染"，吃起来特别的香甜。

秀觉得，一家人亲热地坐在一起吃饭，真是件幸福的事。

第二天早上，秀还在睡梦里呢，就被外面的动静惊醒了。

她欠起身，从窗户里看出去，哥哥背着一杆簇新的猎枪，正要出门。平常哥哥就是用火药枪到山里打一些山鸡、野兔，卖给山下镇上开饭馆的老板，再用卖野物的钱，顺便给秀买回一串玻璃项链，两个别头发的卡子什么的。

可是今天,秀心里有些不踏实,哥哥又出去打什么呢?湖边的野兔早就绝迹了,山鸡也学得很狡猾,藏在野刺林里轻易不肯出来。那么,哥哥去打什么呢?

鹤,难道是去打那些黑颈鹤?

秀的心猛烈地跳动起来,忙穿上衣服,飞快地朝湖边跑去,快得让奶奶只看见一个影子从眼前飘过,就不见了。

奶奶奇怪地说:"什么东西飘过去了,是鸟的影子吗?"

可秀还觉得自己跑得太慢。

路边干枯的南瓜藤让开路说:"快跑快跑,慢了就来不及了。"

篱笆上的小鸟尖着嗓子叫:"快跑快跑,正往枪里填火药呢。"

秀感觉自己好快啊,跑过篱笆园,跨过小溪流,像风一样地刮到了镜子湖边。可是,还是慢了一步,一声清脆的枪响把她震得摔了一个大马趴。天上的鹤群惊得"啊啊啊"地叫着,四散奔跳。

秀顾不上疼痛,跳起来,一把抓住哥哥的手:"不准开枪,哥哥!"

那枪口还冒着淡蓝色的青烟呢,天上鹤的队伍里少了一只鹤的影子。其他的鹤也不远去,只是在湖面上空盘旋着,发出一声声令秀心碎的哀鸣。

哥哥急于去捡那只中了枪的鹤,可是秀却像个秤砣似的坠在他手腕上,让他无法脱身。哥哥想了想,用动听的声音说:"松开手吧,秀。卖了鹤,给秀买漂亮的裙子,城里女孩子穿的那种绣着淡蓝色雏菊的花裙子!"

秀拼命地摇头:"不稀罕,不稀罕!"

哥哥又说:"卖了鹤,给秀买个大大的生日蛋糕,是城里孩子吃的那种,铺着厚厚奶油、镶了花边、可以插生日蜡烛的大蛋糕!"

秀的心动了一下,那奶油,一定会香香地滑滑地裹住舌头,但她马上又坚决地摇摇头:"不稀罕,不稀罕!"

哥哥急了,拍拍她的脑袋说:"这女娃子,死心眼儿啊!鹤又不是你的亲人!"

秀怒目而视:"鹤又不是你的敌人,干吗要杀死它!"

哥哥抓抓脑袋说:"镇上饭馆的老板定下的,说有人就爱吃野味,想尝尝黑颈鹤的味道,还要付好多钱给我呢。有了钱,秀就可以到镇上去上学了,哥给你买一个漂亮的书包,再买些彩色的铅笔,好吗?"

哥哥的声音好动听。

这一回,秀真的有些心动了。可以背着漂亮的书包,到镇上上学,多好啊!比吃生日蛋糕还让人高兴哦!

可是,秀想了想,还是坚决地摇摇头:"不可以,不可以!"

哥哥气得想揍她,可又舍不得,一把将秀推开:"女娃子,真是被鹤迷住魂了!"他气恼地背着枪回家去。

哥哥走后,秀在湖边找了一圈,发现一个受伤的女孩子倒在野刺林中。她和秀年龄相仿,长得白净秀气,脖子上围了一条黑色的缎子样的围脖,好显眼。

秀知道,这一定就是那只受伤的鹤变的,是个好漂亮的鹤女哟!

她那两条修长的腿,被火药枪的铁砂子击中,流了好多血,没有办法飞上天去,只能在刺林里痛苦地挣扎着。

秀心里很内疚,忙把她扶到一片柔软的草丛中躺下,又采了草药给她敷在伤口上。

鹤女感激地说:"谢谢你,秀,你的心真好!"

秀惊奇地说:"你怎么知道我叫秀?"

鹤女说:"我每天从湖上飞过,都看见你在放羊、割草、洗衣、做饭,你真是个勤劳能干的姑娘啊。"

秀的脸红了,有些不好意思,想不到天上飞过的鹤竟然会把她的一举一动都看在眼里。只是,鹤女知不知道开枪的人竟然是她的哥哥?这让秀多难为情啊!

好在鹤女没有追问,她全身都在发抖,蜷曲在草丛中,看起来好可怜。

从那天起,照顾受伤的鹤女成了秀的一件大事。她趁奶奶不注意,悄悄从家里带来了一把大米、一个鸡蛋、一件旧衣服,还用树枝、枯草给鹤女搭了个遮风挡雨的小棚子。旧衣服铺在地上,成了鹤女的床。

干完家里的活儿,秀提着篮子,给奶奶说是到湖边割草喂羊,就跑到棚子里看鹤女来了。鹤女伤口不疼的时候,就会给秀讲她飞过的那些高山峻岭,那些美丽城市的风光。从北方飞来的鹤女,是见过世面的,她飞过长江大河,见过比山还高的高楼大厦。她的经历让最远只到过镇上赶集的秀羡慕得不得了。

秀说:"能在天上飞,真是太奇妙了呀,还可以看远方的风景。"

一说起飞,鹤女就会想起她的亲人、同伴,泪水止不住地就流出来了。要不是因为受伤,她也应该在这个时候返回遥远的北方。

在秀的精心照料下,鹤女的伤渐渐地好了,可以在草丛中低低地飞一段了。

从鹤父的眼神中,秀看得出,分别的时刻正在一点点地临近。一想到分别,秀的心里就十分难受,说话也打不起精神来。她不舍得和鹤女分开。

这天,鹤女突然问:"秀是不是也想到天上去飞?"

秀愣住了,太意外了。她说:"我也可以到天上飞吗?这能是真的吗？"

鹤女说："和我一起飞回北方，一路可以看许多从没有见过的风景，你心里的愿望就可以实现了呀。"

秀激动得脸都红了，结结巴巴地说："难道我也可以像鹤一样，在天上飞？可我没有翅膀呀。这怎么行呢！"

鹤女拿出一件轻柔得像云一样的东西说："这是一件羽衣，是一个朋友在被枪弹击中掉入湖水之前交给我的，让我带回去交给北方的亲人。"

鹤女说："这可是件神奇的羽衣，穿上它，就可以在天空自由地飞翔了。当然，要变得跟一只真正的鹤一样才行哦。你想好了，你会飞得很远很远，见不到爸爸妈妈的。"

秀的心早已经被即将飞上天空的喜悦包围了，顾不上想那么多。她迫不及待地说："我要飞，我要像一只真正的鹤那样，在天空自由地飞翔。请给我穿上羽衣吧。"

鹤女轻轻叹了口气，替她把羽衣披到身上，又低声念了几句咒语。

奇迹出现了，顷刻之间，秀突然感觉自己的身子在缩小，两条腿竟然变成了长长的鹤腿，两只手变成了宽大的翅膀。她惊喜极了，张开翅膀，一使劲儿，呀，竟然飞起来了！

秀变成了一只黑颈鹤。

她飞到湖面上，对着大大的水镜子一看，多么漂亮的黑颈鹤啊，一身雪白的羽毛，脖子上镶了一圈高贵的黑围脖。团团白云从她的脚下飘过，飞翔的影子投映到水中，真是美丽极了！

"哦，我终于可以像鹤一样，飞到天上来了！"

秀忍不住欢呼起来。可事实上她发出的只是一串清亮的鹤鸣声：

"啊——啊——啊——"

天哪,飞翔的感觉真是太美妙了!煽动的翅膀像是在翩翩起舞。头上是蓝天白云,脚下是辽阔的高原和清澈的湖泊。两只黑颈鹤那么尽情地在天空起舞,一会儿并排舞,一会儿交错着穿过湖面,翅膀掠起串串浪花,变幻出无穷无尽的花样,让地上的人们看得眼花缭乱。

地上的房屋变得越来越小,秀家院子里那些猪呀鸡呀狗呀,都变成了一个个小黑点。秀隐隐约约地看见奶奶在院子里晒白菜,爸爸在修理旧筐子,妈妈埋头洗一家人的一大盆衣服。

秀高声叫着:"奶奶,爸爸,妈妈,我会飞了,秀在天上飞呢!"

奶奶听见鹤鸣的声音,手搭凉棚看看天说:"大群的鹤前几天就已经走了呀,这大约是两只掉队的鹤吧,叫得那么清脆。"

突然,秀看见哥哥站在屋后的山坡上,端着火药枪,正对着天空瞄准呢。她吓得拍着翅膀大叫起来:"哥哥,不要开枪,是秀啊——"

哥哥只听到一串鹤的鸣叫声:"啊——啊——啊——"

只是他觉得今天这只鹤的叫声有些奇怪,隐隐约约地让他想起什么事,他抓抓脑袋,犹豫了一下,放下了手里的枪。

秀的冷汗都下来了,她现在才知道,做一只鹤有多么危险和辛苦。

她大声地叫着:"我要走了,去遥远的北方。明年冬天我会飞回来看你们的。"

地上的人们听见两只黑颈鹤清脆地叫着:"啊——啊—— 啊——",目送她们远去的身影。有人说:"多漂亮的鹤舞啊,明年再来,明年一定要回来啊!"

两只鹤的身影渐渐地消失在天边的白云下面。

香水百合的梦

"阿栗花店"就躲在昆明无数大街小巷中的一条里,普通得就像它的主人,一个乡下进城的小伙子。

开张那天,并没有一般商店开张那样热闹。

附近那些杂货店、服装店、小饭店开张,都是要热闹一番的。虽说城市不准放鞭炮,不能太热闹,但是起码要在门前摆几个花篮,上面挂满黄纸条,写着谁谁谁恭贺、谁谁谁志喜,再撒些彩色的碎纸片,把地上铺得五彩缤纷。

阿栗的花店静悄悄地就开张了。

过路的人们发现,一夜之间,街转角处那间原本闲置着的旧屋子,突然就变成了一间小小的花店,门前摆满了鲜艳的玫瑰、百合,淡粉色的康乃馨,白色的满天星,还有火红的天堂鸟。总之,店面虽说是小了点儿,但花的品种很多,而且那些花全都养在一只只精致的小木桶里,有足够的清水浸泡着,每一枝都生机勃勃,就像些美丽的姑娘,有些羞涩地面对过路的人。

大家好惊喜啊,一个让人心情愉快的花店,看起来比那些杂货店更舒服些。昆明本来就是花的世界,要不怎么说四季如春呢!

所以,虽然是静悄悄地开张,阿栗的生意还是很不错的。

阿栗心里很满足了,一个乡下来的孩子,能在昆明这样的大城市里开个花店,是多么了不起的成功啊!这可是他以前想都不敢想的事情呢!

说起来,阿栗还要感谢房东奶奶。要不是她的鼓励,自己也是不敢有开花店的想法的。前面已经有好多人来租房子,想开个小酒吧啦,开个文具店啦,开个菜店啦什么的,老奶奶都不喜欢,给再多的钱都不把房子租给他们。

可是阿栗刚刚在门前站了一会儿，只是为了看墙上贴的一张小广告，老奶奶一眼就认定了他就是那个最适合租自己房子的人。阿栗自己一点儿都不知道，他长得太像老奶奶在外地上学的孙子了，高高的个儿，清清秀秀的脸，有点儿腼腆，一副涉世未深的样子。老奶奶在心里说："啊噻噻——就是他了，就是他了！租房子给他，就可以每天看见孙子了呀！"

可是阿栗被老奶奶让他租房的建议吓了一大跳。他摊开双手说："我没有钱呀，拿什么付给您租金呢？"

老奶奶笑着说："勤快干活儿，挣钱，不就能付我的租金了吗？我要的又不多。"

老奶奶要的租金确实很低很低，这让阿栗有些心动了。其实他满大街到处转悠，就是为了找个工作呀。可城里的工作太难找了，就算他有中学毕业的证书，人家也不要他。阿栗转得口渴极了，脚也走得酸疼，还没有找到一份合适的工作。

结果却遇到了热心肠的老奶奶。

他抓着脑袋，动着心思想了好一会儿，开个什么样的小店呢？他突然想起了自己在乡下的家，房前屋后种满了美丽的花：芍药、牡丹、大丽菊、兰花、鸡冠花，好看，还可以做药呢。屋后的山坡上，也有许多星星点点的野花野草，一年四季都开不败。阿栗脱口而出说："那就开个花店吧？"

老奶奶惊喜地一拍巴掌说："啊噻噻——怎么跟我想到一起去了！这条街上还就是缺个花店呢，每天看着那些美丽的花，人都要活得长久些哪！"

"阿栗花店"就这么开起来了。

现在,老奶奶从楼上一推开窗,就可以看见满眼的鲜花,还可以看见长得很像她孙子的阿栗在小店里忙碌地工作着。老奶奶倚着窗,发出一声长长的幸福的叹息。

阿栗很满意现在的工作。他每天一大清早就起床,骑着自行车赶到花市去批发鲜花。然后再把那些沾满露珠却很芜杂的鲜花分类,插到不同的小木桶里。等到太阳升起来,就会有赶早的客人,顺便买一束花带回家去。

阿栗总是很认真地给每一束花都扎上不同颜色的带子,不像别的卖花人,只给花束紧紧地绑几根橡皮筋,勒得那些花气都喘不过来。经过阿栗手的花,看起来都像经过精心打扮的姑娘,很优雅很美丽。

他总是对买花的人说:"花是有生命的,精心对它,就可以多开好几天呢!在水里加点儿盐呀糖呀什么的吧,拜托了!"

这天,阿栗进了一批百合,杂乱地堆在店里。这可不是普通的百合,是香水百合。不一会儿,一股清幽的香味儿就弥漫开来了,连楼上的老奶奶都从窗户探出头来问他:"阿栗,是什么花儿呀?香味儿像是有脚呢,都飘到楼上来了!"

过路的客人也抽着鼻子说:"连风都被染香了呢!"

阿栗舍不得把它们全都卖出去,给老奶奶送了一大束。又随手捡了一枝留给自己,那是一枝还没有开放的百合,一个个花骨朵紧紧闭着,像羞涩的少女,不肯轻易对人展开自己的笑脸。阿栗把那枝百合放进一个小小的木桶里,那可是一个印着花纹的木桶,是阿栗平时用来盛自己喝的清水,干干净净的,还散发着树木淡淡的清香味儿呢。百合花枝放进去,再合适不过了。

按正常的时间,在清水里泡上一天,百合花就会绽开美丽的花瓣。

老奶奶从门前过时看到他这些举动,忍不住笑了:"阿栗这孩子,还真是个懂花爱花的人,让他开花店呀,算是找对人了,是花的福气呢!"

老奶奶却不知道,阿栗爱花还有另一个原因。看到那些美丽的花,他的眼前浮现出那个女孩子的身影。那是和阿栗恋爱了三年的女友,人长得跟花似的好看,就是不喜欢待在乡下,早早就跑进城来做事了。

阿栗进城,就是为了找她啊!

可是,好不容易在一家美容院见到女友时,阿栗却不认识她了。她哪里还是乡下那个清纯的丫头呢?站在他面前的女孩子,头发染成火红色,跟玉米穗儿似的垂在肩上,嘴唇涂得跟抹了层红果酱似的,眼皮上还蓝莹莹地放着光。裙子短得像片树叶,连腿都遮不住。说话时的表情嗲嗲的,把腰扭得风摆柳一般,吓得阿栗不敢正眼看她。

那一刻阿栗心里非常难过,知道自己的梦破了,应该醒了。

现在,阿栗那么精心地爱护花店里的花,给它们修枝,整叶,喷水,扎上鲜艳的带子,像打扮新嫁娘,让每一枝花都焕然一新地走出店门。

他还跟它们说话:"玫瑰小姐,不好意思了吧?你的脸儿怎么这么红呢!"

"百合姑娘,你的裙子真的很漂亮,很优雅。"

"满天星,再见了!"

他感觉到,那些花被人买走,临出门的时候也在跟他告别:"阿栗,谢谢你,是你让我们变得这样美丽。再见了!"

一个如此爱花的人,开花店真是再合适不过了呀!

这天，阿栗把所有的花卖出去了，一个人坐在有些空旷的屋子里。怎么这么香呢？他吸吸鼻子，到处找了找。哦，原来是那枝插在有花纹的木桶里的百合呀，清香就是从它的花枝上散发出来的，整个屋子都变得香香的了。

阿栗想了想，突然感觉有点儿奇怪。这枝百合在木桶里已经插了整整三天了吧，怎么还没有开呢？它还像刚刚插进去时那样，花瓣儿紧紧闭着，不肯绽开。

这可是从来没有过的事呀，三天了还没有开花。

细心的阿栗又给百合重新换了清水，理了理枝叶。

这天晚上，阿栗做了个奇怪的梦，梦见一个白衣白裙的少女，被一张大网罩住。她在网下痛苦地挣扎着，向阿栗伸出求援的手，好像在说："救救我，救救我呀！"

阿栗很想帮她，可是他伸出去的手刚要够到网扣，就被一阵突如其来的风吹开了。那风冷飒飒的，吹得他站都站不稳。他只能眼睁睁地看着少女在网下挣扎。

第二天醒来，他的心里还闷闷不乐呢，卖起花来都有些心不在焉。

老奶奶下楼来，倚着门框关切地问他："阿栗生病了吗？怎么无精打采的呀？"

"没有呢，奶奶。我好着呢。"

阿栗努力地对奶奶笑笑，忘记了梦中的情境，开始努力地干活儿。

过一会儿他去看木桶里的百合，还是没有开呀，紧紧地闭着花瓣。他抓了一把盐撒到水里，喃喃自语："加点儿盐，加点儿盐，快快地开放吧，美丽的百合！"

可是，夜里阿栗又做梦了，又梦见那个被罩在网下的少女。她在起舞呢，多优美的舞姿呀，云似的轻柔，风似的舒缓。她想冲破网呀，向阿栗伸着手凄婉地叫着："救救我，救救我呀！"

阿栗伸出手想帮她解开那张大网，可是，一阵扑面的冷风让他站立不稳，连连地退出好远，还是够不着少女的手。他明白了，这一定是被魔法困住的百合姑娘，等待着他的帮助呢。可是，怎样才能解开魔法呢？

接下来的几天，阿栗连花店都没有心思照料了，心里总想着困在网中的百合姑娘。他又往小木桶里加了些甜甜的白糖，喃喃自语："加点儿糖，加点儿糖，快快开放吧，美丽的百合。"

可是，水中的百合还是静默不语，紧紧地闭着花瓣。

阿栗用尽了办法，试着往小木桶中加了盐，加了糖，甚至加了他生病时吃的小药片，还有楼上的房东奶奶送给他的珠子似的小糖丸，说是她在远方的孙子寄给她的，上面还印着外国字呢。

可是，一切办法都没有用，百合花还是没有开放。

阿栗还是梦见她在网下苦苦地挣扎着，越来越多的网扣困着她，缠着她。她伸着手轻声叫着："阿栗，阿栗，救救我呀！"

已经快十天了，小木桶中的百合花变得有些憔悴，有些枯萎。

阿栗急得饭都吃不下去，每天守着小木桶发愁。有什么办法能救百合姑娘呢？这天晚上，关了店门，阿栗在灯下坐着，对着那枝变得不再新鲜的百合，他心里好难受啊！他抚摸着百合的枝叶，轻声叹气说："我要怎么做，才能救你呢？"

阿栗心里好乱哦，想起变心的女友，想起在乡下的爸爸妈妈，想起自己进城后的经历。特别是想起还在网下苦苦挣扎的百合姑娘，他的心里像打翻了五味瓶，什么滋味儿都有。百合在灯光下显得格外柔弱,花叶都开始下垂了。

阿栗的心里很难过,不知不觉泪水涌出他的眼眶,一滴滴掉进了桶里,滴到百合的枝叶上。那不是普普通通的泪,那是阿栗从心底流出来的伤心的泪。俗话说"男儿有泪不轻弹,只因未到伤心处",看到枯萎的百合,阿栗真的很伤心很难过呀!奇迹出现了,小木桶中的水突然变得格外清澈,那枝被阿栗泪水浸染过的百合,竟然一点点地变得鲜活起来,就像当初刚刚来到店里时那样啊!

呀,多奇妙的事情啊!一屋子都是香味儿。

阿栗惊奇地睁大眼睛看着,那枝紧闭不开、日渐枯萎的百合,在灯光下慢慢地绽开了花瓣。多漂亮的花瓣呀,一片片缓缓地舒展开来,就像节日夜晚天上的礼花那样动人!而且,花瓣的中央,还有一个小小的女孩儿,白衣白裙,慢慢地从花蕊中坐起来。她揉揉眼睛,像刚从梦中醒来那样,好奇地打量着周围的一切。

"你就是阿栗吧?谢谢你救了我。"

她给阿栗施了个礼,多懂礼貌的女孩儿啊。慌得阿栗不知道怎么说才好,脸都因为害羞而变得通红了。

从那时起,"阿栗花店"里多了一个漂亮、勤快的女孩子。她穿着素雅的白衣白裙,跟在阿栗身边忙碌着,给花儿修枝呀整叶呀,脸上满是甜甜的微笑。

花店里溢满了浓郁幽雅的香气。

买花的客人惊喜地说:"阿栗娶媳妇了?怎么不请我们吃糖呢?"

楼上的老奶奶也探出头来,大声地说:"啊噢噢——多漂亮能干的姑娘啊!是阿栗从乡下带来的吧?叫什么名字?"

阿栗脸红红地说:"奶奶,她叫百合。"

老奶奶说:"百合?百合姑娘,多好听的名字啊!"

这个好听的名字,让她想起自己年轻时那些快乐的时光。老奶奶坐在窗前,看着这对幸福的年轻人,被楼下的花香迷醉了,好像进入一个美丽的梦境。

老奶奶喃喃自语:"啊噻噻——好香的花儿啊!今晚一定会做一个好梦。"

奇妙的"烟盒舞"

咔嗒嗒——咔嗒嗒,

一二三——三二一,

咔嗒嗒——咔嗒嗒……

原来是一群老人在公园的大树荫下跳烟盒舞①呢,跳得太入迷了,身子扭动着,越跳越轻盈,就好像回到了年轻时候,还没有结婚成家生儿育女的时光。

老头儿边跳边想:那时候多好哇,一到夜晚,躲着爸爸妈妈,相约着跑到大树下,就着月光跳烟盒舞。跳着跳着,就和漂亮的姑娘躲到竹林子里谈恋爱去了。

老太太边跳边想:烟盒舞多好啊,跳着跳着,就遇见了自己喜爱的小伙子。跳啊跳啊,一直跳到月亮落到山背后,剩下星星在天上眨眼睛,也不想回自己的家去。那时候头发多黑啊,长长的像黑色的瀑布,在风中飘来飘去,吸引得小伙子们,不肯离去。

---

① 烟盒舞:云南少数民族的一种舞蹈,用竹子烟盒做道具,随着音乐碰撞出悦耳且有节奏的声音。

161

咔嗒嗒——咔嗒嗒，

一二三——三二一，

咔嗒嗒——咔嗒嗒……

老人们跳得那么投入，恍惚中岁月倒流，都回到了美好的过去，忘记了自己是白发苍苍的老头儿老太太，到公园只是为了锻炼身体，打发每天多余的时间。跳着跳着，脚步悄悄地就变得轻盈起来了，脸上的一条条皱纹无形中也舒展了许多。跳着跳着，老人们红光满面，好像返老还童了。

"烟盒舞真是好看啊，这些老人变得年轻多了！"

公园的小保安是个刚从乡下进城的年轻人，穿上保安制服，还有些不太习惯。他看着老人们跳舞，就想起了乡下的爷爷奶奶。他们也会跳烟盒舞，只是平日里要下地干活儿，只有逢年过节的时候，才能聚在一起欢乐欢乐。

"城里的老人，比乡下的爷爷奶奶，可幸福多了啊！"

小保安也学过烟盒舞，只不过学艺不精，只学会了几个简单的动作，还不好意思在人前跳。要是学会了，没准儿会有姑娘喜欢自己呢。听说爷爷奶奶年轻时，就是跳烟盒舞认识的，跳着跳着，后来呀就变成了他的爷爷奶奶。

所以，跳烟盒舞真的很奇妙啊！

天快黑了，那些跳舞的老人们才意犹未尽地停下来，擦着汗，收拾东西准备回家。一个老奶奶嚷嚷着自己的烟盒不见了。

她着急地说："那可是一副漂亮的烟盒哪，是乡下的亲戚用最好的竹子做了送给我的，我每天都要用它来跳烟盒舞，要是丢了可怎么办哟！"

她张开两只手，急得快要哭了。

大家都帮着她找，可是，树下的几片落叶是藏不住东西的，湖边的水浪也没有大到可以把东西卷走。这烟盒到底上哪儿去了呢？

有人抬头看看大柳树的枝干，也许小鸟把烟盒抬到树枝上去了？

可是，小鸟哪里抬得动那么大的一副烟盒，比它的身体还要重呢。

找呀找呀，天快黑了。老奶奶只好叹着气，跟着大家一起走了，她说明天还要来，再到处仔细地找找。她舍不得已经被她的手磨得锃亮的烟盒，还系着细细的红丝线呢，每天晚上睡觉前，都要听听它"咔嗒嗒"的声音，才睡得香甜，做得成好梦。

今天晚上老奶奶看来是睡不着觉了。

公园渐渐地安静下来，只有湖里的水浪轻轻拍打岸边，发出哗哗的响声。

小保安沿着湖边四下巡视着，另外一个比他稍胖的保安，还有一个高个儿的保安，说是还要在屋子里喝杯茶才能出来，让他慢慢地先走着看看。

小保安心里明白，自己是新来的，比别人多走走多看看，那也是应该的。离开家的时候奶奶就教导他，到了城里一定不能偷懒，凡事要比别人多出力。奶奶经常对他说："力气是个怪，使了它又来。小伙子懒了，姑娘是不会喜欢他的。可要记着找个好媳妇带回来，让奶奶也高兴高兴。"

小保安一想起奶奶的话，就怪难为情的。

奶奶不知道，其实在公园做保安，并不需要出力气干活儿。每天不过是到处走走看看，维持一下秩序，帮助人解决些小难题，比在乡下轻省多了。

虽说是这样，可偏偏小保安是个热心肠的人。别的保安坐在树荫下面喝茶，乘凉，他却坐不住，总是到处走，到处看。帮走散的小孩子找爸爸妈妈，搀扶老奶奶找个椅子坐下，或者帮清洁工人扫扫垃圾。他总能找到事情做。

现在夜深了，公园已经关门，游人都回家了，可小保安还是认认真真地走在小径上，四下里察看着。其实深夜里公园的景色是很美丽的，半圆的月亮挂在树梢上，洒下一地银亮的光，那些从树丛间漏下去的光，到了地上，就变成了细碎的银珠子，随着树叶儿在风中的摆动轻轻地跳跃，像一群顽皮的孩子在做游戏呢。

虽说别人坐在屋子里喝茶，自己却要一个人到处巡查，小保安心里并没有不高兴。你想想，游人都回家了，现在偌大的一个公园，只有他一个人。那些花呀草呀，树上栖息着的鸟呀，全都是他的了，还有湖面上开着的睡莲，水边无声漂浮的天鹅、野鸭，都只给他一个人看。

一个人拥有一个公园，这是多么奢侈的事啊，高兴还来不及呢。

小保安心里充满快乐，脚步轻快地在小路上走着。

水面传来"扑通扑通"的声音，他不用看也知道，这是湖里的鲤鱼在水里憋了一天，等没人了，就蹦出水面透气来了。

小保安刚来时，夜里巡查，不知道这是鲤鱼跳水，还以为遇见了什么妖怪呢，吓得直往胖保安的背后躲，引得其他几个保安哈哈大笑，好几天过去还笑他胆小。现在小保安胆子大了，敢一个人走在深夜的公园。在乡下时他确实胆小，那是因为乡下没有这么明亮的灯光，一到夜里到处黑黢黢的，山也变成了狮子、老虎、狼的影子，好像随时会扑过来咬人。风从树间吹过，就像隐藏着的妖怪在唱歌。谁要是不害怕才怪呢!

可是城里有永远不灭的灯火,亮得让天上的星星都暗淡了。像今天晚上,有明亮的月光,身边有那么多花草、动物做伴,胆子悄悄地也就大了。

小保安对湖里的鱼说:"跳吧,跳吧,都憋了一天了。现在你爱跳多高就跳多高,也不用担心会有人把你捉了去,做成汤喝了!"

鱼像是听懂了他的话,果真又高高地跃出水面,像体操运动员似的来了个三百六十度大空翻,让小保安看得目瞪口呆。

当他走到离湖边大柳树不远的地方时,突然听到传过来一阵竹板的声音:

　　　　咔嗒嗒——咔嗒嗒,
　　　　一二三——三二一,
　　　　咔嗒嗒——咔嗒嗒……

"噫,这不是烟盒舞的声音吗?这么晚了,是谁在那里跳舞呀?"

小保安拨开树枝看过去,月光下,果真有一个女孩子正在树下跳烟盒舞呢。她穿着一身绿色的衣裙,头发长长地飘舞在风中,扭着腰正跳得起劲呢。

她竟然知道小保安在树后面窥探呢,招招手说:"出来吧,来一起跳烟盒舞啊!"

小保安不好意思地走了出来,搓着手说:"都这么晚了,你也应该回家了吧?"

那女孩子没有停下脚步,边跳边说:"不晚啊,月亮不是还在天上走着吗?鲤鱼都还在水中跳呢,快来啊,一起跳烟盒舞!"

她的舞姿好看极了,就像风摆柳似的,跳出些小保安见都没有见过的花样。比白天那些老爷爷老奶奶们,跳得更是漂亮多了。

小保安的心痒痒的,脚痒痒的,真想跟她一起跳啊,可又不好意思。

女孩子似乎看出了他的心思,跳着过来变戏法似的从手中变出了一副烟盒递给他,扭着腰说:"快点儿呀,一起跳!"

小保安低头一看,咦?好漂亮的烟盒啊,光滑可鉴,上面还拴着红红的丝线。他突然记起了,这不是白天老奶奶丢失的烟盒吗?怎么会在她的手里?

女孩子不好意思地笑笑说:"老奶奶的烟盒实在太漂亮了呀,想不拿都不行,实在忍不住,就悄悄借来用用。明天一定还给老奶奶,一定。"

小保安认真地说:"一定要记着哦,老奶奶没有了烟盒,觉都睡不好的。"

女孩子点点头,又开始跳起来。

天哪,她跳的花样真多呀,什么凤凰点头,鲤鱼戏水,天鹅展翅,野鹿觅食,蚂蚱走路,老虎打架①,跳得人眼花缭乱。小保安不知不觉地就跟着一起跳了,起先还有些生疏,有些腼腆,跳着跳着就投入进去了,想起寨子里过火把节时隔壁阿妹的笑脸,想起家乡的青山绿水,山上盛开的杜鹃花,山里藏着的美丽的狐狸、可爱的小猴,想起上山打柴、拾野菌的乐趣,脚步慢慢就顺溜了,越跳越像那么回事了。

跳着跳着,小保安突然记起一位年长的保安说过,他见过美丽的树精夜里出来跳舞,一不小心就会被魅惑了。那么眼前的这个女孩

----

① 这些都是烟盒舞变化出来的种类,舞者模仿山上动物的动作,舞姿优美。

子,一定是柳树精变化的了？不过,就算真是树精,烟盒舞跳得这么漂亮,也没什么可怕的呀!

> 咔嗒嗒——咔嗒嗒,
> 一二三——三二一,
> 咔嗒嗒——咔嗒嗒……

小保安和树精对着跳,背着跳,跳出无数的花样来。他觉得整个公园都在旋转,天啊地啊,湖啊花草啊,全都在转,在起舞,心里愉快极了。这是他进城以来最高兴的时刻啊!什么烦恼都抛到一边去了,只是想跟着她不停地跳下去。

胖保安和另一个高个儿的保安喝完茶,来到湖边巡查时,老远就听到了烟盒敲击的声音,那么清脆地随风传出老远:

> 咔嗒嗒——咔嗒嗒,
> 一二三——三二一,
> 咔嗒嗒——咔嗒嗒……

胖保安说:"一定是树精,月光好的夜晚树精就会出来跳舞,忘记给小保安交代了。"高个儿的保安说:"不过,树精的舞可真是太漂亮了,我真想跟她跳一回哪!"

树精听见他们的声音,叫着说:"来吧,来吧,一起跳呀!"

她的手一扬,又变出了两副烟盒,隔着树丛扔到他们手里。

两个保安的脚也痒痒了,不知不觉就加入跳烟盒舞的行列中了。

小保安跳得如痴如醉,大汗淋漓,干脆把保安制服脱了,穿一件白色的上衣,英姿勃勃地继续跳。他现在多帅气啊,像个王子似的快乐起舞。

胖保安和高个儿保安也把制服脱了,穿着蓝色和红色的上衣跟在树精后面起劲儿地跳。他们的脸上也现出了舒心的微笑。树精妖媚地扭着腰教他们:

咔嗒嗒——凤凰点头,

咔嗒嗒——鲤鱼戏水,

咔嗒嗒——天鹅展翅,

咔嗒嗒——老虎打架,

咔嗒嗒——咔嗒嗒……

他们越跳越熟练,越跳越快乐,把树上的鸟儿都惊醒了,睁大眼睛好奇地往下看。湖里的鲤鱼也直往水面蹦,想知道岸上到底有什么热闹可以看。

树精带着他们往大柳树那边一点点跳着移过去,大柳树不再是白天看到的那样,只是一层厚厚的树皮包裹着。现在它的树身突然变得透明可见,里面似乎是一间宽敞的屋子,铺着绿色的地毯,贴着绿色柳叶的壁纸,长桌子上摆着印有柳叶图案的杯子,还有一大罐绿色的可口饮料。

树精边舞边问他们:"口渴了没有?要不要一人喝一大杯冰凉的饮料?"

她这么一说,小保安首先觉得口渴无比,跳了半天,出了那么多汗,好想喝一大杯冰凉的饮料啊,甜甜的,凉凉的,顺着喉咙一直流下去,多爽啊!

胖保安和高个儿保安，心里也是这么想的。他们的脚步朝着大柳树，一点点地挪了过去。心里明明知道树精的屋子，不可以进去，进去后就出不来了，可就是管不住自己的脚步呀。树精招着手，笑眯眯地舞着，领着他们朝着屋子滑去。

她自己先闪身进了屋子，倒了一大杯饮料，一仰头喝下去，脸上满是舒服的微笑，然后招手说："来呀，来呀，快来喝饮料啊，甜甜的凉凉的饮料啊！"

小保安的手已经摸着树精的门框，脚一抬，就要进到屋子里去了。

胖保安和高个儿保安紧紧跟在他的后面。

在这个时候，一个年长的、长胡子的保安来了，他在公园里做事好多年了，对这里的一切都十分了解，包括树精。

他大喝一声："站住，不能进去！"

树精恨恨地瞪了他一眼，突然就不见了。转眼间，大柳树又恢复了原来的样子，依旧是一身粗糙的树皮，细细的柳丝在夜风中飘啊飘。

小保安觉得好困啊，简直比在乡下家里干农活儿还累。他伸了个长长的懒腰，倒在大柳树下，呼呼睡去。胖保安和高个儿保安，也伸了个懒腰，倒在小保安身旁。他们互相倚着靠着，甜甜地睡去，脸上都还挂着快乐的微笑。

长胡子保安点着烟，坐在一边，静静地守着他们。

第二天，老奶奶丢失的烟盒好好地摆在大柳树下。

老奶奶惊喜地叫起来："哎呀，我的烟盒找到了！一定是那个爱帮助人的小保安，是他帮我找到的。小伙子，谢谢你啊，谢谢！"

小保安抓抓脑袋，不知道说什么才好，不好意思地笑了。

狐狸围脖

那是一条多么漂亮的围脖啊！

从北方来的阿姨戴着的围脖让小飞震惊极了。那可是一条真正的小狐狸做成的围脖，金子一样的毛色，柔软得像一片波浪。连眼睛都像活的一样，亮闪闪地放着光。如果不细看，真的会以为阿姨脖子上驮着一只火红的活狐狸呢！

小飞好想用手去摸一摸狐狸的头和身子，尤其是那条毛茸茸的大尾巴。可是，北方的阿姨似乎看出了小飞的心思，总是躲着他，生怕他的手弄脏了自己的围脖。

北方阿姨夸张地说："我这可是一条贵重的围脖哟，花了几千元买的！是用大兴安岭深山里的一只真正的狐狸做成的，可暖和了！眼睛是两颗宝石镶成的，老值钱了！"

她越这么说，小飞越是想摸那条被她说得珍贵无比的围脖。可北方阿姨始终不肯取下围脖，总让那只火红的小狐狸紧紧地抱着她的脖子。

在屋子里还总让一只狐狸抱着脖子，北方阿姨的样子看起来有点儿滑稽和怪异。可是，昆明的冬天并不冷啊，大地上阳光灿烂，山茶花在园子里绽放花蕾，小鸟在树丛间欢快地唱着歌。这里没有北方的冰天雪地，也就用不着在身上包裹厚厚的物品来御寒。北方阿姨很快就感受到了昆明冬天的温暖，她的脖子上开始出汗了，细细的小小的汗珠，让她有些坐不住了。

妈妈说："还是把围脖取下来吧，屋子里热。"

北方阿姨说："还是戴着吧，习惯了。我不舍得这条珍贵的狐狸围脖离开我呢！"过了一会儿,阿姨的脸上出汗了,身上出汗了。汗珠子捂出的热气,让阿姨的身体蒸笼似的冒出丝丝缕缕的热气来,连那条珍贵无比的狐狸围脖,都滴上了几滴汗珠,让人看着怪可惜的。

妈妈说:"还是取下围脖吧,真的很热啊!"

北方阿姨想了想,只好把狐狸围脖取下来,抱在怀里。

妈妈从柜子里找出块白色的绸子方巾,铺在桌上说:"放到这个上面吧,不会弄脏的。这可是绸子的方巾,是我从上海带回来的。"

也许是"上海的绸子"打动了北方阿姨,她这才小心翼翼地把围脖放到桌上去。

现在看起来,围脖就像一只火红的小狐狸,安静地卧在一片雪白的原野上。那景象,真的是美极了,小飞看得有些呆了。

那天夜里,小飞怎么也睡不着了,心里总想着那只安卧在雪白绸巾上的狐狸围脖。小狐狸会不会活起来了呢?它会不会跑了呢?也许,绸子方巾上空空的什么也没有了。还是去看看吧,去看看才放心,今晚才睡得着呢。

无数的念头让小飞这孩子无法入眠。最后,他蹑手蹑脚地从床上下来,摸到了客厅,借着窗外射进来的月光,看到小狐狸的眼睛闪着晶莹的光,吓了一跳,以为它真的活过来了,再仔细一看,却是那两颗宝石眼睛在放光。小狐狸一动不动,乖乖地卧在白绸巾上,好像是在做梦。

小飞终于可以用手去摸小狐狸了,天哪,那毛竟是如此柔软,像是拂过一片云,又像是拂过华丽的绸缎,真是太奇妙了呀!

第一天晚上,小飞只是用手轻轻地摸了小狐狸的身体。他不愿意称那是一条围脖,那明明是一只小狐狸完整的身体呢。

早上起来,北方阿姨看了看围脖,没有发现有人动过的痕迹,放心地出去玩了。

　第二天晚上,等大人们都睡着后,小飞悄悄地下了床,又去看望小狐狸。这回他带了手电筒,可以细细地观看小狐狸了。它的宝石眼睛在手电光的照射下,绿莹莹的好像活的一样。小飞觉得,它的眼睛里有一些伤感, 就像平时自己在学校受了委屈, 又没有人诉说的样子。他拍拍它的头,轻声说:"小狐狸,你是不是想你在大兴安岭的家了?告诉我,那里好玩吗?是不是很冷?我听人家说,在东北的冰雪中,鼻子冻得一拧就会掉下来呢,是真的吗? "

　小狐狸的眼睛好像转了一下。

　再细看又没有动静了,小飞轻轻地叹了口气。毕竟只是张狐狸的皮呀,怎么能希望它活过来,给自己讲大兴安岭的故事呢!

　可是,他真的好想知道,关于大兴安岭,关于这只火红狐狸的故事。

　这孩子忘记了睡觉,就那么呆呆地和小狐狸对望着。

　突然,他发现雪白的绸巾上面,不知道什么时候落下了三根金色的毛,像三根金针似的躺在上面。这是小狐狸的毛呀,每一根毛都那么漂亮,真不愧是来自大兴安岭的火红小狐狸啊,连毛都与众不同!

　可是这毛能做什么用呢? 小飞皱着眉头想了想。

　如果把它们收藏起来,那将是多么了不起的藏品呀!比平时收藏的那些纸牌呀、玻璃弹子呀、卡通图片之类的东西,不知道要稀奇多少倍呢!

　小飞忽然记起曾经在一本关于魔法的书里看到过的话, 如果把某些奇特东西的毛发用火烧,将会出现意想不到的奇迹。

　这会是真的吗? 火红狐狸的毛算不算得上奇特呢?

　还是试一试吧,更深人静的夜里,总会有些奇妙的事情发生吧。

一个念头一旦产生了，就会着了魔似的，赶也赶不走。这孩子拿来一盒火柴，轻轻地划着了一根，再把一根金色的狐狸毛凑到火焰上去。他的心咚咚咚咚地跳起来，期待着眼前会出现意想不到的奇迹。

狐狸毛在火焰上点着了，卷曲起来，一股淡蓝色的青烟弥漫在手电光下，有些诡秘怪异。可是，毛都快烧完了，也没有奇迹出现，孩子好失望哦！

还剩下两根金色的狐狸毛，烧不烧呢？

他停不住手了。

孩子又划着一根火柴，把第二根狐狸毛凑到火焰上去。又是一阵淡蓝色的烟雾弥漫开来，像一层淡蓝的纱幕。突然，奇迹出现了，那纱幕上面映出了一层朦胧的影像，就像看电影似的，一点点地变得清晰了起来。那一定是大兴安岭的景色，高高的山岭上铺着厚厚的白雪，连大松树、白桦林都穿了一层银白色的盔甲，北风呼呼呼地尖叫着。

多么壮观的北方冬天的美丽景色啊！

那奔跑在雪野中的东西是什么？是狐狸一家吗？是现在被做成了围脖的小狐狸一家吗？那时它可是一只真正的狐狸呀，它金色的毛皮上落了一层白雪，在树林间奔走跳跃，跟在爸爸妈妈身后寻找食物。

那曾经是一只多么可爱、快乐的小狐狸啊！

孩子的心里被温暖和爱意充满了，脸上现出幸福的微笑。

可是，纱幕渐渐地消散了。原来是第二根狐狸毛已经烧到了头，变成了一小团卷曲的灰烬。他的手指差一点儿就被火焰燎着。

幸好，还有最后一根狐狸毛。孩子赶忙又划着一根火柴，急切地把狐狸毛凑到火焰上去，好让那层淡蓝色的纱幕重新现出来。他都有些迫不及待了。

这回纱幕上出来的是北方山林春天的景象，小河解冻了，清冽的水哗哗地流淌着,小松鼠在林间舒展着身子,好像在说"春天真好啊,终于又可以出来玩了"!

小红狐狸一家呢? 哦,它们出现了,小溪的水流中映出了狐狸一家的身影。冬天过去,它们好像瘦了一些,毕竟冬天的森林里可以吃的东西太少了。现在,它们在小溪边漫步,小红狐狸对着水面,梳理自己金子般的皮毛。

真是一只爱美的小东西!

突然,从森林的树枝间冒出了一个可怕的景象:一个黑洞洞的枪口,悄悄瞄准了小红狐狸的身影,可是它一点儿也不知道,还爱美地对着水镜子照来照去呢! 小飞的心一下子提到了嗓子眼儿,差不多要叫出声来了:"快跑呀,小狐狸,危险! 快跑! "

子弹以风一样的速度,比孩子的叫声还要快上一拍,急迫地飞了出去。

正在对着水镜子梳妆打扮的小红狐狸突然就倒下了。纱幕上,它的头缓缓地转过来,似乎还不明白发生了什么事。好好的一个春天,为什么风会带来子弹?

"哦,天哪,真是太可怕了! 可怜的小狐狸……"

轻烟燃尽,纱幕无声地消失了,只剩下孩子轻轻的叹气声。

就在小飞收起手电想要回去睡觉的时候,一件奇怪的事情发生了。他好像看见桌上的狐狸轻轻地动了一下,毛茸茸的大尾巴摇了摇。

这是真的吗?

孩子不相信地揉揉眼睛,凑上前去仔细地看。他看到小红狐狸的宝石眼睛似乎悄悄转动了一下,闪着莹莹的光。

天哪,小狐狸活过来了? 不会吧?

可是,这回他看得很清楚,小狐狸的身子真的动了。它从梦中醒来似的,轻轻伸了个懒腰,四下里张望了一下,说:"这是在哪儿呢?怎么这么黑啊?"

它还说话了?

看见小飞惊讶的样子,它嘟囔着说:"拜托,别用那么奇怪的眼光看我,好不好?"

"可是,你活了? 你真的活了吗,小狐狸?"

狐狸说:"你看过的那些魔法书里难道没有写着, 如果有人在夜里点燃三根狐狸毛,死去的狐狸就会复活吗? 那可不是一般的毛,是有神奇魔力的毛哦!"

孩子不记得魔法书有没有写过这样的事,不过他还是很激动。

"那么,小狐狸你活过来了,你要到哪里去?!"

小狐狸说:"我要回到大兴安岭的森林里去,那是我的家乡啊!"

"可是,北方那么遥远。"

"没关系的,趁着魔法还没有消失,我能回去。再见,谢谢你的帮助!"

"可是……可是……"

话还没说完, 小狐狸突然一跃身, 火红的影子从窗户那儿消失了。

"小狐狸,小狐狸,你小心啊!"

第二天早上,小飞醒来时,明亮的阳光已经照进房间,小鸟在树上叽叽喳喳地叫着。他突然记起,夜里好像发生过一些什么事情。

那么,到底是什么事情呢?

他飞快地冲到客厅,桌子上什么都没有,连那块妈妈从上海带回来的白绸巾都不在了,只有阳光的斑点在桌子上面跳舞。

妈妈说北方阿姨已经走了。

小飞想问问狐狸围脖的事,想了想又忍住了。他更愿意相信,狐狸围脖已经变成小狐狸,回到大兴安岭的故乡了。这可是一个只有小飞自己才知道的秘密。此刻,这个拥有秘密的孩子,心里充溢着幸福的滋味。

香樟树的女儿

上篇

一

一棵香樟树,要修炼多少年,才能实现成精的梦想?

香樟树精乘着春风陷入遐思。

当初她作为一粒种子刚刚落入泥土的记忆,已经有些模糊了,只记得在大地的怀抱里汲取雨露生根、发芽、长大。树旁的村庄从无到有,树旁的小路上走来的人影总在变换。她经历了数不清的风吹雨淋,从一缕香魂开始修炼。

有谁知道,树精是在年轮中炼成的。经历了一百年漫长的期待后,终于在这个春天迎来了成精的日子。一股芳香的气息在山野中弥散开来,香樟树枝头突然绽放出满树花蕾,如米粒般大小,如星星般光耀。香樟树精终于可以变成人形,在细雨中欣喜地绕着树身起舞。那些常年借宿在她枝叶间的鸟儿们,也齐声欢鸣为她唱一曲动听的歌。多么美丽的女人啊,多么芳香的精灵。她有着长长的手臂,洁白柔媚的身体,如花一般温馨可人的面容。

修炼成精后就意味着可以和人一样,自由地在大地上行走,而不像原来只以一缕香魂飘散在枝叶之间。当小叶子路过树下时,只能借风的手去轻拂她的面庞,为她捡去衣服上的草屑。树精欣喜地想,终于可以亲手抱抱那个可爱的孩子了,单是想一想都觉得无比兴奋和幸福呀!

那个孩子从一个小小的婴儿起,就成了香樟树的孩子。

小时的她竟然那么喜欢哭闹,看见花开要哭,看见鸟儿飞过要哭,就是天上的云路过她也要哇哇地哭一阵。大人听不懂她的话语,她其实是想留住那些喜欢的事物,想说出心里对世界的爱恋。可她还是个婴儿,不会说话,就像香樟树还没有成精前一样,只能以一缕芳香存身。

为了那孩子的哭闹,孩子的奶奶抱着她来到香樟树下,郑重地烧了几张纸钱,叩了头,把孩子祭拜给香樟树做女儿了。奶奶在树枝上挂了根红布条,给孩子取名小叶子,那正是树精喜欢的名字呢!

奶奶郑重地对香樟树说:"今后就拜托你了,保佑这个孩子健健康康、聪明伶俐地长大吧。女孩子还要长得漂亮一点儿哦!给她点儿你的芳香吧,给她点儿你的灵气吧!"

奶奶的话让香樟树很高兴,她把浓郁的花香吹到那对祖孙的脸上,还吹下几片芳香的香樟叶到孩子的身上、脸上,想让她带着香气回家。从那以后,小叶子果真再也不哭了,很乖巧地长大了,转眼之间就长成了一个十岁的漂亮小姑娘。

她知不知道自己是香樟树的女儿呢?

香樟树一直有点儿担忧,要是那个孩子嫌弃自己是棵不会动的树,不愿意做她的女儿怎么办呢?小叶子每天上学、放学都要从树下经过,背着书包蹦蹦跳跳的身影多么生动啊!香樟树的香气一直追随着她,保护着她。所以和别的孩子不一样,小叶子每回到了学校,肩上发上总会有几片香樟树叶,那么温情地呵护着她。孩子们总是有些嫉妒地说,小叶子是香樟的女儿呢,身上总有一股芳香的气味包围着。上课倦了,下课时跑到她身边待一会儿,就会神清气爽。

做树精的女儿有什么不好?村里人骂那些长得漂亮妖娆的女孩子才会说,你个小妖精!明着是在骂,暗地里却露出比对别的孩子更多的疼爱,似乎在暗示,长得不漂亮不灵气的孩子,连做妖精都没有资格呢。

人就爱玩这样的把戏,活了一百年的树精已经见惯了他们。

呵呵,从今天起,就是个真正的树精了!只要高兴,她可以妖妖娆娆地在空中飞舞,也可以化作人形在地上行走,还可以亲自抱抱那个从小祭拜给自己的女儿。这是多么高兴的事啊!树精轻声唱起快乐的歌,在那些刚刚绽放的花蕾间飞旋起来:

啦啦啦——

啦啦啦——

花开了,叶绿了,

芬芳的气息弥漫了,

我的我呀新生了。

啦啦啦……

二

正是谷雨时节,空中飞舞起缕缕细雨,如丝如雾飘浮于天地之间。

都说雨生百谷清净明洁呢，果然到处可以看见春天的气息丝丝缕缕地从大地上升腾着，弥漫了人间。被春雨洗过的香樟树，焕发着春天的气息，满树绿叶撑开一把华盖，如同一把巨大的伞，护住了树上的鸟儿树下过路的行人。

小叶子远远地就看见一个婀娜的身影，撑着翠绿的伞，等候在她回家的路上。她的心突然狂跳起来，这分明是自己梦中梦见过多少回的情景呀，今天怎么突然变成真的了？一个已经陌生的词从她的唇齿间悄然滑出：妈妈——

小叶子从来没有对人说过自己心里的期待，那是一个很普通也很隐秘的愿望：上学的路上有那个人的身影，遥遥地目送自己。放学的途中有那个人的身影，远远地等待自己。不要太多的呵护，只要能看见她的身影，小叶子就有勇气去面对生活中的所有难题。小叶子从小就是个坚强的孩子，不会奢求太多。

可是，那个人的身影像天上的白云，在小叶子刚刚一岁时就飘出了她的生活，只留下奶奶和小叶子相依为命。小叶子三岁时见过她一面，六岁时又见过一面，所有的记忆就像梦境一样，只依稀记得她的身影，面容却早已经模糊了。

可怜的小叶子虽然不对人说什么，但小小年纪就已经会在心里感叹：人的心为什么要分成几瓣呢，朝不同的方向牵挂着不同的人，只是，那个人也会牵挂小叶子吗？

眼前的这个女人，会是她吗？

小叶子的心突然像鼓点般狂跳不已，她差不多是小跑着上了山坡。那个身影竟然也像她一样急切，快步迎了过来。她们在离香樟树不远的山坡上面对面地站住了，都有些紧张地打量着对方。现在小叶子可以清晰地看见面前的女人了。啊,她竟然美丽得像云一样飘逸!身上着一件绿色的衣裙,长发如流水般披散在肩头,眉眼之间有着如风如雾的柔情,眼睛里闪现着慈爱的光芒,那么期待地看着小叶子。

看着看着,笑意像水纹一样在女人的眼睛里荡漾开来,她伸出长长的手臂温柔地抱住了小叶子,在她耳边吐出一串梦幻般的音符:"啊!我终于抱住你了,可爱的小叶子。"

小叶子闭住眼睛,感觉自己是被一团云包裹起来了,那么芳香松软的一团云啊!她好像随着云飞起来了,在高高的天空轻盈地飘舞,在香樟树的枝叶间欢快地穿行。鸟儿在她的耳边唱着动听的歌声。就算是个梦吧,也不想马上醒来,就这么甜蜜地在梦乡多待一会儿吧!

女人的手轻轻拂过小叶子的面庞,如丝绸般轻滑畅意。女人的手轻轻理着小叶子散乱的黑发,转瞬之间就为她编出两条漂亮的麻花辫。她的手向空中轻轻一招,一只翠鸟衔来一条印满奇异花纹的发带,把小叶子的发辫点缀得五彩缤纷,连鸟儿都想在上面歇息呢。

雨也停了,天地间满是畅意的新绿。

小叶子有些害羞地抬头看看面前的女人,陌生中似乎又有着一股熟悉的气息。记不起是哪里见过她,但一定是见过的。脸上那分笑意,眼中那份牵挂,如同温暖的河流在她的身边唱着柔情的歌,让人像喝了酒般快要醉了。

幸福突然之间就降临了呀!小叶子喃喃低语,那个隐藏在心底很久都没有变生的词,在她心里奔腾着,舌头也抵挡不住,喃喃地就从嘴里滑了出来:

"妈妈——"

比小叶子还幸福的是树精。

现在不但能亲手抱住这个从小关爱着长大的孩子,竟然还能听孩子叫一声"妈妈",那是她一百年生命中最动听的音乐!曾经有那么多从她树下走过的人,那么多得到她的树荫庇护的人,那么多闻过她的花香的人,只有小叶子叫她一声"妈妈"!

树精醉了,醉在小叶子喃喃的呼唤里。

这一刻她感觉一百年的修炼所付出的等待,所经受的煎熬,都值了。

修炼成精的感觉真好!

她一直把小叶子送到篱笆边,往她手里塞了那把翠绿的伞,这才依依不舍地松开手,飘然离去。临走前,她俯在孩子耳边低声说:"明天,我还会在山坡上等你放学的,记住了哟。"沉浸在幸福中的小叶子神情恍惚,感觉她是在空中飘飞而去的,像一团云一样轻盈地飘走了……

三

奶奶的身影佝偻着,如同山上枯老的树干。

她不停地走动着,屋子里、菜园里,不停地干着永远也干不完的活儿,不停地和母鸡说话,和院子里躺着的花狗说话,和篱笆边飞过的小鸟说话。小叶子上学的时间,它们就是奶奶的伙伴。奶奶老眼昏花了,看见篱笆边立着的树影,就以为是小叶子放学了,大声叫着:"小叶子,你今天怎么这么晚才回来?让你带伞也忘记了,下雨淋湿衣服会生病的呀!"

见半天没有人回应自己,上前看看又笑了:"原来是树啊!"

回头又对着小狗花花嘀咕:"花啊,我知道小叶子为什么不肯带伞去上学,她嫌那伞是破的,补了补丁的。小姑娘长大了,知道爱美了呢。"

花花嘴里咬着个树疙瘩玩呢,含含糊糊地应着:啊啊啊……

奶奶委屈地说:"花啊,我也想给她买漂亮的花伞,还有漂亮的衣服,穿得像个城里孩子。可是,唉——花啊你知道的,叶子的爸爸生病去世了,妈妈像鸟一样飞走了。你看看咱们这个家……花啊,只有你永远不会嫌弃这个家!"

花花吐出嘴里的树疙瘩,轻声叫了几声:汪汪汪……

奶奶一边弯腰拔菜一边说:"花啊,等哪天奶奶有钱了,一定给小叶子买漂亮的花伞,给你啃香香的肉骨头!"

花花被奶奶的话感动了,眼睛里泛起一汪清亮的水波。

小叶子进院子时,小花第一个看见她的身影,还有手上那把翠绿色的漂亮的伞。它一个跃步跳起来,亲热地扑到小叶子身上撒欢。小叶子把伞高高举过头顶,大声说:"不许调皮,不要撕坏了我的伞!"

奶奶直起身子疑惑地看着小叶子,还有她手上那把滴着水珠的伞。

那是一把什么样的伞啊!翠绿色的绸面上印满了一片片绿色的叶片,还镶了淡绿的花边,水珠滚动在上面,就像一颗颗晶莹剔透的明珠,耀人眼目。奶奶活了六十多岁,还是第一次看见这样美丽的伞呢。她一时惊讶得张开嘴说不出话来。

小叶子把伞罩在奶奶头顶说:"奶奶也没有用过这么漂亮的伞吧?"

奶奶脸上的皱纹笑成一朵盛开的菊花:"托我们小叶子的福,奶奶也能用上这么漂亮的伞。用了这把伞感觉真的年轻了好多,好像回到很多年前的时间里了。奶奶当年,也很漂亮的呢。"奶奶眯着眼,沉浸到快乐的往事中去了。

花花挤到伞下，仰头看着伞上那些美丽的叶子，发出兴奋的叫声。

雨已经停了，小叶子舍不得收起伞，就让它像朵绿色的蘑菇盛开在地上。

小叶子回过头，突然问奶奶一个意外的问题："奶奶，我到底是谁的孩子？你说等我长到十岁就告诉我的，我现在已经十岁了呀！"

奶奶说："天哪，小叶子都十岁了吗？难怪奶奶都老成枯枝了，我的小叶子长大了呀！"

小叶子拖长声叫道："奶奶——"

奶奶说："我们小叶子是香樟树的孩子！"

小叶子有些迷惑地看着奶奶，难道自己真的是香樟树的孩子？那么那个三岁时见过一面，六岁时又见过一面的女人是谁呢？那个身影难道只是个梦境？

她记得从小奶奶就这样告诉她：你是香樟树的孩子。那棵茂盛的香樟树似乎也在用心悄悄呵护着她呢，上学的时候用树叶哗哗的声音告诉她：走路慢些，不要贪玩；放学归来，她会飘下几片叶子到她头上，温情地抚摸小叶的头，好似在悄声说：孩子你辛苦了。

小叶子想起那个梦中的身影伤心落泪时，香樟树叶片会飘到她脸上，为她拭去泪滴。

奶奶总说："我们小叶子是树的孩子。"

小叶子说："我今天见到她了。"

奶奶疑惑地看着她的眼睛："谁？你见到谁了？"

小叶子说出一个让奶奶非常意外的称呼："妈妈——我见到妈妈了。"

奶奶的眼睛一下子瞪得老大："天哪，你在哪里见到……她……"

小叶子指着不远处香樟树的身影："就在香樟树那边，放学的路上。"

奶奶似乎明白了什么，嘀咕道："我说你今天回来，怎么浑身都是香味呢！难道香樟树终于修炼成精，可以化成人形了？一百年时间，可真够长的，比我的年龄还长出一大截呢！啊啊，她终于成精了！那把漂亮的绿伞，也是她送给你的吧？"

小叶子点点头，疑惑地问："奶奶，我真的是树精的孩子？"

奶奶点点头，又摇摇头，皱着眉不言不语地去菜地拔菜去了。

奶奶心里有些不大痛快，在心里悄悄埋怨树精呢：就算曾经把孩子祭拜给你，你也不能真的就把自己当成孩子的妈妈呀！一个树精，就算修炼成精了，也还是树精！咳咳，都怪自己，从小就对孩子讲什么她是香樟树孩子的话，看来应该告诉小叶子，听说生她的妈妈现在在遥远的城里工作呢。

花花跟着奶奶来到菜地，追着一只蝴蝶欢跳起来。

小叶子不明白，奶奶为什么突然不高兴了？

四

树精可高兴着呢。

她终于可以像个真正的妈妈那样，每天守在小叶子上学、放学的路上，陪小叶子走上一段路了，听小叶子讲学校里那些开心或者不开心的事情。像个真正的妈妈那样，为孩子拂去脸上的汗珠，掸掸肩上的尘土，还能伸手从空中为她变出一串芬芳的花环，戴在脖子上去上学。弄得小叶子的同学一下课便围着她，使劲嗅她身上那股好闻的香味，说可以让人醒脑，上课不打瞌睡。

有几个小叶子的同学也见过她的树精妈妈了，开始还有点儿紧张，毕竟是树精啊！可是他们见到的树精妈妈那么美丽，那么温情，她拉着小叶子的手时脸上溢出的幸福表情，都让孩子们多少有些嫉妒。他们的爸爸妈妈都在城里打工，平时是见不到的，只有过年的时候才带着些礼物，从城里匆匆赶回家来聚一聚。平时他们就和自己的爷爷奶奶生活在村子里，自己上学、放学，自己跟自己玩儿。

　　现在小叶子突然有了个美丽的树精妈妈，就算是树精，也是活生生的妈妈啊！

　　树精似乎看出了孩子们的心思，在放学的路上接小叶子时，也带着孩子们在山坡上一起玩儿。她能一伸手，就从空气中变出那么多好玩儿的东西来：跳绳、鸡毛毽子、小皮球，看得人眼花缭乱。树精还能在空中飘舞，一伸手就从树上抓只小鸟，放在掌心听它给大家唱动听的歌。一个叫柱的男孩子好羡慕，他向树精要那只小鸟，说是要放到家里的笼子里关起来，每天听它给自己唱歌。树精严肃地说："那可不行，鸟儿进了笼子，就失去自由了，你问问它愿意不愿意？"小鸟高声叫着："不愿意！不愿意！"树精张开手掌，让小鸟展翅飞到树梢。树精回头问柱："要是把你也关在笼子里，你愿意吗？"柱忙使劲摇头说："不愿意！不愿意！"撒开腿一下子跑出老远，像是怕树精一生气，真的把他关进笼子里。

　　小叶子好开心啊！现在，她是有妈妈的孩子了。

　　作为祭拜给树精的女儿，她还得到一份和别的孩子不一样的优惠。

　　那天小叶子放学带回来考试的卷子，上面有老师批的大红的一百分，就像用两支筷子挑着两个红鸡蛋。她很得意地把卷子展开给树精妈妈看，要和她分享自己的喜悦。她忘记了树精其实并不懂得那个一百分的含义。

但是树精看到小叶子高兴的样子，就知道那两支筷子挑着的红鸡蛋一定是很有意义的东西。她抚摸着小叶子的脸，快乐地说："我的小叶子喜欢的东西，一定是美好的，我要给你什么作为奖励呢？"

小叶子看到，卷子在树精妈妈手里被倒着拿呢。

小叶子说："我想像鸟儿一样飞，飞到高高的树梢去看白云。"

树精妈妈笑了，挥挥手就飞来一顶香樟花做的花冠，戴到小叶子头上，再一挥手就有一股轻风把小叶子轻巧地托起来，一下子就飘到了香樟树梢。

现在小叶子真的飞起来了，树精妈妈领着她在树梢上飞呢。鸟儿们叽叽喳喳地叫着："小叶子飞起来了，小叶子飞起来！"大地上的田野、小溪、房屋，全都变成了小小的一丁点儿。她看见奶奶在地里干活儿呢，用手搭成凉棚往天上张望，小花在地上蹦跳着，对着天上飞过去的小叶子汪汪地叫。

小叶子飞得太快了，奶奶只是看见一朵云飘过头顶，闻见一阵香樟树的芬芳，有些疑惑地看着远方说："小叶子怎么还不回家呢？"

小花仰天叫着：汪汪汪……

这一天是小叶子生命中最快乐的一天。

虽然飞得不远，只是绕着香樟树周围飞了几圈，但是她真的飞起来了啊！还有树精妈妈陪在身边，在她快要擦着树梢的时候，用手托一托她；在她快要坠向小溪的时候，提一提她。一股轻柔的风包裹着小叶子的身体，她像朵花一样在春天的天空下轻巧地绽放满心的欢喜。快乐的时刻，小叶子感激地叫了出来：

"妈妈——妈妈——我爱你——"

树精轻柔地回应她："我也爱你，可爱的小叶子！"

天地间充盈着暖暖的爱意。

这一刻，小叶子忘记了从小经历过的所有的不快乐。

五

因为有爱的滋养，因为有快乐的润泽，香樟树越长越漂亮了，如一把巨大的绿伞，每天在风的摇动下唱着快乐的歌。

奶奶走到树下，眯着眼仔细打量着香樟树，比起从前的日子，这树似乎有很大变化呢。奶奶嘀咕着："树也像个姑娘，女大十八变呢。"

树精被夸得不好意思了，风过树身，摇下几片绿叶飘到奶奶肩上，一闪身从树后走了出来，袅袅婷婷地站到奶奶面前，弯腰施了个礼。

奶奶惊叹说："啊嘤嘤，真的很漂亮啊！难怪小叶子那孩子真把你当成她的妈妈了呢！说到底，哪个孩子不想有个漂亮的妈妈！"

树精笑了，被人夸奖漂亮谁都爱听。

树精对奶奶说："虽然说你是小叶子的奶奶，可我还记得你当年嫁过来的情景呢。蒙着红盖头，骑在一匹白马上，哭哭啼啼地好像真的不情愿嫁过来呢。我记得那个新郎，人长得很英俊的，一直想问问你为什么还不愿意呢？"

奶奶被树精的话弄得不好意思了，满是皱纹的脸上腾起一朵红云。

"真的是树精啊，那么多年前的事竟然都还记着呢。也不是不愿意，只是女孩子出嫁，都会不好意思的，都会有些伤感。如果不哭，别人要笑话的。"

树精笑了："人的事还真够复杂，明明想要，还要做出不情愿的样子。"

奶奶说："我今天来,是想拜托小叶子的事。那个孩子从小没有爸爸,后来妈妈也走了,怪可怜的,所以才会把你当成她的妈妈。可是你不会真的把她……当成你的孩子……我是说,你真正的孩子……"

树精哈哈笑起来："哈哈……奶奶是担心我会把小叶子也变成树精?还是担心让一个树精做她的妈妈,有些不好意思呢?"

奶奶的脸又红了,支吾说："毕竟你是树精,和人类不同的……"

树精有点儿不高兴了："树精怎么了?我那么喜欢那个孩子呢,总想着要让她生活得快乐。可那个生她的女人在哪里?生了孩子又抛下她,那还能叫妈妈吗?我倒真的想让小叶子也变成树精,让她跟我永远快快乐乐地生活在一起呢!"

奶奶惊惶地说："不要,不要啊,求求你千万别那样!"

树精说："其实我想做也不一定能做到。我辛辛苦苦修炼了一百年,才能站在你的面前呢。你放心,我会好好地爱她,不会把她也变成树精的。"

奶奶这才松了口气,把一根红布条挂到树枝上,嘴里喃喃地念了声"阿弥陀佛"。

树精原本快乐的心情多少因奶奶的到来破坏了一些,现在她期望着小叶子快些放学回家,和那个孩子在一起,她才能找到一份单纯的快乐。

可是这天小叶子放学回家,不是一个人回来的,也不单是和孩子们一起回来。她身后还带来了一个陌生的男人。那人一副城里人的模样,穿着名贵的西装,头发梳得油光水滑,还腆着个大油肚。他气喘吁吁地跟在一群孩子后面,不时叫着:"等等我,等等我!"

小叶子并不愿意带他来看香樟树。可是学校的老师说,这个叫刘总的男人答应给学校修漂亮的教室,给孩子们买漂亮的文具。他的条件就是要看看山里长的那些大树,他就喜欢树。真是奇怪的人啊。

还离着香樟树老远呢, 一股香味就让刘总精神大振,加快了脚步。

果然是棵难得一见的香樟树啊,树形非常漂亮,如一把巨大的绿伞遮掩着山坡。一树浓郁的叶片在风中哗哗地唱着歌,鸟儿在树上啾啾地叫着,淡黄色的花蕊轻轻飘到头上,散发出淡雅的清香。人一到了树下,身心都会变得格外清爽。

刘总对着大树深深吸了口气,兴奋地说:"我总算找到你了!"

在小叶子眼中,这位刘总就像只寻找洞穴的兔子,围着香樟树来来回回转了好几个圈,还张开双臂去量树身,又贴到树身上用鼻子去嗅个不停。

就算是真的喜欢树,也不至于这样吧,城里的人怎么和乡下的人不一样呢!

这刘总看树也不只是用眼睛看, 他还掏出随身带着的尺子量了树身,不停地往小本子上记下些什么,用相机对着大树咔咔咔地一阵猛拍,又让孩子们站到树下,给大家拍照。孩子们高兴坏了,他们长这么大还从来没有照过相呢。刘总答应拍了以后一定把照片送给他们。只有小叶子不大高兴,她似乎觉得不应该带刘总来看香樟树。连树精妈妈都生气了,躲起来不肯出来见面呢。

刘总对小叶子说:"都说你是树精的孩子, 怎么没有看见你的树精妈妈呢?"

小叶子说:"树精妈妈不喜欢陌生人。"

刘总说:"什么树精,不过是个传说,村里人用来骗小孩子的吧!"

小叶子生气地说:"才不是呢,他们都看见过的。树精妈妈带着我们一起做游戏呢！"

孩子们说："真的真的,树精可漂亮了,还会在树梢上飞呢！"

刘总怜悯地说："这些乡下孩子,都跟不上时代了！以后我给你们带些城里的书呀、玩具呀,让你们也感受一下城里的现代生活,好不好？"

孩子们都雀跃着说："好！好！"

只有小叶子没有应和,她小声说："不好,不好！"

树精妈妈不肯出来见刘总,说明她不喜欢这个城里人。

小叶子也不喜欢他,因为他竟然不相信世界上真的有树精。

六

小叶子没有想到,她带刘总来看香樟树,竟然给树精妈妈带来了灾难。

那个刘总是城里的老板,专门盖房子给人住的。他在城里修了好几个小区,还要在小区里种上各种漂亮的花木。最近刘总刚刚建成一个叫"家缘"的小区,想为那些生活在城市喧哗声中的人们,创造一片优美的大自然风景,能闻到山野的气息,让他们在工作劳累之余呼吸到来自大自然的清新空气,听到鸟儿动人的啁啾。

刘总这么做的时候,经常自己被自己感动:啊,做个有理想的商人是多么幸福！

刘总还发誓,要找到一株最漂亮最高大的树,种在小区的中心,让它成为"家缘"的中心和灵魂。为了这个理想,刘总跑了很多乡村,爬了很多大山,可是都没有找到那棵让他十分满意的树。一直到他来到小叶子的学校,在一群孩子的带领下见到那棵香樟树,他终于明白，这就是自己多次梦见过的那棵树。这样的香樟树才配进入"家缘"，成为一道独特的风景。

香樟树原本就是园林绿化的首选，它四季常青，清新养神，还有净化空气的功能。而且这是一棵多么难得的、漂亮的香樟树啊！连号称走南闯北，到过很多国家旅游的刘总，也是第一次见到让他如此心动的香樟树。这棵树树形漂亮，巨大如伞，能遮阴避凉，仿佛还有一种让人心动的灵气弥漫在树身周围，让人一看就放不下了。

几天过后，刘总就迫不及待地带着人手来搬运香樟树了。

小叶子知道是没有办法阻挡香樟树被搬移的命运了。刘总不是自己一个人来的，除了他带来的工人，还有乡上的干部、学校的老师。他们脸上都挂着感激不尽的笑意呢，说刘总能看上这里的香樟树，是这里的福气哦。因为刘总不是白白地搬走这棵树，他会给乡上一大笔投资，还给学校一笔捐款，让他们改善教学条件。

那些干部一定没有想到，一棵长在山野不用什么投入的树，竟然还能带来如此大的好处。他们心里一定在想，这山坡上怎么不多长几棵这样的大树呢？

下午搬移香樟树的队伍就要到了，小叶子绝望了。

她和奶奶一起跪在香樟树下，默默地祈求着。奶奶嘴里念念有词："菩萨保佑，不要让那些城里人把我们的神树搬走，菩萨保佑啊……"

小叶子像奶奶那样，双手合十，非常虔诚地默念着："老天爷保佑我的树精妈妈不要被城里人搬走，保佑我的树精妈妈永远和我们在一起……"

树精从大树背后飘然而出，满脸忧戚。

小叶子哇一声哭出声来："树精妈妈对不起，是我不好。是我带那个刘总来的……"

树精说："起来吧，不怪你，不是你的错。"

虽然树精说了不怪她，小叶子的泪水仍旧大滴大滴地滚落下来。

树精心里有更大的忧虑呢。香樟树长得茂盛，是因为她的根在地下悄悄伸展蔓延着，已经蔓延到小溪边，可以汲取溪水滋养自己了。那是个多么神奇的地下世界啊，每条根犹如一根管子，从四面八方汲取着生长的养分。地上有阳光照耀，清风拂面。鸟儿们喜欢在她身上做窝，每天带来四方新鲜的消息。夏天，香樟树的叶片可以让人们防蚊虫叮咬，清醒健脑。香樟树给人的全都是贡献呢！

可这一搬动，那些茂盛的根都将齐齐斩断，一切都要重新开始。树的精气将大受损伤，起码半年不能恢复原样，还有可能因为水土不服而悲惨死去。一百年的修炼才有了可以幻化成人形的功力，这一搬移却有可能前功尽弃。再不能呼吸山野自由的空气，享受鸟儿在树间做巢的快乐；再不能把小叶子揽在怀里，听她亲热地叫"妈妈"的声音。

想到这一切，树精的心都要碎了！

绿色的汁液从她眼睛里一行行流下，悲怆的表情取替了往日的欢颜。

难道这一切真的无法改变了吗？小叶子扑到树精妈妈怀里，替她擦拭着泪痕，急切地追问着。只要有一丝希望，她真的愿意为树精妈妈牺牲一切！

树精从小叶子满脸的泪水中看出了她的一片诚意，迟疑地说："还有一个办法，可以帮助我，救我的生命，只是……"

小叶子叫着："请你快快说出来啊！"

树精说搬移以后她会像人一样大病一场，俗话不是"人挪活，树挪死"嘛,不死也会脱层皮啊!只是人生病了有医生治,可她的病有谁能治呢?只有真正爱她的人才能治呢。除非有人愿意,把自己思念的泪水攒起来,再掺进清水里去浇灌她的根,才能让她在异乡的土地上慢慢地活过来,重新开始生命的历程。

小叶子重重地点着头:"我会的,我会把我的泪水给你的!"

树精感动地抱住小叶子,亲了亲她的额头:"亲爱的小叶子,我的孩子,有了你的这份心意,我就可以快乐地死去。"

小叶子说:"我不要树精妈妈死去,我要你活着。我一定会帮助你的!"

小叶子的诺言像清水一样滋润了树精的心。

小叶子自己的心却沉浸在忧伤之中,她再次发出悠悠的感叹:人的心,为什么总要分成几瓣呢?总要牵挂着不同的爱。刚刚得到树精妈妈的爱,却又要面对离别。

还不等真正的离别到来,小叶子的泪水已经如止不住的山泉水,汩汩地流了下来。

翠鸟在树上尖声叫着:"装起来啊,快用瓶子装起来!"

小叶子伤心地说:"不要瓶子,我的泪天天都会为树精妈妈而流的!"

下篇

一

家缘真是个漂亮的小区啊!

一幢幢淡黄色的连排别墅,一座弯弯的小桥架在人工湖上面,像一道诗意的彩虹,美丽的花草在路边争奇斗妍,像童话里的世界呢。道路两旁种着名贵的树木,路灯就藏在树的枝叶之间,巧妙地散发出柔和的光晕。

小区中心的景观是那个叫蓝湖的人工湖。湖的旁边空着一块很大的地方,已经挖好了一个巨大的土坑。那里就是香樟树新的家。

差不多整个小区的人出来了,他们对着香樟树指指点点,不断发出惊讶的叫声:

"哇,好大的树啊!"

"哦,好香的树哦!"

"呵呵,刘总终于找到他想象中的那棵树了!"

"看这树的树形,起码有上百岁了吧!哪里找到的?"

刘总满意地笑了,大家的感叹证实了他此番心血没有白费。真正是踏破铁鞋无觅处,得来全不费工夫啊。小区本来就很漂亮舒适,现在种了这棵香樟树,似乎变得更加高雅和顺。香樟树果然不负刘总重望,和旁边的蓝湖一起组成了一道独特的中心景观,小区的品位一下子就提高了不少呢!

老人们高兴地说,以后夏天就可以在树下乘凉了,也不用怕蚊虫叮咬了,空气也会变得很清新呢,树身上飘散的淡淡的香味儿让人闻了头脑就清醒。是棵有用的树啊!也不知道刘总跑了多少地方才找到的,真是为小区的人们做了件大好事呢!

刘总的老妈妈也住在小区里,闻讯后也拄着拐杖来看香樟树。

别人只是站在旁边看,刘妈妈却上前用手细细地抚摸树身,用鼻子嗅树叶发出的清香,长长地吸口气说:"真的是香樟啊,就和从前我们家门前那棵一样呢!"

听到刘妈妈这句话,刘总激动地拉着母亲的手说:"像那棵吧,妈妈？我第一眼看到她就认定了，就是她了！以后您就可以天天到树下乘凉，听树上的鸟儿唱歌了哦。"

刘妈妈的眼睛不大好，只能依稀看见一棵树的形状。香樟树特殊的香味让她想起了好多久远的往事。她拄着拐杖在香味中回到了年轻时光。那时候她家也住在乡下的山坡上，家门前也有一棵高大的香樟树。刘总那时没有人叫他刘总，他的小名叫山娃。这孩子从小就难养啊，一到夜里就哭闹着不肯睡觉，最后只好按照乡俗，把山娃祭拜给家门前的香樟树做儿子，在树身上挂了红布条，烧了纸钱点了香，山娃就成了香樟树的儿子。从那以后山娃就乖了起来，健健康康地长大了。

山娃十岁那年，家里贫穷，为了供他上学念书，父亲砍了香樟树卖钱，说城里人喜欢香樟木做的家具，喜欢它散发出的香香的气味，做成衣柜后衣服放在里面也会变得香香的，不会生虫子。再说山娃也可以继续上学了啊！

山娃哭着喊着说宁肯不上学也不让父亲砍树，可香樟树还是被砍倒，换成钱花了。刘妈妈知道，儿子为那棵树流了不少的眼泪呢。山娃就是那时候悄悄发的誓，长大后一定要挣多多的钱，让爸爸妈妈过上好日子。

他现在不惜本钱移栽这棵树，就是想把童年的记忆找回来。

他终于找到一棵和小时候记忆中一模一样的香樟树了，还郑重地植在小区中最重要的位置。所有初见这棵树的人都会发出一声惊叹：哇，多么壮观的树，多么芳香的树！刘总心里跟蜜似的甜，似乎回到了过去的时光，弥补了童年的缺憾。

夜深了，刘总还不肯回家休息，一个人坐在树下想那些遥远的往事。

淡黄的灯光照着树身,像是涂上了一层淡淡的忧伤气息。刘总摸着树身喃喃低语:"我知道,你从那么远的地方来到这里,一定是不大习惯的。就像我刚刚进城的时候,也是整天想家,想妈妈,受了那么多的苦。可我还是坚持下来了,不然我就永远是那个没出息的山娃。可现在我是刘总,我成功了,我可以把你从遥远的山里搬到城里来安身呢!你放心,我会对你好的,我会让人每天给你浇水、施肥、捉虫子,不让你受到一点点伤害。慢慢你就会习惯这里的一切,喜欢上这里的一切。"

香樟树低垂着身子,夜风中仿佛发出一声悠长的叹息。

二

小区的人们一下子就喜欢上了香樟树, 一大早就有人站在树下充满喜悦地嗅着她的叶片散发出的芬芳,发出一声声赞美:

"多好的香樟树啊!"

"空气真的清新极了,这香味能让人心安神静呢。"

"以后我们每天都来树下锻炼好了。"

他们却不知道,香樟树正沉浸在痛苦中不能自拔呢。

一棵那么高大的树,在人的面前却十分渺小,根本不能把握自己的命运,原本在山野里健康自在地生长呢,一夜之间被连根拔起,来到一个完全陌生的环境。这里再没有她习惯了的山野的风,没有鸟儿在她身上做窝,给她讲山里的故事和见闻,更没有小叶子和她的伙伴在树下嬉戏玩耍,亲昵地叫她一声"树精妈妈"。

更重要的是,她那些茂盛的根,被人生生地斩断了。那些已经伸向大地伸向小溪的根,转瞬之间齐齐地断了,从地下被强拽出来。有谁知道,树根上流下的那些绿色的汁液,其实是她的身体流出的血和泪呢。如果没有成精倒也罢了,成精就有了心灵、有了疼痛啊!而这痛又是无法与人诉说的,只能自己把泪和着血一起咽下去。

树精真的开始后悔自己所追求的"成精"了。

一百年的风雨,一百年的修炼获得的,原来就是要感受这些人类才有的疼痛和情感吗? 早知今日何必当初呢,就做一棵混混沌沌的树,在蒙昧中站立下去不是更好! 可是说什么都晚了。树精的元气受到伤害,她病了。

一棵树病了,会是什么样子呢?

两三天以后,小区的人们开始感觉到这棵香樟树的不对劲了。树的叶片像被霜打了似的,蔫了。树身也失去精神,让人有些担心她会不会在某个时刻倒下去。那满树的花蕾也失去了刚来时的芳香,显出日渐枯萎的迹象。

树病了原来和人病了没什么大区别,都没有精神,没有生机。

最头疼的人是刘总了,他每天都来看望香樟树,还指挥人往树脚倒一桶桶清凉的水,施最好的花肥。别人忙活着,他就在旁边来来回回绕着大树低声祈求:

> 快点儿好起来吧,
> 给你喝水了,给你施肥了。
> 快点儿好起来吧,
> 别让我心焦了!

看见刘总焦急的样子,小区的人也急,都来给他出主意。那可是些五花八门的主意哦。

198

有人说:"给香樟树吃点儿药片吧,药都是能治病的,把药片化成水浇下去就行了。"

有人说:"还是给树浇点儿香油吧,滋润一下她的根,没准就好起来了。"

有个孩子说:"咱们给香樟树喝点儿牛奶吧,妈妈说喝了牛奶就长高了。我可以把我每天喝的牛奶捐出来给树喝。"

一个老人说:"我捐出我家孩子给我买的补药,可灵验了,吃了就会健健康康的。"

有人说:"还是给树请个医生吧,听说现在有专门给树治病的医生呢!"

刘总很感动,有那么多人都关心着香樟树呢。

刘总真的请来了一位专门给树治病的医生,也穿着白大褂,身上还背着药箱。他上前围着树敲敲打打,摸摸看看,认真检查了树身,又趴在地上观看树根的部位,皱着眉头想了半天,最后开出药方,说要给树打吊针。

给树打吊针?很多人开了眼。说要给香樟树捐牛奶的孩子叫着说:"树又没有胳膊,吊针往哪里打?难道它的枝干就是胳膊?"

要给树捐补药的老人咧开没牙的嘴笑着说:"活了七十多岁,我还是头一回看见给树打吊针呢,我一定要看看这吊针是怎么打的。"

医生配好药水,拿出针头、装药水的袋子,果然像给人打针那样,把针头扎在了树干上。树太粗了,上半截挂一瓶,下半截挂一瓶。针头扎进树身,通过塑料管子把药水一滴滴输进树身里去。

大家满意地点着头说,这回香樟树可有救了!

刘总也长长地舒了口气,抚摸着香樟树说:"你一定要好起来啊,我可是用心地对你呢!能想的办法我都会去想的,只要你能好起来。"

香樟树的树叶发出簌簌的声音,刘总感觉像是在对他说谢谢呢。

三

一个星期过去,吊针打了好几十瓶,可香樟树的病似乎起色不大呢。一树叶片依旧耷拉着,蔫蔫的没有精气神儿。刘总也没有办法了,每天都要背着手、皱着眉在树下面站一会儿,绕着树身走几圈。最后还是摇着头叹着气离去。

一棵树,咋就这么难侍候呢!

当初见到她站在山坡上的时候,不是长得精精神神,枝繁叶茂的吗?一年四季风吹雨淋的,也没有人给她浇水、剪枝,不照样活得很好,怎么进了城反倒变得这么娇贵了呢?

刘总叹着气嘀咕道:"你真是比人还娇气啊。"

就算他的钱多得用不完,可也拿一棵树没有办法!

树精其实一直看着刘总的举动呢,她也在叹气,叹的是人不懂树的心。

当初站在山坡上的时候,虽然每天风吹日晒,没人浇水剪枝,但是有阳光雨露的滋润,有大自然的地气养育,所以可以自由舒畅地抽枝拔叶,健健康康地成长。还有那么多鸟儿在她的树上做巢,每天带来那么多新鲜的故事,叽叽喳喳地讲给她听。还有可爱的小叶子和她的伙伴们,每天从她树下走过,留下一路欢快的笑声。现在她多么怀念小叶子叫"树精妈妈"的声音啊,那是她一百年生命中最动听的乐音!

刘总以为请医生来给她打吊针,就是对她好了?

原先她那些伸展在地下的根脉,已经可以从小溪中直接汲取水分,水沿着根须进入树身的脉络,大树才能健康地生长。现在那几十瓶药水和潺潺不断的小溪比起来,不过是杯水车薪,哪里能让她一下子打起精神来!再说,如果没有小叶子答应过的泪水做药,她的生命恐怕很难在这块陌生的土地上生根呢。

刘总根本不懂,一棵树要在地下深深地扎下根,那是一个多么漫长而艰难的过程啊!

树精病病恹恹地坐在树梢,满眼悲伤地望着这个陌生的环境。

远处有不少树哦,罗汉松、桂树、枫树、茶树、樱花树,散布在小区的每一个角落,果真是个有品位的小区呢。只是不知道那些树都是从哪里移植来的,是不是和她一样都要经历一个痛苦挣扎的过程?

夜色降临时,树精缓缓飘到它们那边,想听听同类的声音。

一棵茶树回答了树精的疑问,她说她们早先生活的地方叫苗圃,也在城里,比现在生活的地方狭窄多了,密密的全是树苗,刚刚长出树的形状,就要移植到不同的地方去生长。她对现在的环境很是满意,宽敞、雅致,孩子们也不会来随意攀折花木,每天有专人给大家浇水、除草。所以,这里称得上是花木的天堂呢!

茶树好奇地问树精:"您是从哪里移植进来的呢?"

树精有气无力地说:"很远……很远的地方……"

茶树说:"也是苗圃吗?"

树精惨然一笑:"你说,多大的苗圃才能容下我的身体?"

茶树惊叹起来:"是啊,您一定有上百岁了吧,我应该叫您树精奶奶才对!我只有三岁呢,在您面前不过是树苗苗。"

树精拖着沉重的身子在小区上空轻轻飘荡,和茶树一样,所有见到她的树都发出悠长的赞叹声。她是这个小区所有树木中树龄最长的树啊,而且还已经修炼成精,可以自由地在空中飘舞呢。那些树,都只有一缕芳魂绕在树身，还不能离开树身自由地飞翔。

修炼成精，是所有树木都有的梦想。

一棵有着十年树龄的樱花树急切地问香樟树精："您能告诉我，怎么样才能加快修炼，早日成精吗？见到您能这么轻盈地飞舞，我都有些等不及了啊！"

树精苦笑着问她："成精后有能飞的快乐，还要承担飞起来的痛苦，你能做到吗？"

樱花树不解地说："我以为飞起来就只有快乐呢，怎么还有痛苦呀？"

树精说："所谓成精，能飞起来，就是要体验和人类一样的情感哦！你几时见到他们整天都快乐，就没有悲伤和痛苦？"

樱花树沉默了，半天才怯怯地问一句："那么，您……您现在是快乐多还是痛苦多呢？"

树精长长地叹息一声："我的痛苦就是和人一样，有了太多的牵挂，能感受到和人一样的欢乐和悲伤。我不知道这是我的幸运，还是不幸！"

带着沉重的忧伤，树精缓缓飘过蓝湖的上空。如一团云，在夜空中若隐若现。

此时此刻，她无比地想念那个住在遥远乡下的孩子，多想再听她用甜美清脆的声音叫一声"树精妈妈"。树精对着满天星星呢喃低语："小叶子，我的孩子，你会不会忘记我呢……"

四

刘总的母亲也牵挂着香樟树呢，每天都要问几遍关于树的事情。

"那棵香樟树,活过来没有啊?"

"你给那树请医生了吗?"

"记着,每天都要让人给树浇清水哦!"

"真有点儿不放心呢,我要亲自去看看。"

刘总只好扶着母亲来到树下,让她亲眼看一看。

刘妈妈拾起一片香樟树上飘落的叶子,凑到眼前认真地看了看,又摸了摸,半天不说话,又问了刘总香樟树在山坡上生长时的情景。刘总说当初这树上挂着好多红布条呢,对了,还有个女孩儿说她是树精的女儿。乡下孩子,真是好笑啊!

刘妈妈不高兴了,说:"别忘记了,你也是乡下孩子!"

刘总忙点头说:"是,是。"

刘妈妈忧心起来:"你说树身上挂着红布条,那是乡下人有事求树保佑呢。说起来只怕这是一棵神树啊,你怎么把人家的神树搬进城来了!"

刘总辩解说:"也不是白要,我给了他们好多钱呢,再说哪有什么神树,不过就是活得长一点儿,长得高一点儿罢了。"

刘妈妈用拐杖敲敲儿子的脚:"不许胡说八道!"

一位刚刚锻炼完的老人出现在香樟树下,穿着一套白丝绸的中式裤褂,留着长长的白胡子。是一位退休的老中医,姓华。刘妈妈也认识他,经常找他开药吃。

老中医背着手,绕着树身走了一圈,赞叹道:"好树!好树!"

刘妈妈说:"华大夫,这树都有什么好啊?"

华大夫说:"哦,香樟树的全身都是宝啊!你看,香樟果可以解表退热,治高热感冒、麻疹、百日咳、痢疾;香樟树根又叫香通、樟脑树根、土沉香、山沉香,理气活血,除风湿,可以治上吐下泻、心腹胀痛、风湿痹痛、跌打损伤……"

刘妈妈笑了："华大夫懂得真多！"

华大夫说："敲锣卖糖，各习一行罢了。只是这树身上挂着几个吊瓶，多煞风景啊！"

刘总忙说："我这是给树治病呢，移来后就一直病病恹恹的，只能天天打吊针了。"

华大夫捋捋白胡子，沉吟着不说话。

刘妈妈一向信中医，忙央求华大夫给出个主意，救救香樟树的命。华大夫摇摇头说："你现在只治标不治本呢，香樟树的病根在她原来生长的地方。就像人被断了根，肯定要生重病，还会一辈子思乡的，对不对啊？"

刘妈妈忙点头说："对对对，我就喜欢在乡下住，都是山娃一定要我进城来享福，住在地气都接不到的屋子里，看些到处搬来的花草树木，我都快生病了！"

华大夫捻着白胡须，慢条斯理地诊断说香樟树是伤筋动骨了，加上水土不服，又思乡，才会生病。他给开了个药方，要刘总去香樟树原来生长的那个地方取回些土来，取回些水来，那才是给香樟树最好的药呢，比打吊针还管用。

刘总捂着嘴差点儿没笑出声来，华大夫真的把树当成人来治了呢。

可是刘妈妈催他："听见了吗？快按华大夫的药方去做。"

刘总是孝子，刘妈妈的话不敢不听，忙答应着说马上去办。

刘妈妈突然说："对了，你不是说那里有个女孩儿是树精的女儿？你最好把那个孩子也带进城来，说不定她才是治病的医生呢。"

刘总应着，有些无奈地走了。他是孝子呢，就算做了老总可以让很多人听他的话,可他也不敢不听母亲的话。在母亲面前,他一辈子都叫山娃。

<h1 style="text-align:center">五</h1>

小叶子进城了。

她带着乡村的一包泥土,一桶山溪水,坐着刘总的车进了城。

奶奶是不放心她跟刘总走的,可是刘总千说万说,比树上的鸟儿还能说,还许诺让小叶子在城里读书,帮她找到在城里打工的亲生妈妈,奶奶这才勉强同意了。

这回可以见到小叶子日思夜想的树精妈妈了,可是又要和奶奶分开啊,小叶子的心很痛,似乎又被分成了几瓣,要留一份思念给奶奶。连小花也追着她的身影送出老远,汪汪汪地叫着,像是在说:"不要忘了我啊,不要忘了奶奶——"

小叶子的泪水一行行地流了下来:"怎么会呢!"

刘总笑她:"咦,这孩子的眼泪怎么跟山溪水似的,总是流不完呢?这回进城了,有很多好玩的,有很多好吃的,还可以见到你的树精……嗯……妈妈了,你这孩子想象力倒是挺丰富的,长大了可以当个作家。你竟然相信树会成精?还是你的妈妈……哈哈……那都是小时候大人骗咱们的话,我可不信。"

"爱信不信!"

小叶子不喜欢听他说的话,把脸扭向车窗,一路都不肯理他。

走着走着,城市以突然的姿势扑进了小叶子的视野,那么多的高楼一排排立着,那么多的车在大街上驶过,那么多的人急匆匆地奔走……她的眼睛瞪得大大的,有些惊慌地看着这个陌生的世界。树精妈妈在哪里？她会不会像自己一样，也害怕这些高楼、车流、人流？这里和小叶子生活的那个地方，真的是两个世界呢！

当她在刘总带领下见到香樟树的那刻，泪水一下子又止不住地涌了出来。

才多久不见呀，这哪里还是那棵在山坡上枝繁叶茂的香樟树？整棵树的叶子都无精打采地低垂着，连生气都没有，更不会迎着风就唱出"哗哗哗"的歌声。鸟儿也不来树上做巢，白云也不肯在树梢停留，香樟树在这个热闹的城市就那么冷清、孤独地站着，怎么会不生病呢？

仰头之间，小叶子看见树精的身影飘浮在枝叶上，满脸忧戚地对她招手呢。小叶子的心好痛啊，止不住的泪水珍珠一般一颗颗落进她带来的山溪水里。她亲手把掺进了她泪水的山溪水一瓢瓢浇灌在香樟树的根上，边浇边喃喃低语："树精妈妈，我来晚了，让你受苦了。我一定要让你重新活过来，重新长出绿绿的叶子……"

小叶子感到树精妈妈的爱抚了。树精妈妈的手轻轻拂过小叶子的脸，她的声音随着轻风一起传入小叶子的耳中："小叶子，我的孩子，谢谢你！"

奇迹在瞬间发生了，刘总看见那棵自打移植进小区后一直耷拉着身姿、蔫蔫地生病的香樟树，似乎打起精神来了，焕发出些生机。他使劲揉揉自己的眼睛，生怕看花了眼。可是，香樟树真的和前几日他所见到的样子有些不同了耶。

"哦哦，这孩子还真有些奇特呢！"他不敢小看小叶子了。

"你就住到我家去吧，我妈妈一定会喜欢你这个小家伙的。你给老人家讲些山里的事情，讲你的树精妈妈，她一定最爱听了。"

小叶子进城后，脸上第一次有了些笑容。

夜幕降临后,小区里有人看见一个身着绿色长裙、长发飘曳的女人,牵着个乡下打扮的女孩儿,亲亲热热地在晚风中散步呢。女人的身体似乎不大好,慢慢走着,不时伸手替女孩儿拂去肩上的落叶,俯身在她耳边说些悄悄话,两人一起发出会心的微笑。

看见的人都感叹:

"多亲热的一对母女啊。"

"以前没有见过呢,新搬来的吧?"

他们没有听见,小叶子对树精妈妈诉说的思念,像湖水的波纹一样细密、动听。

那些长在小区各个角落的樱花、茶花、桂花树们倒是听见了。

樱花树羡慕地说:"原来香樟树精真的有孩子呢,就算修炼成精,要体会人类的种种痛苦,可能有个人类的孩子叫自己妈妈,也是很幸福的事啊。"

茶花树说:"那就赶快加紧修炼啊,香樟树精可是修炼了一百年才有了正果呢。"

桂花树说:"把我的清香送给她们母女吧,多么美丽的身影啊。"

花魂们在风中飘然起舞,汲取着天地的夜露,向往着成精的日子。香樟树精和小叶子手牵手走在风中的情景,会是她们永远的梦想呢。

六

小叶子每天清晨早早地就赶来给香樟树浇水。

她以前听奶奶说过,人若伤筋动骨还要养一百天呢,树也一样,长得好好的树根被齐齐地斩断了,得慢慢地休养,还得有爱她的人精心地爱护着，用泪水掺进清水里浇灌她的根。那可是真心流出的泪水，比药还灵验的泪水。

那个长着白胡须的老中医华大夫，每天在湖边打完太极拳，都会绕过来仔细察看香樟树的情况，就像给人看病一样认真，每次都满意地点点头，嘱咐小叶子些话。刘妈妈也每天早晚来看香樟树，还说要往树身上挂红布条，要去寺院里求神符来贴到树身上，保佑她早日养好病，活出精气神来，不过都被刘总婉言制止了。

刘总说："妈呀，这是城里，不是乡下，影响不好。"

刘妈妈只能无奈地叹气，感叹说："这人一进城，为什么就不肯信神灵了呢？你小时候生了病，我都要抱你到香樟树下，求神灵保佑你，所以你今天才会健健康康的。"

刘总说："妈，过去是过去，现在是现在。"

刘妈妈越听越迷糊："没有过去，怎么会有现在呢？小叶子，你说是不是？"

小叶子点头又摇头说："我不知道。"

嘴上这么说，其实小叶子心里是知道的，她在心里悄悄怀念着过去和树精妈妈在乡下的日子，在山野间欢快地奔跑的时光。虽然心里也想念远方那个生下自己的妈妈，但有奶奶的呵护，有树精妈妈的关爱，那个时候的小叶子快乐多于忧伤。

现在的小叶子，每天都被忧伤包围着呢。

刘总家里吃的住的，都和乡下有天壤之别。刘总的妈妈对小叶子像对亲孙女一样，给她吃好吃的，还带她去商店买漂亮的衣服。可是小叶子就是高兴不起来。她想乡下的奶奶，想花花，想学校的老师和同学，想上学路上小溪哗哗的笑声，树上的鸟儿叽叽喳喳的歌声，还担忧着树精妈妈的病能不能好起来，恢复到她站在乡下山野时的身姿呢……还有,那个三岁、六岁时见过一面的……生她的妈妈,她在城里的哪一个角落呢?

一个十岁孩子的心里,竟然装了那么多的心事,才会每天在夜深人静的时候,流下那么多清凉的泪水,有的打湿了枕头,有的装进了小瓶子,留着去浇灌香樟树。

好在还有树精妈妈,她能领会小叶子心里的忧伤。当小叶子每天把和着泪水的清水浇灌给香樟树时,树精妈妈都会细细品味她泪水里包含的意思,轻声细语地说:"小叶子,这一滴泪是想念奶奶的泪呀。"

小叶子不好意思地点点头。

树精妈妈说:"这一滴泪是想小伙伴的,这一滴是想花花的,这一滴……"

所有的心事都被树精妈妈给猜中了,小叶子脸红红的,不好意思地低下了头。

树精妈妈突然皱着眉头,细细地品了半天,犹豫地说:"让我猜猜,这一滴是想念谁的呢?啊,是想念那个你三岁见过一面,六岁见过一面的……妈妈……对吗?"

小叶子的脸更红了,不愧是树精妈妈,连小叶子藏得那么深的心思都被她猜着了。世界上有谁会如此用心去品尝一个小女孩的泪水呢?小叶子扑上去紧紧抱住树精妈妈,如同抱住天下所有的爱与温暖。小叶子的心里软软的,酸酸的,所有的忧伤、所有的委屈,所有的思念……这一瞬都化作了止不住的泪水,一串串地滚落下来,直接飞洒向香樟树的根。那么多的泪呀,像下雨一样密集呢,止都止不住。差不多攒了十年的泪啊,都集中到了这一刻。

那可是一个孩子最纯洁无私的泪哦,饱含着世间难求的爱与真诚,所以比什么灵丹妙药都珍贵。你看,它们渗向树根,树根便复活了,一条条根须缓缓地伸展着,生长着,一直伸向旁边的蓝湖,汲取来更多的水分……

它们洒向叶片,叶片便重新绽放出动人的翠绿,鸟儿也飞落树梢,惊喜地欢鸣。

生命在香樟树的身体里一点点地复苏了,既然命运注定了要她重新在这块土地扎根,那就要鼓足勇气找回生的力量啊!小叶子的泪水,就是那剂重生的灵药呢!

奇迹发生了,多日来一直萎靡不振的香樟树,突然变得精神起来,满树叶片在风中轻轻舞动出动听的乐音。往日的病态仿佛被风吹走了,被鸟儿衔走了。一棵健美的香樟树在小叶子的泪波里复活了。树精妈妈一点点恢复了往日温婉自如的神情,轻盈地飞到树梢,轻声唱起来:

> 啦啦啦——
> 啦啦啦——
> 花开了,叶绿了,
> 芬芳的气息弥漫了,
> 我的我呀重生了。
> 啦啦啦……

歌声中,小叶子的泪飞溅如珠。不过这一回,她流下的是快乐、幸福的泪水哦!

那个晚上,等到小区的人们都睡熟后,树精妈妈带着小叶子绕着香樟树飞了一圈又一圈,月光在她们头顶发出美丽的光芒,蓝湖的水波拍打堤岸发出动听的声音,像是在为她们奏乐。小叶子轻声叫着:"树精妈妈,我爱你!"

树精温柔地亲吻着她的额头:"我也爱你,我的女儿!"

七

小区的人们都聚集到香樟树下,有些不相信自己的眼睛了。

那个以前说要捐补药给香樟树的老人惊喜地说:"呀,这树真的活过来了!"

那个要捐牛奶给香樟树的孩子挤到前面,轻轻抚摸着树身说:"香樟树真的活了,还有鸟儿在树枝上跳舞呢!"

老人手搭凉棚说:"哪儿呢,哪儿呢?我怎么没看见。"

华大夫提着个鸟笼,慢慢踱过来,手捻着长长的白胡须说:"这一切,都要感谢这个叫小叶子的女孩儿呢,是她用一剂良药救活了香樟树。"

面对大家赞赏的目光,小叶子的脸红得像秋天的柿子,悄悄躲到树后面去了。

人们很好奇,纷纷追着问华大夫,到底是什么样的良药,竟然能让一棵一百年的大树起死回生?一个乡下来的小女孩儿,难道比城里的树医生还有本事?

华大夫捻着长须沉吟了会儿,神秘地说:"那药叫白玉珍珠,是从心底孕育,从眼睛里流出的,可以治天下很多疑难病症。"

众人惊讶地叫起来:

"哇,真的呀。"

"啊,太神奇了!"

有人跑回家拿来瓶子,追着小叶子要她给白玉珍珠去治病。

有人赶紧拿出电话打给电视台,请他们快来拍拍这个神奇的故事。

记者得到消息,很快扛着摄像机、提着话筒就来了。他们找呀找,硬是把躲在香樟树后面的小叶子拽了出来,要她对着镜头说说是怎么把香樟树给救活的,还有华大夫说的白玉珍珠药是不是真的。

小叶子没有见过这样的阵势,吓坏了,低着头抿着嘴什么也不肯说。记者哄了半天,给她糖呀,给她彩笔呀,都没用。记者终于没辙了,只好拍了些镜头快快地撤了。

刘总有些遗憾地说:"你这孩子,真是乡下来的,上不了台面呀。"

几天后,一个穿花衬衫、梳短发的女人来到小区,到处打听小叶子,说是看了电视后来找她的。华大夫在湖边遇到她,问她:"你找小叶子,也是来要白玉珍珠的? 那种药可不是随便给的,要自己亲人眼睛里流出来的,才会有用呢。"

女人摇摇头说不是,说就是想见见小叶子那孩子。

小叶子见到女人的第一眼, 心就狂跳起来。她突然记起了在三岁、六岁时见过的那个身影。虽然短暂,却是她珍藏着的永远不会褪色的记忆啊! 现在终于又见到那个人的身影了。她的嘴张了张,却发不出声音来。

女人张开双臂说:"小叶子,我是妈妈呀,我来接你了! "

小叶子的嘴又张了张,无声地叫了一声:"妈妈……"

女人把小叶子搂进怀里,泪水哗哗地流了下来:"小叶子,我的孩子,妈妈对不起你! 这回我们再也不分开了……"

小叶子从女人的腋下看出去,树精妈妈在树梢对着她笑呢。

结尾

小叶子牵着妈妈的手离开小区的那天,好多人都来送她。

刘总、刘奶奶、华大夫,好多好多认识不认识的人都来了。

小叶子最想告别的是树精妈妈,可她知道,白天在人面前,树精妈妈是不会现身的。她长发飘飘地立在树梢,遥遥地对小叶子挥着手呢。虽然终于找到了妈妈,但是小叶子心里知道,自己的心又要分一瓣给树精妈妈,留一份牵挂给她了。

那凉飕飕地飘飞到小叶子脸上的,是树精妈妈的泪吗?

小叶子心里有些无奈,有些忧伤:我的心为什么总要分成几瓣,朝不同的方向牵挂着不同的爱呢?这一回找到了亲生的妈妈,可是又要留一份长长的牵挂给树精妈妈。

她回头向妈妈提了个要求,说这些天住在刘奶奶家,从电视上学了首歌,临走之前一定要唱给香樟树听。妈妈恍然大悟:"对了,我记得小叶子你从小就祭拜给了香樟树呢,这么说来她也是你的干妈了。唱吧,唱吧,给她唱一首歌,让她知道你是个有情有义的好孩子。唉,一棵树被人从乡下移到城里来,一定也不习惯呢。"

"那我就唱了?"

得到妈妈的鼓励,小叶子就放开嗓子,悠扬地唱了起来:

> 我想让你知道　永远我不会忘掉
> 和你共有过喜怒和哀乐
> 那些分分和秒秒
> 想让你知道　永远我要你更好
> ···········

我想让你知道　永远我不会忘掉

…………

一些蒙蒙的水雾突然从空中飘散下来,落在人们头顶。

有人抬头看看天,奇怪地说:"天晴着呢,怎么就下雨了?"

有人说:"哦哦,那一定是太阳雨。"

只有小叶子一个人知道,其实那是香樟雨,是树精妈妈留给她的惜别的泪雨。

牛翠花进城

一

　　黄小鹏考上了公务员，看起来却还是像个学生。除了衣着打扮清雅，更重要的是气质，身上有求学十几年染上的书卷气。

　　黄小鹏一向是个心宽的人，自己一个民俗学专业的硕士生，能进入一个省级文化单位，心里自是非常满意。文化两个字，怎么说也跟自己的专业有关，不至于差得太远，所以给办公室的前辈们端茶倒水的事，做起来很自然，嘴上和心里都没什么可抱怨的，经常是一脸笑容，满身热情，像只快乐的黄鹂鸟，带给办公室一片明媚春光。

　　黄小鹏来了后，今年的扶贫名额她笑哈哈地就应下了，说她愿意去。办公室的人把各种夸奖的词汇毫不吝啬地赠送给她，一位男士甚至变戏法一般，送了她一枝玫瑰，称她为"我们的公主"，把黄小鹏高兴得脸儿红红的。

　　其实黄小鹏主动要求下去扶贫，也是怀有私心的。她喜欢民俗学，还有继续考博的想法，知道坐在办公室搞不出什么成果，借着扶贫下到基层，还可以顺带考察收集民俗生活的内容，何乐而不为！

单位的扶贫点在四百多里外的地方，黄小鹂俯身在地图上找了半天，也没有找到那个叫梭罗古的村庄，它实在是太小了。

此时的黄小鹂，更是不知道梭罗古有个好口才的牛翠花。

二

梭罗古是个山村，山叠着山，山重着山，却在山的怀里突然地闪出块平地来，像个洗脸的盆。慢慢就有了人烟，聚成个村子。只是山上悬崖耸立，峭壁凌空，远远看去多少有些惊心动魄。春天来还好，村前村后有桃树李树梨树开花绽艳，倒也生动。冬天来这里，就只能看到一山遮不住的苍凉。

赵松松和牛翠花两口子，就在这个山村过着庸常的日子。

山太高了，连电视信号也传不进来。这里的人家看不到电视节目，得走十多里山路到乡街子上去看。一到赶街天，乡街子上录像室里坐着的，有一半是梭罗古的人，嗑着瓜子儿，噗噗地吐着皮，看电视里上演些哭哭笑笑、打打杀杀的人生故事，然后逛逛街，买些日常用品，心满意足地回家去，守着一重重大山，继续过悠长的岁月。

不赶街的日子，山村的生活淡得像汤里少搁了盐，没滋没味儿地寡淡。有人就开始盼望，心里一琢磨难怪日子过得没味儿，原来是赵松松两口子好些日子没打架了。没听见牛翠花骂人的声音，心里多少会有些失落。要是赶上他们两口子打架的日子，那梭罗古简直就像过节般热闹呢！

老人们喜欢说夫妻是前世的冤家，前世结下了因缘才会在今世来相会。只是看这两口子打架吵架的样子，前世结的恐怕不是什么善缘。赵松松是一个标标志志的小伙子，只是性格内向，不爱多说话。没结婚时跟大姑娘多说几句话都会脸红的人，偏生遇见牛翠花这样的媳妇，走路风风火火，说话泼辣大方，口才尤其过人，骂起人来三天三夜不会重样，堪称梭罗古一绝。慢慢地连乡上的干部都知道了梭罗古有这么个人物，下来检查工作，都会随口问一句："牛翠花两口子最近打架没有？"有人还说："哪个男人要是遇见那女人，走路都绕着点儿，千万别惹她。"

这话传到牛翠花耳朵里，她可不高兴，专门跑到村子中间的土台子那儿，边纳鞋垫边委屈地说："我怎么了？我是爱骂人，可我哪回骂人不是占着一个'理'字？你们见我骂过老实人吗？骂过贤惠人吗？走路为什么绕着我走？我又不是虎又不是狼，又不会吃人。说这话的人，是他心虚了！"

在土台子边晒太阳的老人，都看着她笑，点头说："是呢，是呢。"

有人应合，牛翠花更来劲了，一张嘴吧啦吧啦停不下来："要说起来，我是骂过乡上的李歪嘴，他这歪嘴的名也没有冤枉他，他的嘴本来就不正。那回带着人下来写标语，好好的墙你要写就写好听的话，让娃娃们看了也好学点儿正经呀！前几年他带人下来到处写标语，净是些吓人的话，那个什么什么……鲜血淋淋的呀，你们忘了？看了多害怕啊！让外人来看见，还以为我们梭罗古的人是真野蛮，是专门针对我们的。我也是为梭罗古着想，才不轻不重骂了他一回，他倒记仇了，到处说老娘的不是。下回我去赶街子，倒要专门去会会这个李歪嘴。"

人一老便学会了包容，他们把头点得像鸡啄米："是呢，是呢，翠花说得对着呢。"

这是牛翠花讲理的时候，说的话听起来句句在理。她不讲理的时候多半是对赵松松。在她看来，两口子一锅吃一床睡，有什么讲得清

217

的理。赵松松在村里是个有手艺的男人，从小跟人学了一手木工活，在四乡八里也还算是小有名气。经常有人请他去家里打家具，手上的钱就活泛些。只是赵松松是个孝子，手里有了钱，总会想着要贴补些给分家另过的母亲王秀英用。说起来牛翠花也不是天生不讲理的人，她气的是丈夫直接就把钱交给老娘去，倒把她这个做媳妇的晾在一边，显出些不贤惠来。如果先把钱拿回家，再由她交到婆婆手里，不是一个花好月圆的大团圆结局嘛。

心里是这么想，话却说不出口，毕竟这钱是男人挣的。偏生赵松松不明白她的心思，天长日久两口子就跟钱结下了仇，只要一说到钱的事，准得吵架。在这对夫妻这里，钱就是命运埋下的地雷，一踩保准炸个人仰马翻。

三

这天牛翠花在土台子边诉够了衷肠，回到家正好赵松松从镇上做工回来。

论起来这回是牛翠花的不是，也不先问问丈夫累不累，吃饭没有，倒是把手一伸说："拿来。"赵松松装作不明白地说："拿什么来？"牛翠花理直气壮地说："钱呀！"赵松松心里有气，便说："钱比你老公还亲？进了门不问吃不问喝，开口就是钱！你看看，哪家婆娘像你这么不懂事！"

牛翠花撇撇嘴："是我不懂事还是你不懂事？呵呵，你成住店的客人，长脾气了！你不看看，天冷了你儿子小强没有过冬的棉衣，你女儿小凤上学要买书本文具，上回买化肥的钱还欠着三叔家的。这日子过得到处都是筛子眼，都等着用钱来填补呢！是不是又给你妈送去了，不管我们娘儿几个的死活了？"

她这一番话像排子弹一样扫过来，以赵松松的口才，哪里接得住，加上出去干了一天活儿，又累又饿，心里很是泼烦。他的招儿是吵不过就动手，站起身一个耳光便扇过去。这下等于捅了马蜂窝，牛翠花扑上来一把抓住他的衣领，像倒挂刺一样挂在他身上再不肯松开。两人从屋里打到屋外，从院子里打到土台子跟前，惹得一村子的娃娃跟过节一样，欢天喜地，奔走相告："打起来了，赵松松两口子打起来了！"

梭罗古村子不大，不过二三十户人家，都是沾亲带故的。按理说见人家两口子打架，要上前拉一把，劝一劝。只是都知道赵松松两口子的架，没有人能劝得下来，大多数人便站在一边虚劝几句，图看个热闹。

赵松松的几个本家兄弟，明是上前拉架，暗里却是有些偏手，让赵松松借个机会挣脱手跑了。牛翠花是个不肯吃亏的人，见丈夫被人支跑，自己占不了上风，便使出嘴上功夫，开始满村子地咒开了。

如果两口子打架是这出好戏的第一幕，那么牛翠花的开咒就是好戏的第二幕，是重头戏，不可错过的。村里人端着碗依依不舍地跟在她身后，不肯离去。

要说骂人，梭罗古的女人没有不会的，只是没有人能胜得过牛翠花。况且咒比骂更强，骂要有对手才骂得起劲来，咒却只需一个人想尽世上伤人的词，拖长声把对方咒得体无完肤，满身鲜血，方才解恨。说起咒人，梭罗古怕是找不出第二个比牛翠花更有才的女人来了。

此时此刻赵松松已经不再是她牛翠花的丈夫，孩子的亲爹，而是一个让她恨得牙根痒痒恨不得剥皮食肉的仇敌，十恶不赦的大恶人。

她拖长声搜寻肚子里所有的词语，下冰雹般朝着早已经跑得不见人影的丈夫狠狠砸过去：

> 赵松松你个砍秋头的你个挨千刀的
> 你个塞炮眼的你老虎豹子啃的
> 你个滚坡滚岩滚石头的你敢打老娘你不得好死啊
> 你春天花开得桃花疯死你夏天水涨水淹死
> 你秋天被秋风吹死你冬天下雪被雪冻死——

牛翠花咒人讲究押韵、拖腔，长声悠悠像唱歌一样动听，还不时双手拍着巴掌，像伴奏一样有节奏感。那些鲜血淋淋恶辣辣的内容，她竟然可以咒出唱歌一样的拖腔效果。那边被她咒的赵松松早已经逃得不见踪影，身边的男女老少就成了她最好的听众，看戏一样地跟着她走。

> 你个砍秋头的杂种啊你挣钱不给老娘用
> 你头上有青天老爷脚下有土地公公
> 你看不见老娘给你家生儿生女做牛做马当丫环
> 吃的牛马食干的猪狗活你挣钱不给老娘用
> 你个坏了良心的狗东西啊——

她婆婆王秀英站在隔壁院子里，远远指着儿媳的背影咬牙切齿地骂："你个死婆娘烂婆娘，咒老娘的儿子，让你烂嘴烂心烂肚肠！将来你儿子长大了，但愿也讨一个恶婆娘，治治你的臭脾气！时候一到，一切都报，你就等着遭报应吧！"只说人生如戏，她只想着未来看儿媳的报应,却没有想过自己现时所遇的,或许也是一种报应。

王秀英只能捶胸长叹:"报应啊,报应啊——"

可惜牛翠花根本不把她放在眼里,只当她是空气,顾自转着圈拖着长声,把村子绕了一遍,才算尽兴,然后拍拍屁股回家煮饭去了。

四

从心理学的角度说,这是发泄。牛翠花通过咒人,把心里郁积的怨气发泄出来,情绪就好了许多。起码三五天,村子里可以不再听她惊乍乍的声音。但是至多三五天,她就得发泄一次,成了规律一般。

村里读过书的人说,咒人骂人虽然不好,但是她把怨气发泄出来,对身体有好处。作为一个乡村妇女,还有什么比身体好更重要的。一个家的里里外外,都得靠她去劳作。除了嘴臭爱咒人这一点,牛翠花作为一个农村人,身上几乎没有什么缺点。吃得苦,受得累,地里的活儿拿得起放得下,属于跌倒在地都要抓把草起来的那种类型。她家的菜园子总比别人家要鲜亮一些,种了青菜白菜,葱姜芫荽,还种了村里少有的番茄、黄瓜,说给两个娃娃当零嘴吃,免得到了镇上就嘴馋。

牛翠花爱劳动,是个勤劳的乡村妇女,就是咒人这一点不好,而且一咒起来不分对象,只要有人惹了她,天王老子她都不怕,都敢咒。她的名声,慢慢传到外村去了。在镇上提起牛翠花,竟然很多人都知道。

扶贫工作组上梭罗古来那一天,就亲眼见证了她的咒功。

说来也巧,那天她家养的一只芦花公鸡被人偷了,那是她精心养了半年，准备卖了给一双儿女买新衣服过年的，已经长到了七八斤重，一身毛色黄红相间，油亮亮的。放养的鸡，走路的姿势都透着野性，踩得地皮"咚咚"作响，不但红鸡冠高高昂着，连尾巴都翘得老高，威风得很。

赵松松曾经打过那鸡的主意，对老婆说过干脆不要卖了，养到过年的时候杀了自己家人吃，到时把老娘也叫过来一起过个团圆年。牛翠花一口就回绝了："想都不要想，自己的嘴有那么金贵？吃下去也就拉了，白白地浪费。抱到镇上卖了，起码一百多元，够对付好多开销。"赵松松牙疼似的吸口气骂道："死婆娘，掉到钱眼儿里了，过个年都舍不得杀只鸡！"牛翠花说："实在想吃肉，你把老娘杀了过节算了！"赵松松指着她说："算你狠，老子不惹你。吃你的肉？只怕是酸的。"牛翠花就凑上前去，把肚子贴到男人身上说："你吃你吃，不吃不是你妈养的！"趁机揩了老公的油，倒让赵松松有些哭笑不得，一把将她推开说："你等着，老子晚上再收拾你！"牛翠花说："我还怕你不成！"借着找鸡，两口子难得地来了一番打情骂俏。

只是牛翠花心里还是放不下这只鸡。一只过年都舍不得自己吃的鸡，就这样不明不白地不见了，让她心里很是烦躁不安。其实也有一种可能是鸡自己跑上山去，见风景好不愿意回来，做自由的野鸡去了。说到底，这是一桩悬案。

牛翠花不甘心呀，带着一双儿女在房前屋后找了半天，刺林里都扒开来看几眼，就是找不到鸡的影子，连婆婆屋里，她也差女儿小凤进去，东张西望看了一遍。

王秀英不傻，冷着脸对孙女说："凤，你妈让你上我这儿找鸡来了？"小凤倒也乖巧，忙说："奶奶，我只是随便看看，我知道跟你没关系。我们是一家人嘛！"

王秀英长叹口气道:"鸡找不到,只怕你妈又要开咒了。小凤,你和小强最好躲远,不要脏了耳朵。"小凤却是一脸淡然:"奶奶,没关系的,我们已习惯了。这周我们语文老师让组织词语造句,正好从我妈这儿捡几个词用。"

王秀英一脸惊讶,有些不相信:"捡你妈那些咒人的话,不怕老师笑话?"小凤边说边笑:"奶奶你不知道吧,我们老师有次来村子里家访,听过我妈咒人,还记在本子上。他说我妈的语言太生动了,有生活气息,比书本上的还要鲜活。"

王秀英眼睛瞪得老大,嘴里连声吐出一串"啧啧啧——"

小凤像大人似的叹口气,又说:"奶奶你不要生我妈的气,其实她也是个可怜人。在外面用脏话骂人咒人,回家去自己还要难过半天。我和小强都不敢惹她。"

王秀英也叹气:"唉,娃娃倒比当妈的懂事!凤啊,你长大了,千万不要学她。生了一张利嘴,只怕全村人都要被她得罪完了。现在为了一只鸡,以她的性子,不知道又要生出什么风浪来呢!"

小凤笑着说:"奶奶你放心,我是上学念书的人,跟我妈不一样。"

王秀英又喜又忧,摸摸孙女的脸,有些担忧地望着儿子家的方向。

五

知媳莫若婆,王秀英真是太了解自己的儿媳妇了。

牛翠花把村子来来回回找了几遍,终于绝望地接受了芦花鸡已经一去不复返的残酷事实。至于到底是被人偷了,还是上山私奔了,她懒得去动这份脑筋,总之是有一股怨气在她肚子里来回窜动着,找不到出口。她心里始终纠缠着一个念头:如果抱到镇上去卖,至少可以卖一百多元。杀了吃,也有一锅香喷喷的美味!想一想她养鸡的辛苦,每天放到房前屋后找虫子吃,还要额外打赏一把苞谷籽,像侍候爹一样侍候长大的鸡呀。是哪个不要脸的,竟然半路上截道,生生把她的心血和希望偷走了?越想越生气,恨不得抱块石头去砸天。

王秀英好久没有听到媳妇的咒骂声,还有些奇怪,探出头来往儿子家那边张望了好几眼。这么大的事牛翠花不站出来骂人,那是不正常的。或许这就是风暴来临前的沉默,她在聚积力量,要上演一出什么好戏?

这天,乡上的扶贫组正好进村,其中一个就是从省城下来的黄小鹏。村民小组长赵刚子领着她来到门前时,正好遇见牛翠花,扬手叫她:"翠花,这位工作组的同志要去你家看看,你快来招呼一下。"

牛翠花左手提块踩猪菜的砧板,右手提把明晃晃的菜刀,不耐烦地说:"我现在有急事,忙不得招呼你们。"

赵刚子诧异地看着她:"我的嫂子,你要做什么?手上提把刀,怪吓人的!"

牛翠花说:"赵大组长,我家的芦花鸡被人偷了,你管不管?"

赵刚子是赵松松的叔伯兄弟,一个家族的人,知道牛翠花惹不起,忙滑溜溜地说:"这个我管不了,我管不了。对了,你可以到镇上派出所报案去。"

牛翠花冷笑一声:"你不要骗我上当,我才不费那个精神,你见过哪个警察会管偷鸡的事?我有我的办法,让偷鸡的杂种吃了不消化。"

赵刚子摸摸脑袋,有些不解:"嫂子,你的办法……不会是提刀子去砍人吧?这可千万使不得哦,犯法的事可不能做!"

牛翠花白他一眼:"用得着你教我? 我不砍人,我咒人! "

为了一只鸡,牛翠花竟然决定用咒人的最高形式:跺砧板咒。说起来这种咒法在梭罗古村已经失传多年,很多年没有人使用过了。牛翠花竟然会这种咒法? 赵刚子一下子兴奋起来,带着黄小鹏一路尾随,准备看场好戏。

只见牛翠花选择村子中段的一块大石头坐下来,把砧板放下,刀子举得高高。搁在平时,这样做是犯忌讳的事,过日子的人家没有人会往空砧板上动刀子,年长的人都说这样会肚子疼。其实是伤刀子,一刀一刀直接跺到砧板上,很快刀刃就会卷起来。

但是如果有人提着砧板出来咒人,说明冤情重大,矛盾不可解决,当事人发了狠,才会做这种不计后果的事情。只知道牛翠花骂人有一套,没想到她竟然还会砧板咒? 赵刚子的好奇心瞬间被吊得高高的。

初来乍到的黄小鹏不免有些担心,问道:"赵组长,这个女的要做什么呀? "

赵刚子神神秘秘地说:"说不好呀说不好,等着看看就知道了。"

这一回牛翠花并没有明确的诅咒对象,她只能针对可能出现的偷鸡贼开咒,这样的咒法有一定难度,但是也非常考验她的语言水平。好在牛翠花心里有一股邪火,一想到有人把她精心养了半年的芦花鸡不动声色就偷走了,无论吃了还是卖了,都让她无法忍耐,恨之入骨。那股无名邪火在牛翠花心里上蹿下跳,拱着心肝五脏,也让她的头脑变得格外灵敏,那些平时积攒下的词语,全部化成一颗颗石头,裹挟着愤怒从嘴里喷射出来,犹如一粒粒子弹,射向四面八方。

第一次下村扶贫的黄小鹏,那天可算是大开了眼界。

六

开口咒了几声后，牛翠花可能觉得坐在石头上咒，视野不够开阔。干脆几步跳上村子边的土台子，盘腿而坐，手起刀落，伴着一声抑扬顿挫的叫板，开始正式的砍板咒。她跺几下，咒几声，犹如唱戏和伴奏，配合得天衣无缝。她长声咒着：

> 你个砍血脑壳的塞炮眼的贼呀——
> 你吃了老娘的鸡全家跑肚拉稀拉黄汤——
> 你吃了老娘的鸡全家瘟病上身五黄六月不安宁——
> 你吃了老娘的鸡让你全家得鸡瘟烂心烂肺烂肚肠——
> 你吃了老娘的鸡让你生黄疮头顶烂来脚底淌——

村人奔走相告，台子边很快围满了看热闹的人，就像观众看戏班子表演一般。村民都知道牛翠花的咒功了得，虽然只是一个人的独角戏，却堪比一台大戏。

黄小鹏惊讶得嘴都合不拢，这样的场景和内容，是她下乡扶贫前的所有学习中从来没有涉及的。她缺少心理准备，多少有些手足无措。她见赵刚子在一边抱着手看得津津有味，眉毛都笑成了豌豆角，嘴里还夸赞着："这个死婆娘，口才太好了！"

台子上面，牛翠花长声咒着：

> 你个砍秋头的贼呀你个五马分尸的贼——
> 你个坏良心的贼呀你个炮烙的贼——
> 老娘的芦花鸡呀老娘一颗苞谷一口水养大的芦花鸡

呀——

　　老娘的命呀老娘的心血呀——

　　黄小鹏到底是上面下来的，左右看看觉得不妥，便轻轻扯扯赵刚子的袖子说："赵组长，这样怕是不行。要讲精神文明，不能这么骂人，会坏了社会风气呢。"赵刚子一听，就收了笑脸，严肃地对牛翠花说："叫你不要咒了听见没有，上面工作组的同志在这里，有什么问题找领导解决。不要教坏了娃娃们！"

　　牛翠花咒完一段，慢悠悠看他们一眼："解决？你们能把我的芦花大公鸡解决回来？"赵刚子一听她说到实质性的问题，就别过头，不再吭声。

　　黄小鹏只能硬着头皮说："这位大姐，骂人是不对的，有天大的事情也要讲道理。"

　　牛翠花回身乜一眼，看到一个身穿红夹克的小姑娘，戴副眼镜，扎了马尾辫，背着双肩包，完全是副学生模样，就冷笑一声说："你就是上面下来的工作同志？好呀，你给我评评理。我辛辛苦苦一颗苞谷一口水养大的鸡，过年都舍不得自己吃的鸡，一转眼就没了。这叫什么道理？我骂几声都不行？"

　　黄小鹏涨红脸说："骂也没用，鸡是骂不回来的。"

　　牛翠花头一扬："骂不回来，我也得出出气，要不我心里憋屈！"

　　黄小鹏皱皱眉，耐心劝她："反正骂人是不对的，我们要讲精神文明。"

　　牛翠花笑笑："那你倒是说说，这半天我骂到谁了？"

　　黄小鹏说："你骂……你骂到偷你鸡的人呀！"

　　牛翠花双手一摊："那偷鸡的贼，他倒是在哪儿呢？你指给我看看。"

黄小鹏不小心便着了她的道,张张嘴:"我不知道呀。"

牛翠花又笑了:"这就对了,我牛翠花不咒天不咒地,不咒老不咒小,我咒空气都不行呀?这是哪个规定的?"

黄小鹏的脸又红了,张张嘴说不出话来。

论辩论,论口才,黄小鹏哪里是牛翠花的对手。黄小鹏从学校毕业,走上工作岗位时间不长,社会经验不足,说话总是带几分书卷气。牛翠花没读过什么课堂的书,念的全是社会的大书,很多道理无师自通。她根本就不把黄小鹏放在眼里。工作组的干部,今天来,明天走,日子还得自己过。

牛翠花一向是个人来疯,看的人越多她越来劲,更何况今天还有工作组的同志,更增加了她表演的兴致。她转过身子,手起刀落又跺几刀,跺些节奏出来,扯长声又开始咒起来:

> 你个黑心烂肝的贼呀——
>
> 你吃了我的鸡,你全家过年遭天火——
>
> 你初一出门跌断腰,初二出门磕破头——
>
> 你初三出门野狗扯你的腿,初四出门野鸡啄你的背——

如果没有人劝,她怕是要从初一数到十五了,还全都不重样。黄小鹏实在听不下去,俯身拍拍牛翠花的肩说:"大姐,你丢的那只芦花鸡,有几斤重,值多少钱?"牛翠花的咒骂戛然而止,在心里快速计算了一下说:"养了一年多,七八斤重是有的。抱到街上去卖,一斤起码二十元,你自己算算。"

黄小鹏取出钱包,掏出两张百元钞票递过来说:"大姐,你看,够了吗？"

牛翠花没有想到会是这样一个结局，手都抬起来了，想想又落下去，理理头发撇撇嘴，自尊地说："我要你的钱做什么？鸡不是你偷的，再说我也不是叫花子。"

黄小鹏把钱硬塞到她手里，拉扯起她说："就算我买了你的鸡好不好？你不要再骂人了，咱们要注意影响好不好？你看看，这么多孩子在看着你呢，大姐——"

牛翠花拖长声说："既然你不嫌弃，叫我一声大姐，我也叫你一声同志妹子。妹子呀，你以为我愿意这么伤精费神，这么不要脸不要命？我心疼我的鸡呀，心疼我的心血和汗水呀！我又肥又壮的芦花大公鸡啊——"

黄小鹏忙说："大姐呀，我理解你，理解你。回家吧，回家吧！"

牛翠花是聪明人，咒人骂人也是迫不得已，心魔所驱，见有人愿意给自己这么大个台阶下，自然顺坡下驴。她把钱掖进口袋，提起砧板、刀子，跳下台子拍拍屁股回家去了。她今天只觉得浑身舒畅，两百元在口袋里贴着肉，暖烘烘的。

观众们望着她的背影，有些意犹未尽。

七

黄小鹏分到的扶贫联系户，竟然就是牛翠花和王秀英两家。

这两家人原本就是一个大家庭里分出来的，是因为牛翠花进门后，见不得婆婆嘴碎、做人小气，伤了心。生女儿小凤时，王秀英一见生的是个姑娘，连鸡蛋都舍不得给媳妇吃，提到街上卖钱去了。牛翠花那个生气呀，气得连奶水都回了，等一出月子，死活再不肯跟婆婆过,说不分家就回娘家。分家后她又生了儿子小强,挣回了脸面,跟婆婆却再也回不到一个屋里过日子。婆媳是冤家,在哪儿都适用。

黄小鹏来到梭罗古,凭的是一腔工作热情。她看到一路山高水远,苗枯草长,就想尽快帮助这里的人脱贫致富。城里长大的她哪里知道一个贫困家庭中,竟然会隐藏着这么多伤心的陈年往事,像乱草一样芜杂,时不时就会露出一截来戳人心尖。

她来到牛翠花家里,推门便有些犯晕。一幢土墙房子,窗户开得巴掌那么大,要待上几分钟才能看清家里的东西。不过是一个火塘,几个草墩,一只被烟熏了黑得发亮的水壶吊在铁架上,咕嘟咕嘟冒着热气。坐了会儿,才看清楚墙上贴着几张明星照,还有几张小凤从学校得的奖状。看着这个简朴到极致的家,黄小鹏瞬间原谅了方才牛翠花的泼妇行为。她懂得人穷志短马瘦毛长的道理。

牛翠花拿了她的钱,心里多少存了些感激,忙招呼黄小鹏坐下,从火塘里刨出几个洋芋,将灰一番拍拍打打,递到她手上说:"我们叫它三吹三打,也叫吹灰点心,不知道你吃得习惯不?"黄小鹏忙接过来,笑着说:"习惯,习惯。我在城里也经常会买烧洋芋吃呢。这香味太诱惑人了!"

牛翠花用火钳拨拨火,似笑非笑地看着这个城里下来的工作组同志,在心里揣摩着对方的来意,暗想她莫不是后悔了刚才的行为,想把那两百元要回去?好在黄小鹏并没有提方才的事,而是问些她家过日子的家长里短。

黄小鹏今天是来做第一次入户调查,为贫困户建档立卡做准备,想多了解一些自己联系对象的情况。她背包里面还装了一摞各种表格,需要填上数据带回去。这样就免不了要问到牛翠花家的经济收入,男人做什么工作?地里有什么收成?每年的家庭收入大概有多少?

这些问题都很具体，也很敏感。她是公事公办地问，牛翠花这边却听得有些心烦。听她问到钱的事，还往小本子上记录，心里便无端地警惕起来。

不等她问完，牛翠花便开始叫穷："同志唉，你是不知道呀，我们这梭罗古自古就是穷山恶水，山高皇帝远，多少年来家家过的都是穷日子呀！这些年饭是吃得饱了，衣是穿得暖了，只是要想修个房子娶个媳妇，家底就光了，日子过得很是艰难呢！"

黄小鹏发现只要牛翠花一开口，她几乎就插不上话。她几次想打断牛翠花，问点儿具体的问题，都插不进话去。她手里握着笔，本子上却记不下什么有用的东西。总不能把牛翠花那些口水话都记上去吧？她仔细打量着面前这个口若悬河的女人，话流水一般从牛翠花口里流出来，没有丝毫阻碍。所说的都是过日子的艰难不易，种地的辛苦，养老养小的艰辛。山区山高坡陡，地里种的只有洋芋、苞谷、荞麦，再就是白菜、萝卜，三文不值两文。想吃大米就得下山到镇上，先卖了苞谷洋芋，再用钱去买。吃盐吃油，穿衣穿鞋也得用钱去买。

说白了，钱，就是她牛翠花今生今世最大的敌人啊！

牛翠花说的基本是实话，平时很少有人会坐下来问她这些过日子的事。就连她男人赵松松，也从来不问她的艰难，只是嫌弃她的吝啬和辣躁，为了一只鸡竟然会提着刀子去咒人，还行的是"砧板咒"，却不知道一个女人心里的苦。

说着说着，说到自己的种种艰辛不易，牛翠花眼里开始泛起丝丝泪花，声音也有些哽咽。她伸出一双手给黄小鹏看："同志妹子，你看看我这双手，就知道我牛翠花说的不是假话。我的日子如同喝那黄连泡的苦水，一杯又一杯啊！"

她伸出的那双手，确实把黄小鹏吓了一跳。十根指头像柱子一样粗糙,手背的皮肤鱼鳞一般,手心竟然也结了茧子。黄小鹏再看看自己的手,每天搽护手霜,保养得细皮嫩肉。同为女人,单是一双手,就体现了二者天差地别的距离。黄小鹏有些不好意思,下意识地把手藏到包包下面。

她忙问牛翠花:"大姐,有什么要求你尽管说出来,我会尽量帮你的。我们扶贫工作队下来,就是要帮助大家脱贫致富,过上好日子。"

牛翠花用火钳拨亮柴火,淡淡一笑:"同志妹子,你也看到了,我家的日子过得就像筛子眼儿一样。不是我们懒,是命不好呀!生在这穷山恶水的山区,再怎么下力去苦,也挣不了几个钱,只是勉强够吃穿。若再遇上生病、盖房子这些大事,就更是穷到底了。我家娃娃他奶奶,去年生场病送到镇卫生所住了几天院,如今欠下的钱还没有还清呢!我老公一年四季在外面帮人做活计,辛苦得像狗一样也堵不上这些窟窿眼儿呀!"

黄小鹏也听明白了,她说来说去离不开一个钱字。黄小鹏心里装的是扶贫的规划,产业扶持的想法,想和牛翠花商量,计划用个三五年时间,帮助她家改变贫穷面貌。但是在牛翠花面前,她突然觉得那些规划有些漫长。

牛翠花提的最后一个要求更是直截了当,她求黄小鹏帮她婆婆王秀英办个低保,每个月能有个一两百元进项,也就解了她的后顾之忧。

黄小鹏一听忙解释说:"办低保需要找村干部进一步了解情况,有很多程序要走,但是,我会负责反映上去的。不是马上就过年了吗?等过了年我再下来,一定帮你解决这个问题。只要符合政策条件,该办就办。"

牛翠花笑笑,心想这个同志还是太年轻!等你过了年下来,只怕黄花菜都凉了。她嘴里依旧客气地应对着,却站起身取下一个竹篮,说要到地里割猪菜去了。

她边起身边唠叨:"妹子呀,厩里养的不是猪,简直就是养爷爷!那个绝瘟的东西性子急,一到饭点就会用嘴拱厩门,让人心烦得很!"她不停地抱怨着。

黄小鹏只得拿着个烧洋芋,起身快快告别。

八

等过了年收假,正月初八黄小鹏再次来到梭罗古,却发现牛翠花已经跟随丈夫赵松松离开梭罗古,到省城打工去了,初七出的门。这让黄小鹏吃了一惊,年前到她家走访,她可是半个字的口风都没有漏呀,这个女人怎么这么有心计。

王秀英站在门前,往菜园子的篱笆上晾衣服,见黄小鹏站在儿子家门前发呆,便隔着篱笆跟她打招呼,讲了儿子儿媳妇出去打工的前因后果。

王秀英抹着眼泪说:"原本是不想去的,守着自己的家自己的地过日子才踏实。还不是万不得已!现在他两口子倒是走了,两个娃娃丢给我老婆子,要吃要喝要上学读书,苦死我一个人了!"

黄小鹏觉得事情没有这么简单,一定还有些隐情没有说出来,但王秀英支支吾吾地不肯多讲,话语间透露,牛翠花两口子进城,恐怕和王秀英的低保有关系。王秀英自己不肯说,只是不停地叹气:"我那个儿媳妇人是个好人,是个吃苦耐劳的好手,只是那张嘴没有生好,乱说乱讲得罪人呀!"

黄小鹏见问不出什么,就去村子里走了一圈,才把事情搞清楚。

原来事情真的和王秀英的低保有关系。说起来，牛翠花为婆婆申请低保有几年了，只是因为一些说不清道不明的理由，每年报上去后都被刷下来。最让牛翠花不服气的是赵刚子的妈，赵刚子家的几个亲戚，条件比王秀英好了很多，却前后都办成了低保，真正应了"朝中有人好做官"的俗语。一个村民组长，就是村子里的高干了。

今年过年前，王秀英就让牛翠花抱只鸡去给赵刚子拜个年，就算都姓一个赵，也要多走动办事才顺溜。牛翠花的倔脾气犯了，说什么也不去，还不准婆婆去。她站在门前拍着巴掌说："人家未必看得起一只鸡，只怕胃口大得很，几只鸡都塞不满。给他吃，还不如给狗吃，狗吃了还会摇尾巴。自己宰了过年，让老的小的都开开荤。"

王秀英说不服她，赵松松又是个嘴笨的人，更是不肯上前去求人。但是这件事情上，牛翠花心里像堵了团羊毛，过年过得不爽快。

大年初一，村里孩子都聚在土台子前面放鞭炮玩儿，赵刚子的儿子小光和牛翠花的儿子小强，为了一个鞭炮争抢起来，打成一团。小强力气小吃了亏，脸被小光的指甲划了个道子。这下等于捅了马蜂窝，牛翠花心里的怨气有了宣泄的出口。她也不顾过年的气氛，领着儿子到赵刚子家门上大闹了一场，一张快嘴东扯西拉，把心里堵塞的事都扯了出来，夹枪弄棍地吵了一架。赵刚子的婆娘也不是省油的灯，加之老公又是村民组长，多少有些仗势，嫌牛翠花上门寻事坏了她家过年的运气，跳出来和牛翠花对骂。两个婆娘像唱戏一样，把梭罗古的年味搞得十足。看戏的人多，劝架的人也不少。

牛翠花总觉得那些劝架的人，言语上都偏着赵刚子的婆娘。毕竟人家是村干部的老婆，是梭罗古的高干夫人，办低保什么的都有求他家的时候。她牛翠花算什么，除了一张利嘴，在村子里就是个没用的东西。

回家来,王秀英赵松松母子也有些责怪她的意思,说以后办事还得从人家手上过,只图一时吵得痛快,以后遇上事情怎么办?王秀英还一直叹气,一直嘀咕,说今年她的低保只怕是又没有希望了……

一向刚强的牛翠花气得倒在床上,蒙着被子大哭了一场。

这年过得窝心极了,一家人都不痛快。或许就是那一刻,心性刚强的牛翠花就动了进城打工的念头。赵松松早就有进城的想法,他有木工手艺,进了城能找到工作,是牛翠花不让他走,怕他进了城花心,现在她主动提出来进城,正好合了赵松松的心意。说走就走,正月初七两口子就离开梭罗古,去了省城。

牛翠花的事,黄小鹂听得有些惊心动魄,上次见面她就感觉这个女人的心性太强,只是没有想到她会为这么点儿事就急切地离开梭罗古。她只能回过头安慰王秀英:"大妈,你办低保的事,我会上心的,只要符合政策,一定能办下来。"

王秀英这边,先自千恩万谢了一番。

九

农历初七这一天,赵松松和牛翠花两口子坐班车来到了几百里地之外的省城。

赵松松一个远房亲戚之前说过,昆明一家家具店需要人手,真干上一个月可以挣三千多,干得好还可以再多些。赵松松就心动了,乡下的日子过得枯寂,外面的世界却闪着迷人的光芒。他原本想自己一个人先去,看看情况再作打算,不料牛翠花却不愿意,说什么公不离婆,秤不离砣,要走一起走,她不愿意留在村子里看赵刚子一家的臭脸受气。只好把两个娃娃托付给婆婆王秀英,两口子邀邀约约就上了昆明。

坐了一夜长途夜班车,天明时分就到了昆明。从前觉得遥远无比的地方,一下就真真切切地踩到它的土地上了,反倒觉得不太真实。牛翠花抬头看看四周的高楼,拉拉赵松松的衣襟问:"这里真的是昆明吗?"赵松松说:"不是昆明我带你来做什么?怕我把你卖了?"牛翠花掐他一把说:"卖老娘?你敢!"

不吵不打的日子,小两口其实还是恩爱的,更何况现在到了陌生的地方,牛翠花对丈夫又多了一层依赖。毕竟在这个城市,只有赵松松是她最亲的人。

牛翠花没有念过书,上个厕所都分不清男女,得站那儿看进出的人,有女人出来才敢进去,看城里的高楼大厦更是眼晕。梭罗古离城远,以前她是三两年才进一回城,还要约着张家大姐李家妹妹做伴儿,生怕进了城迷路,还怕城里人欺生。从来没有想过有一天自己会来到昆明,还住下来,要做城里人了。

那个远房亲戚住在城北面的城中村,把自家租的一套两居室匀了一间给他们两口子住,说好了房租水电费平摊,简简单单就安顿下来。房间不大,摆了张双人床,铺的席梦思垫子,一对咖啡色双人沙发,还有个小衣柜,都是旧货,仔细看上面留有污渍和划痕。但毕竟都是城里款式,比乡下那是大不同了。牛翠花欢喜得不行,摸摸床,摸摸沙发,看看窗外不息的车流,旅途的劳累早丢一边去了。

那一夜赵松松搂着她亲热了几次,又亲又摸,让牛翠花感觉进了城连床上的事都和在乡下不大一样,这城进得还是值得。她搂着丈夫的肩发狠说:"以后我们努力打工挣钱,要让赵刚子家的人看看,离了他们我们也可以活得好!"

赵松松说:"离开那么远了,还跟人家较劲儿啊?睡吧睡吧,明天就要找活儿做去了!"

牛翠花睡不着,城市的各种噪音都从窗缝钻进来,弥漫在房间里,却让她觉得格外新鲜。城市的生动,和梭罗古的死气沉沉完全不同。她就是要较劲儿,要让梭罗古的人看看,她牛翠花也是有本事的人,一定能在城里混出人样儿来,将来还要把一双儿女接来省城,一家人过快乐日子。

进城第一夜,牛翠花心里溢满了快乐和希望。

十

牛翠花是个勤快人,只闲了一天,就感觉身上的皮都要蜕了,全身都不得劲儿。更让她不得劲儿的还有城里的生活,竟然都离不开一个钱字。

远房亲戚的女人叫秀芳,进城已经七八年,俨然可以做她的老师了。秀芳在一个小区摆摊卖菜,夜里四点就起来了,说要到批发市场批菜,才赶得上小区的早市。牛翠花第一天进城,想偷个懒,逛逛街。她拉着丈夫到附近的菜市场吃早点,发现一碗米线竟然要八元,心里想抢人啊,几根根米线就要八元,就跟人讲价说:"少点儿嘛,五元一碗行不行?"卖米线的男人挥挥手,赶苍蝇一般说:"让开让开,不要耽误我的生意。五元一碗的米线,全昆明你找一家给我看看?"吃得起就吃,吃不起一边看着。"眼里写满了看不起人。

牛翠花心里的火一下子冒起来,跳脚就想骂回去,赵松松忙把她拉到一边,瞪她一眼轻声说:"牛翠花你给我记好了,这里是昆明,不是梭罗古,在这里不能随便骂人。在这里没有钱,真是万万不能的。今天早上陪你走走看看，下午我就要上班去了。"赵松松大大方方请牛翠花吃了碗八元的米线，里面有些碎肉，漂着油花、葱花，看起来十分诱人。但是牛翠花还是有些心疼钱，发狠似的又往碗里倒了些酱油，加了勺味精，把汤都染黑了。稀里哗啦吃下去，却感觉肚子只是半饱。

赵松松又带她到市场门口，让她去买菜，说要做饭请亲戚吃，毕竟是人家给自己提供了住处，找工作也是人家帮忙，让赵松松到一家家具厂做工，说好每月三千，还有奖金。牛翠花没有反对，做人的道理她是懂的，再说她也是个要面子的人。

只是等来到菜市场里面，牛翠花才真正感觉到了自己的穷。赵松松给了她一张一百元，她以为买一顿饭的菜肯定用不完，可以从中抽出几十元作为到昆明后的第一笔私房钱攒下来。积少成多，聚沙成塔。

可是光买肉就花了不少的钱。她在心里想了又想，亲戚一家四口人，加上自己家两口人，六个人吃饭，她大方地开口要了二斤肉。卖家把一块肉称好丢过来，说："五十六元。"牛翠花吓了一跳："两斤肉怎么会要这么多？我们那里一斤肉才十多元！"

卖肉的是个胖婆娘，瞟她一眼说："你是第一次买肉？昆明的秤都是讲公斤的，后腿肉一公斤才卖你二十八元，够便宜的了！"

牛翠花脸红了，一种乡下人的自卑让她开不了口，抓起肉逃一般离去。

又买了葱、姜、辣椒、白菜、豆腐、洋芋，一百就所剩无几。这钱花得让牛翠花无比肉疼，一百呀，差不多够她在乡下半个月的花销了。那时候菜都到地里去摘，肉一个月吃不了几次，不过是哄哄自己的嘴。城里的日子咋都离不开一个钱字呢！

第二天，牛翠花就决定跟亲戚家的女人秀芳卖菜去。对她来说，卖菜是目前最方便的工作。置办一辆三轮车,起早赶到郊外的蔬菜批发市场,批车菜,到附近的菜市场摆个地摊,都是体力活儿,难不倒吃惯了苦的牛翠花。听秀芳说只要肯下力,一天下来挣的钱比在村子里种地划得来。

初来乍到的牛翠花只能和秀芳搭伙,一切从头学起。她在梭罗古时也到镇上卖过菜,不过那是卖自己家地里的菜,拔点儿白菜萝卜担着到镇上,买菜的也多是乡里乡邻,不大好意思讲价。现在跟着秀芳开始一种新工作,可以挣钱养家,她心里充满了新鲜和快乐,走起路来风一样快。

批好菜已经快八点了, 牛翠花跟着秀芳来到一个叫园丁的小区门口摆摊卖菜。秀芳说里面住的都是老师,脸皮薄,买菜不大讲价,好卖。果然,来买菜的人看起来都面带笑容,文质彬彬,完全不像乡街子上的人那般粗野。

牛翠花心情大好,难得地讲起礼貌来,冲一个弯腰捡拾她白菜的老年女人说:"大妈,我这白菜太新鲜了,你看水珠珠都还在叶子上滚呢。"

那女人突然直起腰,白她一眼,头也不回地走了,让牛翠花愣了半天,心里好生纳闷,不明白自己哪句话得罪了人,这么好的白菜都不买了?一回头又对一个男人叫着:"大爹,你看我的白菜好新鲜,买点儿吧。"男人头一扭,又过去了。

半天下来,牛翠花的菜卖得没有预想的好。秀芳的一车菜都卖完了,她的还剩下半车。秀芳数好了口袋里的钞票,过来帮她卖。牛翠花心里很不爽,一样的菜自己卖不出去,大爹大妈都叫了;人家就是不买,怎么到了秀芳手上,却卖得这么顺溜?只见秀芳满脸带笑,一连声叫着:"老师,白菜给你称好了,三块五。""老师,萝卜又白又大,只要两块五一斤。""姐,你慢走,明天再来买啊。"

买的卖的,一团和气,捎带着就把牛翠花的菜也卖完了。

俩人推着小车回家的路上,牛翠花感叹说:"秀芳,我怎么这么笨呢,卖个菜都不会。是我长得难看吗,连菜都不肯买我的?"秀芳笑笑,开导牛翠花几句:"姐呀,城里人不比我们乡下人,讲究多着呢,叫对了就喜笑颜开,叫不对扭头就走,懒得理人。"

牛翠花停下车子,有些奇怪:"我今天没有叫错呀,年纪大的叫大爹大妈,年纪轻的叫叔叔孃孃。不过是卖个菜,喊得亲甜寡甜的比亲人还亲,我自己都有些脸红,他们还有什么好挑剔的?"她实在是有些想不通,逼着秀芳要个答案。

秀芳先是一通怪笑,笑得脸色发红,泪水都要滚下来了,笑够了才说:"姐呀,我刚进城卖菜那会儿也犯过你这样的错,以为只要嘴甜肯喊人,菜就会卖得好。后来发现,城里人活得矫情,再老的人都不喜欢人家喊他们大爹大妈,说是把他们喊老了,听起来又土气。不信,那些五六十岁的大妈,你喊声她一声姐,她保证买你的菜。"

牛翠花有些惊讶:"真的? 卖个菜还有这么多讲究? "

秀芳淡淡地说:"城里人命好,就是比我们乡下人活得矫情。"

牛翠花站在街头愣了半天, 卖菜第一天她学了一个新词:矫情。

十一

这件事让牛翠花大受刺激,没有想到城里人活得竟是如此讲究,被人尊敬还要这般挑礼? 要在乡下,叫五十多岁的男人女人一声大爹大妈,那是一种敬重和礼数。被叫的人会满面笑容,浑身受用。城里人却不爱听这样的称呼，嫌土气嫌老气。

牛翠花从秀芳那儿上了进城后的第一课后，学聪明了，再去卖菜，见人便都叫老师，或者叫哥叫姐，菜果然好卖了许多，可她心里有些不以为然。一个穿一身时尚衣裙的女人来到她的摊点前，牛翠花看出了她的犹豫不决，便主动叫着："姐呀，今天我这菜可新鲜了，水灵灵的，可鲜嫩了。"女人被她说得受用，便蹲下来挑了几样。

牛翠花记得前天也是这个女人，她刚叫了一声大妈，人家头一扭便飘了过去，今天叫一声姐，却欣然就买了她的菜。因为凑得近，她看清了女人眼角的皱纹，脖子上鸡皮一样的皮，发根处染了又冒出来的白发，突然想起留在梭罗古给她看孩子的婆婆王秀英。婆婆其实就是六十岁左右的人，只是乡下人常年风吹日晒，也从来不用什么化妆品，看起来可比眼前这个女人老了一大截。牛翠花心里第一次涌起几分对婆婆的同情，同样生为女人，却有着不一样的命呢。她心里突然跳出个念头，等回家过年的时候，一定给婆婆买一瓶搽脸的雪花膏，让她也享受一下城里女人的待遇。毕竟两个娃一起丢给婆婆，还是要操心受累的。

慢慢地，牛翠花学会了见人就叫老师。就是小区里面的保姆出来买菜，被她叫声老师，也蛮受用的。老师是个中性词，却又含了许多尊重。以前牛翠花就知道，老师是用来尊敬的人，一般人不能轻易叫老师。她的一双儿女在镇上上学，回家来说起老师都是一脸敬重，说老师有知识，懂的东西多。起初牛翠花还有些不以为然，直到她见了小凤的班主任兰老师。

兰老师是个戴眼镜的中年男人，说起话来文质彬彬的。兰老师第一次见她，推推眼镜，上下打量她一番，问了一句："小凤妈妈，开家长会十次有九次都见不到你，你家小凤不是亲生的吧？"牛翠花一听急了,忙说:"哪个乱嚼舌根？小凤可是我十月怀胎养下的,怎么会不是亲生的,老师你可不要听别人乱说!"

兰老师笑笑说:"真是亲生的? 亲生的, 怎么对她的学习不上心呢?这个孩子全班考试经常在前十名,算是优秀的学生。她肯努力,前途很有希望。你和她爹从来不开家长会,不要说你家住得远,比你家远的人家都来了。区别就在于,人家关心自己娃娃的前途! 我再问一句,小凤,真的是你亲生的吗? "

一向伶牙俐齿的牛翠花,在兰老师面前败了下来。人家说话不急不躁,没有一个脏字,却句句直捣你的心窝子。事后她总结了一条经验,戴眼镜的人不可小觑,能躲就躲得远些,人家有四只眼睛,比你看到的东西多。

这天,她的菜摊前来了个三十多岁的女人,恰好是戴眼镜的。她先是把白菜提起来左看右看,然后把边叶修了两片直接扔到地上,只留下个白菜心。牛翠花看着心疼,忍不住嚷嚷起来:"老师呀,我这白菜已经修过了,剩下的都是嫩叶子呢!"那人说:"我修的都是黄的,虫吃过的。"牛翠花见不惯她那副做派,喷喷嘴说:"城里人吃菜也真是矫情,都说怕吃打过农药的菜。现在这虫吃过的,说明它没有打过农药呀,还修! "

那女人也不省油,直接怼她说:"我花了钱,就要买最好的。凭什么不让我修? "

牛翠花一生气说:"不卖给你了,难怪人家说戴眼镜的多作怪! "

眼镜不干了,把菜一扔直起身说:"你说什么? 卖菜就好好卖菜,倒说起我的眼镜来了?再说我的眼镜碍你什么事了,眼红了你也去配一副戴呀! 买个菜还要被你教训? 你不过就是个卖菜的,算个什么东西! "

牛翠花说:"你又算个什么东西!不就是多了两只眼睛吗,四只眼睛的人看东西还看不真切呀?我这么好这么嫩的菜,你还要修!有没有良心呀!你知道农民种菜多不容易,要洒多少汗水才能种出来,城里人就可以这么糟蹋别人的劳动啊!"

那女人或许没有遇见过哪个卖菜的有这么好的口才和胆量,竟然敢和顾客回嘴,一时气得脸都白了,把手里的白菜心扔到地上,还踩了两脚说:"我就愿意修,我就是要买菜心,你管得着吗?!"

牛翠花也恼了,嫩生生的白菜心呀,被那女人的高跟鞋踩得七零八落,散落一地。她可是经历过挑水种菜,一瓢瓢地舀水泼菜的人。那么辛劳才种出来的菜呀,到了城里女人这里,却可以任性地用脚下去踩,有钱就可以高人一等?

牛翠花心里的火气瞬间被点燃了,一时忘了自己身在何处。她跳起脚来,拍着巴掌,指着那女人便开骂:

你四只眼睛还看不真?高跟踩菜黑良心。
你不分好坏乱修菜,菜心当作黄叶卖?
你有钱就想充大爷,不把卖菜的当人看?
你四只眼睛看不清,农民种菜汗水浸。
…………

一旁的秀芳吓坏了,怎么拦都拦不住。菜摊前一下子聚了好多看热闹的人,看戏一样。小区门前还是头一回出现骂人骂得这么有腔调的人,大家都用非常惊讶的目光看着她表演,有人还掏出手机拍了视频,传到网上去。

戴眼镜的女人这才发现,自己根本不是这个卖菜女人的对手,围观者中有的还是她的同事和邻居呢,白白让人看了笑话,不由委屈得哭起来。

十二

这件事以警察的到来而收场,却又是牛翠花绝对没有想到的。

有喜欢管闲事的人,悄悄拨打了110。很快一辆警车便开到小区门前,下来两个警察,连声问发生了什么事。

牛翠花开始没有当回事,自己又没有杀人放火,警察凭什么管?可是警察还是把她和那个戴眼镜的女人一起叫到警车上,询问事情的经过。

那个女人姓毛,竟然是个博士,在Y大当老师。

毛博士很委屈,逻辑清晰地叙述了事情的经过,特别强调了牛翠花开口骂人的重点,说她扰乱社会治安,骂人有损精神文明建设,还强调昆明是省会城市,正在建设全国文明城市,绝不可以让这种人破坏了形象……

牛翠花不干了,抢着说:"你红口白牙说些什么?! 我怎么就破坏昆明的形象了? 我凭自己的劳动卖菜挣钱,又没有做什么坏事。我骂人也是你引起的,哪个叫你把我的白菜叶子修得一地都是,还用高跟鞋去踩,你还是博士呀? 博士是干什么吃的? "

牛翠花心里其实有点儿虚,真的不知道博士到底是做什么的,为什么还亲自出来买菜? 警察会不会偏向她多一点儿? 城里不比乡下,很多东西她真的不懂。

毛博士跟警察说:"这个女人,她侮辱我,骂我是四只眼睛! "

牛翠花还嘴硬:"你戴副眼镜,加起来不是四只是多少? "

毛博士气愤地说:"你无知!"

牛翠花嘴上是不肯吃亏的,忙还嘴说:"你不识数! 还博什么士! 两只眼睛再加上两只眼镜,不是四只是多少?"

警察忍住笑,制止她们再争吵,问了双方的情况,两边都一通批评。好在没有酿成什么严重后果,只能批评劝解了事。但是牛翠花感觉那个年轻警察的语气向着毛博士多一点儿,批评她的程度明显要重一点儿。

她不服气,心里已经积攒了许多对城市的不服气,还要张口分辩,还要指责对方的不是。其中一个警察指着她说:"你骂人还有理了? 严重一点儿是可以把你叫到派出所去解决的,按照治安管理条例,已经可以处罚你了,信不信?"

牛翠花这才住了口。尽管心里有千般万般不服气,但也懂得鸡蛋不能往石头上碰的道理,一个人该服软时还得服。真要让去派出所解决,那还不把事情闹大了? 她不理解的是,城里的警察怎么连吵架骂人的事都要管? 这在乡下,算多大点儿事呀! 从来没有听说哪里吵个架,骂个人还要警察出面管的。

警察让牛翠花给毛博士道歉,这件事就这么了了。牛翠花一下子又炸了:"道歉? 我凭什么给她道歉? 是她踩了我的白菜,我的嫩生生的大白菜呀,她竟然用脚去踩!"

毛博士说:"是踩白菜严重,还是当众骂人严重? 踩了你的菜我可以赔你钱,你骂了我难道就没有个说法了不成?"

牛翠花这回被噎着了,讪讪地说:"又没有骂掉你一块肉,你又没有少什么。"

毛博士说:"少了尊严,少了公正。"

牛翠花听她说得那么严重,不由撇了撇嘴:"尊严、公正,能当饭吃呀！"

毛博士说："能！能！能！"

牛翠花觉得这个女人不可思议，就蚊子叫似的说："对不起了。"

毛博士看来也不想跟她这种人多计较，冷哼一声说："跟你这种人生气掉价了！"顺坡下驴地对警察说了声谢谢，看也不看牛翠花一眼，昂着头走了。

我这种人，我这种人怎么了？牛翠花很是委屈。等毛博士走了，她问警察："你们能不能告诉我，这博士到底是干什么的？这么看不起人呢。"

警察说："博士，就是书读得最多的人。起码要读上十几年吧，才能读到博士。你这张嘴呀，比博士还能说，人家都被你骂哭了。"

这句话让牛翠花小小地得意了一会儿，原来她今天骂哭了个博士。书读得多也不一定有用，在她面前照样败下阵来。回家后，她得意地把今天的事说给赵松松听。不料赵松松没有夸她，反倒在她额上杵了一下说："你呀！才进城几天，就到处惹事！我可告诉你，这里不是梭罗古，没有人喜欢听你骂人。今天只是给你个教训，要是惹了大事，到时候只怕我也救不了你。你一定要好好管住自己的嘴！"

牛翠花不以为然："我的嘴除了吃饭就是用来说话，能惹什么大事！"那一夜她睡得不安稳，半夜又想起那个博士说的话：尊严、公正。这些东西，她牛翠花够得着吗？她喃喃地说了个自己新学的词：矫情。城里女人就是矫情！

十三

经过一番思虑，牛翠花还是决定改行。

经过这次事件，她发现自己在园丁小区卖菜的声誉多少还是受了些影响。明明自己的菜比秀芳的菜水灵，可人家就是不买，看一眼就飘过去了。秀芳长了一张笑脸，见人就叫哥叫姐，加上卖菜时间长，她没有办法比得了。

经过深思熟虑后，牛翠花决定改行去收废品。

卖菜的这些日子她已经观察好了，园丁小区住的大多是老师，老师一般都爱读书读报，家里的废书废报就多。小区门前长年驻守着几家收废品的，都是来自会泽的同村老乡，一般人轻易插不进脚去。他们每家一辆三轮车，平时各家守一个固定的位置。没活儿时女人坐在车上绣十字绣，男人聚在一起打牌，看起来倒是悠闲。

牛翠花就是和其中一个女人聊十字绣认识的。女人叫玉兰，和她很投缘，喜欢她说话爽直的脾气。某次牛翠花把卖剩的菜送了一把给玉兰，两人就熟了起来。玉兰告诉她最近家里有事，公公生病要回乡去照看，如果病好不了，还要等送了终才能回来，前前后后只怕要去一两个月呢！言谈间很是无奈。

牛翠花突然动了心思，说："妹子，你回家这一两个月，你家的位子闲着也是闲着。不如让我用你家的位子，也学着收收废品，你看行不？"

玉兰说："有什么不行的，都是人做的活儿，比你卖菜轻省些。"说话间教了她一些收废品卖废品的方法，其实也没什么技术含量，不过是做人热情些，见了过路的还是得叫老师，叫哥叫姐，人家看你热情大方，才肯叫你去家里收废品。赶上主人家一高兴，兴许还能送你几件旧衣服和不用的旧物品。

玉兰说："姐呀，干我们这一行，就是一个'守'字。就是人家说的什么守株待兔。"

牛翠花笑了："你怎么一说,卖废品的都成兔子了?"

玉兰也笑:"我也就是顺嘴一比,反正要坐得住,等人家来找你。"

玉兰的条件是要牛翠花帮她绣一幅十字绣,工程不小,是一幅猫戏牡丹图,用空闲时间绣,差不多也要一两个月才能完成,恰好是玉兰回来的时候。虽然知道要花很多时间,牛翠花还是爽快地应下了。人家帮了她,她做人也不能小气。

玉兰拍着她的膀子,有点神秘地说:"姐,给你说句实话,做我们这一行的看起来脏,不受人待见,但其实比你卖菜真的强了好几倍呢!你做了就知道了。"

工具是现成的,卖菜的三轮车就能用,占的是那女人让给她的位置。多了个人收废品,玉兰的同乡虽然有些不高兴,但也没有多说话,只是神情上有些冷淡。牛翠花装没看见,哥呀姐呀叫,算是打过招呼了。

第一天,牛翠花就有了生意,她看见一个老头儿买了菜过来犹豫不决地朝这边看,便主动迎上前去问:"老师,是不是有废书废报要卖?"

老头儿点点头说:"是有一些旧书,你跟我到家里去看看。"

牛翠花答应一声,骑着三轮车跟着老人进了小区。说起来她在小区门口卖了一个多月的菜,还是第一次进小区。守大门的保安见有人领着,也不过问,就把栏杆打开让她进去。里面的楼房很多,有几十幢,高的有十多层,矮的也有七八层,都刷成淡黄色,看起来十分典雅。时令已到夏季,她恍惚看见道路两旁花坛里还有花开着。汽车停满了道路两侧,只有中间留一条通行的道。

老人指着一幢房子说:"到了,我家在十一楼,坐电梯上去。"

牛翠花平生第一次坐电梯,心里有些好奇,也有些紧张,但是她竭力装出镇定的样子,不想让老人看出她的怯意来。老人的家,比她想象的宽敞得多,里外四五间房,客厅里面摆着米色皮沙发,墙上挂了字画,阳台上还有几盆海棠开得正艳。

牛翠花第一次进入一个城市的家庭,一切都比她的想象来得更真实具体,眼睛都不够用了。她问老人:"老师,你家几个人住啊?"老人说:"就我和老伴儿两个人住,孩子有他的家。"牛翠花不由得感叹:"就两老,住这么大的房子? 啧啧啧,太大了!"

老人和善地说:"不算大,也就一百六十平方米,四室两厅。两个卧室,一个书房,还得给孩子留间客房,正好。"

牛翠花摇摇头,在心里说:"还不算大?还得多大呀!"她租住的房子才五六十平方米,住了两家人呢。她在心里感叹,人跟人真是不能比,一比就活不成了。

老人指着一堆书报说:"就是这些,你收收。"

收了书报,称了斤数,牛翠花还不想走,眼睛滴溜溜到处看不够,又到厨房、阳台拾了几个装过油的瓶子塞进口袋。老头儿人厚道,也不看秤,也不问价格,一切都随她去。牛翠花觉得他人好,就大着胆子问道:"老师,你家有没有不穿的旧衣服,给我几件。"老人说:"你等等,我去找找看。"

这时一个老太太刚好从外面推门进来,有些惊讶地看着她,又看看地上的废品。老太太得有六十来岁了,却还穿着裙子,脸上化了妆,手里提着一个精致的小包。看见老头儿抱了几件衣服出来,连声叫道:"你这是做什么? 怎么把我的衣服也卖了?"老头儿说:"我看你平时也不穿,放着也是浪费,还不如送人。"

老太太急了,一把扯过衣服说:"不穿也是我的衣服。你怎么替我做起主来了!"老头儿讪讪地对牛翠花笑笑,脸上竟然有几分愧色。

牛翠花忙说:"算了算了,阿姨的衣服我不要。"收起袋子走了。

出了门,她听见老太太在训斥老头儿说:"你怎么什么人都往家领,还要把我的衣服拿去送人!以后不准再叫这个女的来收废品!"

牛翠花背过身撇撇嘴:"哼,小气样儿!不过几件旧衣服,谁稀罕呀!"

十四

牛翠花来到楼下,和一个提着水果篮的女子迎面相遇。她抬头的瞬间,那个人突然惊讶地叫起来:"你……你不是梭罗古的牛翠花吗?怎么会在这里?"牛翠花也吃了一惊,自己在城里并没有熟人,这个小区怎么会有人叫出她的名字?

抬头看去,一个梳披肩长发、穿绿色连衣裙的年轻女子瞪眼看着她。牛翠花一手拖着一个大大的编织袋,随口应道:"我是牛翠花,你是谁呀,怎么知道我的名字?"那女子说:"我是扶贫工作队的黄小鹏呀,到过你家,跟你聊过天。想起来了吗?我还吃过你家的烧洋芋……"

黄小鹏是真的惊讶,她的扶贫对象不辞而别,让她心里一直存了份惦记,到处打听也没有结果。现在二人却在省城的小区猝然相遇。她有些激动,放下果篮,拉住牛翠花的手说:"大姐呀,我一直在找你,有好多事要跟你说。"

牛翠花想起来了,这个女子给过她二百元不明不白的鸡钱,说起来还欠着人家一份人情呢!就冲这点,她也只能放下编织袋,客气地说:"原来是小黄妹子,你家住这里啊?"黄小鹏说:"没有,我回昆明开会,来看看我导师,他就住这栋楼。"

站在路边,黄小鹏说了些梭罗古的事。让牛翠花没有想到的是,人家黄小鹏不但惦记着她两口子,还到学校替她的小凤和小强开了次家长会,了解了两个孩子的学习情况。牛翠花心里有些感动,做爹妈的撇下娃娃跑到省城来打工,人家一个外人却帮她开家长会。

黄小鹏问她:"在城里打工过得好吗?"牛翠花支吾着说:"没什么好不好的,到哪里都是凭力气挣钱,好让两个娃娃上学。"黄小鹏说:"可是,大姐你想过没有,两个娃娃是正需要父母陪伴的年龄,你就那么放心丢下他们?"牛翠花叹口气说:"我也想天天陪着他们,可是我们这种人家,哪有这样的闲工夫?"

因为站得近,牛翠花看到黄小鹏脸上画了精致的妆容,眼皮上有一抹烟晕,涂了淡红的口红,和在梭罗古时完全不同。她还闻到黄小鹏身上散发出的香水味,是一种类似于花香的气息,淡淡地若有若无,又直往她鼻孔里钻。她忍不住转过头,打了个喷嚏。

"你快看你老师去吧,我要走了,这些废品拉出去还要整理呢。"牛翠花拖着编织袋扭头就走。黄小鹏望着她的背影发了会儿呆,追上来说:"大姐呀,你在城里过得好吗?要是不好,还是跟我回去吧!我们带了好些扶贫项目下去,肯定有适合你家的。你可以种天麻种药材,可以开农家乐,还可以陪着孩子成长……"

有那么一刻,牛翠花被她说动了心。可是举头一看高高的小区楼房和身边滑过去的小汽车、三轮车上堆着的书报,她又放弃了回去的念头。城市生活对她来说,刚刚拉开帷幕,她对这里还存有美好的希望。她不明白黄小鹏为什么一定要把她拉回梭罗古去,生在那里就一定要死在那里吗?

她回头坚决地说:"我不会回去的。等我挣了钱,重新租间房子,还要把两个娃娃接到昆明来上学。我就不信我牛翠花只能一辈子在梭罗古过穷日子。"

黄小鹏张大嘴,有些不相信地看着她骑着三轮车远去的背影。她看到这个女人眼睛里有一种对生活的热望,像火苗一样闪动着。

十五

牛翠花的废品刚收了半个月,玉兰两口子就回来了,说是她公公的病好了,家里也没什么事,就忙着回来,还说闲在家,心里发慌呢,地也不会种了,还是收废品做得顺手些。其实还是舍不得每日一二百元的收入。

牛翠花心里有些不情愿,却也只能把位子还给人家。只是答应玉兰的那幅十字绣,她便拖着,说没时间绣。玉兰心里明白,也不戳穿她,让她拿回来,说自己每天有时间可以绣。俩人的关系竟然有了些微妙的变化。玉兰觉得牛翠花不知足,白让车位收了半个月的废品,连幅十字绣不肯绣完。牛翠花心里觉得玉兰说话不算话,明明说了要回去一两个月,却提前跑回来,分明是怕她占了便宜。

菜不能卖了,废品也不能再收。牛翠花没有想好做什么之前,暂时失业了。好在赵松松的工作比她顺利,收入也稳定,大口气地说:"你就歇几天好了,我又不是养不起你!你来昆明这么久,也去逛逛公园,逛逛商店。不要以后回到梭罗古,人家问起来,连昆明是个什么样子你都说不出来。"

牛翠花说:"养我嘛,相信你是养得起的,我也就是一日三餐,粗茶淡饭,好养。你不要忘记梭罗古还有老的小的,都等着我们养呢。"赵松松就闭了嘴,梭罗古是他的软肋。

星期天,赵松松休息,还是拉着牛翠花逛了一回街。

来昆明两个多月,牛翠花这是第一次逛街,还是和自己的老公。不管怎么说,日子过得和在梭罗古是有很大不同了。赵松松带着她,坐 84 路公交车,来到百货大楼,翠翠告诉过他们,这里是昆明的中心,热闹得很。

下了车一看,人来人往,熙熙攘攘,果然热闹,比梭罗古过年还热闹。几十层的高楼矗立在蓝天白云下面,广告牌子上面的男女一个个都美得让人咂舌。牛翠花盯住广告牌上那个英俊潇洒的男人,看了几眼,一回头,看见赵松松盯着广告牌上一个嘴巴涂得血红的女人,连眼珠都不肯错开。她打了老公一下,说:"小心看到眼睛里拔不出来!"赵松松说:"说我,你自己不也在看。"

两口子都笑了,那一刻,牛翠花觉得做个城里人真好。她对赵松松说:"等我们挣够了钱,一定要把小凤和小强接到昆明来。"赵松松先是使劲点头,然后突然说:"那我妈怎么办呢?"牛翠花显然没有想过这个问题,她支吾了一下:"城里太闹,她会不习惯的。"赵松松冷笑一声:"你是不想让我妈也来昆明吧!把她一个人丢在梭罗古,村里人还不骂我们没有良心,只顾自己过好日子。"

牛翠花确实没有考虑过把婆婆也接到昆明来。她和婆婆一直是水火不相容的关系,有了好处自然不会先想到婆婆,嘴上又不肯承认。

两人在一张刻在地上的地图前面站了一会儿,有人说那就是一百年前昆明的地图。牛翠花对这个不感兴趣,一百年前的昆明跟她有什么关系,面前的高楼和人群才是最真实的存在。她喜欢步行街上那尊小姑娘的雕像,穿着短裙,一只脚翘起,有些顽皮有些天真。赵松松喜欢那尊小伙子挑担子卖梨的雕像,说他面相憨厚,一看就是个好人。两口子跟孩子似的，各人捡喜欢的雕像看，还学着路人的样子，用手去摩挲雕像的脸。但是牛翠花不准赵松松摸那尊少女雕像的脸，把他的手打开说："不准耍流氓！"赵松松悻悻地说："又不是真人。"牛翠花霸气地说："假的也不准！"

这一刻，牛翠花在心里坚定了要把孩子接来昆明念书的念头。和梭罗古比，省城就是天堂。她有些赌气地想，小凤和小强凭什么不能和城里孩子一样，享受这些美好的东西？自己就是再辛苦，也要实现这个愿望。她不知道，这就是理想。这一刻，美好的理想像花朵一样，在牛翠花心里悄然绽放。

十六

一转身，牛翠花就找不见赵松松了。放眼望出去周围都是人，却都是陌生面孔。牛翠花有些胆怯，却要装出不在乎的样子。她不能大声叫唤，那样别人会看出她乡下人的身份来。虽然她今天把头发扎成马尾辫，穿了一件黑地白花外衣，一双皮鞋；看起来和城里人差不多，但心底还是藏着一份胆怯，一份对周围环境的不适应。其实她心里非常需要丈夫，看见他心里才会踏实些。

此时她才真正体会到了俗话说的"公不离婆，秤不离砣"的含义。

好在她只东张西望了几分钟，就找到了赵松松的身影。他蹲在步行街边，和一个人在说什么。牛翠花紧走几步，看见那是一个讨口的老人。她不知道城里人怎么叫，乡下叫这种人为"讨口要饭的"。那是个老妇人，披一头白而乱的头发，低头跪在街边，赵松松正把一张人民币递到那个老人手里，老人把头点得像鸡啄米一般，一转眼便收进手里。牛翠花眼尖，隔着老远就看清楚了，那是一张十元啊！

她几步上前抓住赵松松，嗔怪道："那是你亲戚啊？"

赵松松摇头："不认识，只是看着可怜。"

牛翠花说："天下可怜人可多了，你每个人都给十元？"

赵松松叹口气："你没见她头发都白了，还出来要饭，多可怜呀！"

牛翠花嗔道："刚才让你给我买杯那种带颜色的饮料，你都嫌贵，只肯买一元一瓶的矿泉水打发我。现在倒大方起来了？那是你妈呀？"

赵松松恼了，一变脸，吐出句真话来："我实话告诉你吧牛翠花，我就是看她长得有点儿像我妈，才给她的。今天你到底要怎么样？！"

牛翠花也翻脸了："她就算长得有点儿像你妈，不等于就是你亲妈！再说了，长得像你妈你就给十元，给我就只是一元的白水打发，你妈重要还是我重要？我给你生儿育女，给你当牛做马，到头来就只值一元？你真是个没良心的狗东西！"

在论理和口才上，赵松松永远不是牛翠花的对手。他的经验还是讲不赢就动手，一时竟然忘记了这里不是梭罗古，是昆明的中心南屏步行街。正是俗话说的，怒从心底起，恶向胆边生，一抬手就给了牛翠花一个耳光，把周围过路的人都看蒙了。

牛翠花也蒙了，自从来到昆明两个多月，男人没有跟她吵过架动过手，本以为从此就是传说中的恩爱夫妻了。现在为了十元，竟然动手打她。一时之间牛翠花也忘记了身在何处，怒火瞬间便燃烧起来，扑上前去抓住赵松松的衣服，一番撕扯。和以往一样，赵松松力气大，几下就把她操在地上。

牛翠花的怒气在心里瞬间化成无数词语碎片，冰雹般砸将过去：

赵松松你个砍秋头的你个挨千刀的
你个塞炮眼的你个老虎豹子啃的

你个滚坡滚岩滚石头的你敢打老娘你不得好死——

　　周围人很快围上来，纷纷掏出手机，对着她一阵猛拍。有人说："是拍戏的吧？演员表演的？"有人说："不清楚，或许是行为艺术表演。先拍了再说。"

　　牛翠花一向就是人来疯，人越多她越来劲，口才越好。那些骂人的话语根本不用打草稿，自己从嘴里水一样流淌出来：

　　　　你个砍秋头的杂种，你挣钱不给老娘用

　　　　你十元票子给外人，她是你妈是你娘？

　　　　你看不见老娘一文钱瓣成两半用？

　　　　你看不见老娘身上穿的是旧衣裳？

　　　　…………

　　人越来越多，看不见的人踮起脚尖抻长脖子一个劲地问："干啥呢？干啥呢？"赵松松臊得恨不得挖个地洞钻进去，想跑却跑不掉，一是被牛翠花紧紧抱住一条腿，二是围观的人堵住了他的退路。他愤愤地骂一声："羞先人啊！"只能低了头蹲在地上任她去骂。牛翠花见他跑不掉，腾出一只手来拍着地面继续骂：

　　　　我牛翠花生来命就苦啊，

　　　　你个坏了良心的狗东西——

　　　　十块钱平白给外人——

十七

说来也巧，一家电视台的生活频道正好在这里拍新闻。女编导杨荷从人缝里挤进去一看，眼睛都放光了。这么好口才的女人，不拍成新闻实在太对不起观众。她对身后扛着机器的摄像挥挥手，示意他快拍，自己蹲下身去拍拍牛翠花的肩说："这位大姐，你有多少心里话要讲？是不是你男人打你，遭遇了家暴？你对我说好不好？"

牛翠花骂得累了，正好想找个台阶下。一看是个三十多岁的女人，穿件牛仔背心，戴副黑边眼镜，一脸同情地看着她。她也明白周围人都拿她当猴看，图个热闹，但是感觉这个女人的眼神是真诚的，这份来自一个城里女人的温暖让牛翠花心里不由一热，一拍大腿号道：

> 妹子呀——
> 他是我的男人是我前世的冤家，
> 他打我骂我欺负我，从不把我当人看。
> 我给他赵家生儿养女多辛苦，
> 我给他当牛做马命比黄连还要苦，
> 我的妹子呀！
> ⋯⋯⋯⋯⋯

杨荷也算是见多识广的人，新闻采访中什么样的人没有见过，但是能这么边哭边骂得条理清晰、言辞犀利的人还是头一次见到。她拍拍牛翠花的肩，鼓励她说："大姐呀，我知道你活得不容易，一定是装了一肚子的苦水。愿不愿意跟我去电视台，好好说一说？就讲一讲你进城打工的艰辛，好不好？"

牛翠花犹豫了一下，用眼角四下瞟瞟找赵松松。其实她也不想把事情闹大，只要他肯伸只手，说句软乎话，牛翠花就会拍拍屁股上的灰跟他走。可是牛翠花四顾一遍也没有看到赵松松，他一定是趁乱自己先溜了。这个没良心的狗东西！牛翠花心一横，点头说："妹子，我跟你走。"

杨荷是个急性子，立马把牛翠花带到电视台，先是想让她讲怎么遭遇"家暴"的事，但牛翠花要脸面，懂得家丑不可外扬的道理，若不是她那张嘴不饶人，赵松松也不是个会轻易动手的人。若在电视上撕破脸，以后两口子还怎么过日子？于是便支支吾吾不肯讲。

杨荷见她如此，只好改为拍"讲述打工生活"的内容。让牛翠花讲，如何进城的，进城后做了哪些工作，受了些什么委屈……自己陪在一边，边听边点头，间或启发诱导几句。牛翠花连电视都没有看过几次，天生没有镜头感，只是感动于竟然有人愿意听她讲那些陈谷子烂芝麻的事。拍之前还有人过来给她搽了些粉，倒了杯开水，灯光明晃晃地照在头顶，让人如在云里雾里。

杨荷说："大姐，你家那个村庄叫什么名字？"

牛翠花说："梭罗古，出门就是山呀，山连着山，一眼望不到边……"

一提起梭罗古，往事便像云一般飘上心头。牛翠花的话如水一样汨汨流了出来。

直到天黑，牛翠花才离开电视台，口袋里还装着杨荷给她的一个信封。细心的杨荷原本说要派车送她回去，但她死活不肯说出自己住的地方，杨荷只好派人把她送到84路车的起点站。听说她连手机都没有，为了联系方便，杨荷还让人找了部旧手机送给她，说以后有事就打这个号码。

牛翠花心里被温暖得一塌糊涂，揉着眼睛向杨荷告别。杨荷张开双臂，突然给她来了个大大的拥抱，说了声"谢谢"。这个举动，让牛翠花浑身的肌肉都紧张起来。这半辈子除了自家男人，还是第一次有人拥抱她，还是个女人。

城里的人城里的事，很多都让牛翠花搞不懂。

十八

牛翠花上了电视，一夜之间出名了。

秀芳一家正吃晚饭呢，突然惊乍乍地叫起来："天哪，这不是翠花吗？"她男人用筷子打她一下说："你眼花了？翠花不在外面洗菜做饭吗？是长得和她像的人吧？"

秀芳又认真看了几眼，惊叫起来："哎呀妈呀，真的是翠花呀！翠花，翠花，你快来呀，你都上电视了。"

赵松松先挤进来看，牛翠花甩着湿漉漉的手，倚在门框上看。

那天晚上回来后，她没有告诉赵松松自己去电视台的奇遇，只说是在街上乱转。现在，什么都瞒不住了。好在他们并没有认真听她在电视上说了些什么，只是关注她牛翠花竟然上了省城的电视这件事。一屋人连饭都不吃了，还把隔壁的人家也叫过来一起看。

赵松松用一种奇怪的眼神看看她，感叹说："咦呀呀，没有想到呀！我婆娘还有这样的本事，竟然上电视了啊！"

牛翠花瞪大眼睛看着屏幕上的自己，也感觉很陌生。那个女人抹了粉，被灯光照得白生生的，在哇啦哇啦地讲话，讲她生活的种种不容易，讲她对一双儿女的思念。杨荷在一边不住地点头，向她提问题，在她讲到伤心的地方流出泪水时，适时地递上一张纸巾。电视上那个人，真的是她牛翠花吗？

她有点儿害羞地转开目光说："那个人，不是我。"

赵松松说："不是你是哪个？你当我连自己的婆娘都不认识了？！"

秀芳也敲着碗边说："翠花，就是你。你能耐大呢，竟然认识电视台的人。跟你聊天那个女的，是你家亲戚吧？不然怎么会让你上电视，咋不让我上电视？"

牛翠花说："倒是我叫她一声妹子，人家也答应。只是人家哪里会跟我是亲戚，我家的亲戚都在梭罗古呢！"

秀芳啧啧嘴表示不相信："看看，看看，我就说嘛！若说不是亲戚，鬼才信呢！这么大的好事，你竟然瞒着我们？天天从一道门进出，知人知面不知心呀……啧啧啧……翠花你也太有心计了！"

牛翠花想解释几句，却又无从说起。赵松松一把把她扯回房去，摁到床上坐下，左看右看，看得牛翠花心里发毛，一抹脸说："我脸上有灰啊？"

赵松松突然搂住她，把她扑倒在床上哈哈大笑起来："我婆娘竟然上电视了！我赵松松的婆娘竟然上电视了！这可是省城的电视啊！"

牛翠花腾出只手，从枕头下面摸出个信封说："人家还给钱了。"

赵松松打开信封倒出些票子，一张一张认真数了数，惊讶地说："一千！上个电视人家还给你一千？那个女的，真的是你家亲戚？"

牛翠花笑道："嫁给你赵松松十多年了，我家有几个亲戚，你还不知道？哪里有城里的，还是电视台的亲戚！不过是人家听说我找不到工作，看我可怜，说是给的什么劳务费。你说这城里人怪不怪，那个女的临走时还……还抱了我一下。"

"抱你？电视台的女人抱你？"

赵松松用一种奇怪而倾慕的眼光看着牛翠花，让她心里动一下。

她知道今天晚上,赵松松在床上是不会放过她的了。她说:"你都没有认真听我在电视上到底说了些什么。"赵松松笑笑说:"反正我知道狗嘴里吐不出象牙,你没有在电视上说我打你的事,就算你嘴上积德了。翠花,我以后……以后……不再随便动手了。"

他的表情竟然有些扭捏。

十九

牛翠花没有想到,自己上电视的事还有后续。

第二天就有人给她打电话,说要给她找工作。因为她在电视上说了自己找工作的艰辛,目前失业的情况。一家餐馆老板打电话给电视台,说可以让她去当服务员。还有一家家政公司也打电话来,说可以培训她去当保姆。杨荷打电话联系她说:"大姐呀,咱们这个社会的热心人多,想帮你找工作的人不少呢!只是……你要好好考虑下,挑合适的,自己能做的去做。一定要想好了再去,不要冲动。"

牛翠花不大明白杨荷的话,心里开始掂量起来。做什么工作她不在意,关键是要能多挣钱。一番挑选后,她决定去一家叫"好味道"的餐馆当服务员,人家说,看在她上过电视的分儿上,每月给她三千元的工资。别的服务员,只有两千五百元。多出来的这五百元,就算是明星效应。牛翠花没有想到,自己竟然也算是明星了。

老板姓白,是个四十多岁的胖男人,穿一身绣着龙的中式服装,像电视上的人物。白老板安排牛翠花负责包厢的服务,把她介绍给客人,总是要先加几句:"这位小姐是上过电视的,上了十几分钟呢!"

牛翠花一听马上抗议:"老板,不要叫我小姐,难听!"

白老板说:"我总不能叫你大姐吧!这是规矩,不能乱的。"

客人会用好奇的目光看着她，像是不明白一个上过电视的人为什么还来做服务员。才来半天，牛翠花就觉得做服务员不比卖菜容易。其他服务员，都是些年轻水灵的妹子，穿着餐馆的蓝花大襟工作服，客人一叫，风一样飘过来，嗲嗲地叫着："先生，你吃点儿什么？喝点儿什么？"老板告诉她，见了客人要笑，但是牛翠花的笑容总是僵硬，不自在。蓝花工作服穿在她身上也有点儿紧，绷得难受。如果不是那三千元工资的诱惑，她是不会来这种地方上班的。

　　下午这顿饭一般是餐馆生意最好的时候，老板说有桌熟客，让牛翠花去应下。介绍她是上过电视的人，老板就打着哈哈走了。牛翠花拿着本菜单茫然地站着。一个梳背头的男人盯着她看了几眼说："这位小姐竟然上过电视？白老板真会网罗人才啊！来吧，先报报。"牛翠花有点儿发愣，抱抱？他要抱谁啊？

　　大背头故意逗她："小姐，说你呢，报报。"

　　牛翠花心里涌上一股怒火，把菜单往桌上一拍说："抱你姐去吧！吃个饭你还要占老娘的便宜！老娘儿女都上学的人了，你还要拿老娘寻开心？"

　　大背头也恼了："你太自作多情了，谁稀罕抱你呀！老子让你报菜名，想到哪里去了？要抱也得抱个年轻漂亮的，谁稀罕抱个大妈呀！"

　　一桌人都哄笑起来，笑得牛翠花无处藏身，蒙着脸跑出包厢。她把蓝花工作服脱了往地上一扔，哭着跑出餐馆。

　　总共上了三天班，牛翠花就辞工了。白老板看在电视台的面子上，留她在后厨洗碗，说工资也有两千元，牛翠花想了想，却回绝了。她知道自己不属于这样的地方，不会侍候人，脾气还大。她见不惯那些食客的做派，花点儿钱就以为自己是大爷了。白老板叹口气，有些无奈，让人给了她三百元。

回望"好味道"亮闪闪的匾额,牛翠花在心里嘀咕一句:"就算你们再有钱,姑奶奶也不侍候!"

二十

牛翠花不明白,城里人为什么对上过电视这件事会如此看重。

从"好味道"出来后,又有两家餐馆通过电视台找过她,说要给她提供工作。还有两家超市也愿意聘她去上班,承诺可以让她做收银员。杨荷打电话问过她,她支吾一番还是谢绝了。她有个秘密,一个让人害羞的秘密。她不好意思告诉杨荷自己没有上过学这件事,不识字如何去收银?如何去超市那种漂亮的地方卖东西?牛翠花第一次为自己的人生感到悲哀。

坐在街边的台阶上,望着城市熙熙攘攘的人流,她突然很想念两个上学的孩子,想把他们抱在怀里,说:"娃娃,你们要争气,要读好书才有前途,要把你妈的那一份也补上。"此时此刻她想给孩子打个电话,听听他们的声音。可是再一想,他们哪里来的电话?就是老师的电话,她也不知道,她从来就没有问过。

牛翠花心里不由涌起一阵愧疚,泪水悄悄洒了一地。她突然很想念梭罗古,想那里的山那里的人,就是一向让她讨厌的婆婆,此时想起来也有一份温馨。毕竟两口子拍拍屁股走了,两个娃娃都是靠婆婆照看着。

她给赵松松拨了个电话,想说说心里的想法。赵松松那边传来电锯的轰鸣声,大声吼着说:"有什么事?不急就等下班再说。"牛翠花默默地收起电话,在街边呆呆地坐了好久。一个老人从她面前走过去,又折回来,往她面前扔了个一元的硬币。牛翠花心里一火,真把自己当讨口要饭的了?本想捡了扔回去,想想,又留下了,把一元硬币握在手心里,任泪水顺着脸流了下来。非亲非故的,人家扔给你一元,也是一份好意呢!

电话又响了,牛翠花不想接,以为又是帮她找工作的。但是打电话的人固执地一遍遍拨打着这个号码,牛翠花只好接了。一个女人的声音说:"你是牛翠花吗?我是黄小鹏呀。"牛翠花心里有些茫然,想不起来黄小鹏是谁。她说:"你是要给我找工作吗?我哪儿也不想去,我不识字,在城里能做些什么?想了半天,我还是去卖菜算了。"

黄小鹏说:"大姐呀,我是梭罗古扶贫工作组的黄小鹏,你不记得我了吗?

牛翠花搜寻一番记忆,终于想起黄小鹏的模样来。说起来,这个姑娘还真有韧性,一次次地找她,竟然连她的电话号码都能找到。黄小鹏在电话里的声音像银铃似的,笑着说:"你一定想知道我是怎么找到你的电话的吧?大姐呀,我在电视上看到你了,你好厉害,竟然能上省城的电视。口才又好,讲了那么多在城里打工的不容易,我都听哭了。我托人找到杨荷编导,才有了你的电话。你在干什么?有没有找到喜欢的工作?我有事要跟你说呢……"

黄小鹏的小嘴一讲起来,真像一只黄鹂鸟,叽叽喳喳的,牛翠花就这么静静地听着。黄小鹏告诉她,她婆婆的低保办下来了,虽然费了些周折,但终于办成了。还告诉她,小凤和小强在学校也很争气,前几天的期末考试,两个孩子都考得不错。

牛翠花的泪又流了下来。人家一个非亲非故的小姑娘,竟然对她家的事如此上心,连她家的水都没有喝过一口呢。她只能一个劲地说"谢谢,谢谢……"

黄小鹏说:"大姐不要客气,你是我的扶贫对象,我帮你们做点儿事是应该的。我打电话,一是祝贺你上了电视,二是告诉你安心打工,家里的事我会帮你安排好的。"

牛翠花一番千恩万谢后,突然急切地说了句心里话:"小黄妹子,我想回家呀,真想回梭罗古去。"

黄小鹏以为自己听错了:"大姐,你说什么?想孩子了?"

牛翠花生怕现在不说,会没有勇气说出自己的心里话。她大声地说:"我说我想回梭罗古!那里才是我的家,我在这城里像根草一样飘着,太艰难了!我想回来,小黄妹子,你说行不行啊?"喊出这几句话,牛翠花觉得心里轻松了许多。

黄小鹏愣了片刻,笑了:"大姐,梭罗古有你的家你的亲人,你想回就回呗。"

"真的?想回就回来?"

在牛翠花心里石头一样压得她喘不过气来的问题,黄小鹏竟然如此轻松就帮她解决了。再一想,可不是嘛,梭罗古是自己的家,想回就回呗。别人说什么就让他说去好了。回家,这一瞬间,牛翠花在心里做了个重要的决定。